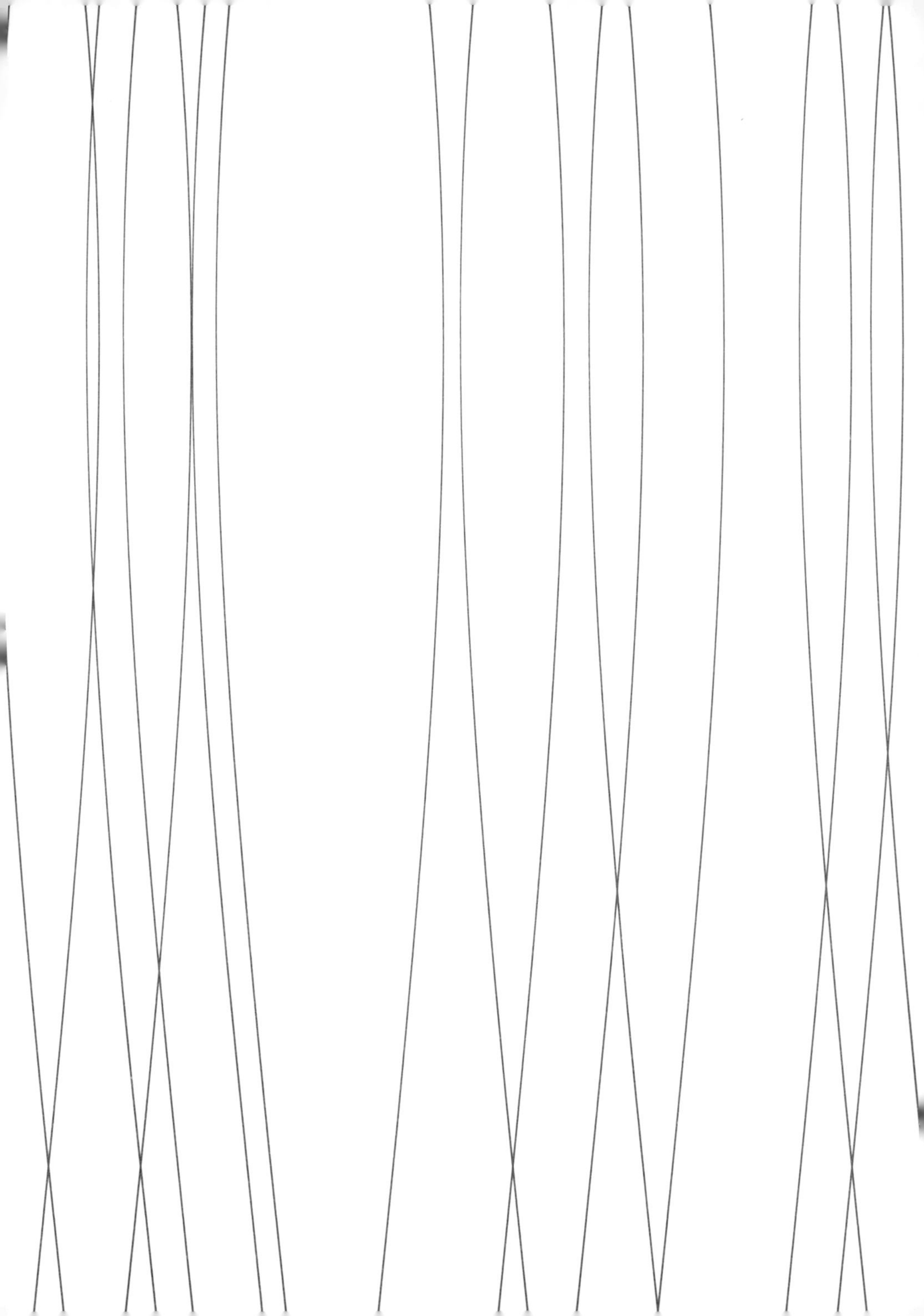

黃金之葉

行進於知識的密林裡，
途徑如此幽微。
我們尋覓一些參天古木，作爲指標，
我們也收集一些或隱或現的黃金之葉，引爲快樂。

黃金之葉 30

Net and Books 網路與書

大唐狄公案：蒲陽冤骨．銅鐘案

The Chinese Bell Murders (Klokken van Kao-yang)

作者：高羅佩（Robert van Gulik）
譯者：張淩
責任編輯：沈子銓
封面設計：簡廷昇
內文排版：宸遠彩藝

出版者：英屬蓋曼群島商網路與書股份有限公司台灣分公司
發行：大塊文化出版股份有限公司
台北市 105022 南京東路四段 25 號 11 樓
www.locuspublishing.com
TEL：(02)8712-3898　FAX：(02)8712-3897
讀者服務專線：0800-006689
郵撥帳號：18955675　戶名：大塊文化出版股份有限公司
法律顧問：董安丹律師、顧慕堯律師

總經銷：大和書報圖書股份有限公司
地址：新北市 24890 新莊區五工五路 2 號
TEL：(02)8990-2588　FAX：(02)2290-1658

初版一刷：2024 年 2 月
定價：新台幣 360 元
ISBN：978-626-7063-58-3

Judge Dee Mysteries
大唐狄公案

蒲陽冤骨・銅鐘案
The Chinese Bell Murders
Klokken van Kao-yang

Robert van Gulik
高羅佩　著、繪

張凌　譯

推薦序
偵探狄公的四大要件

張國立（作家）

推理小說三大準則：誰犯的？怎麼犯的？為什麼犯？具體的說法是：凶手、手法、動機。

還有第四大要件：誰破案？

高羅佩小時候隨父母住在印尼的巴達維亞好些年，其間學到中文，一九二九年進入荷蘭北部的萊頓大學跟隨研究古中國學的戴聞達（J. J. L. Duyvendak）老師，培養出對中文與中國歷史、文化的興趣。日後進荷蘭外交部工作，外派地區以東亞為主，在東京時湊巧買到清朝人寫的《狄公案》，抗戰期間他在重慶，翻譯了這本小說，於一九四九年出版。

顯然高羅佩不只看了《狄公案》，也看了許多明清時代的公案小說，因而他指出中國傳統偵探小說和西方的推理小說有幾個不同的地方，包括太多儒家或佛、道的道德說明、太多人物、往往脫離不了神怪，最違反推理原則的是罪犯一開始即登場。

章回小說的確有此問題，辦案者很早便鎖定凶嫌，主要篇幅花在如何使凶嫌認罪。以《包公案》為例，其中一則故事講十八歲秀才和十七歲少女相互愛慕，兩人見面是由女的從窗戶垂下白布，秀才攀著白布進出。有天秀才未如約找女孩，有名和尚每晚敲木魚念佛巡街，見到窗口的白布心裡有數，必是「養漢婆娘垂此接奸上去」，就攀進二樓屋內，少女見來的是不是她意中人當然百般抗拒，和尚一氣之下殺了她，掠走珠寶逃逸。

包公接到報案對街坊展開調查，幾位鄰居說出秀才與死者的事，當即逮了秀才偵訊，發現不像凶手，再打探出叫街和尚於這個月經常夜晚經過凶宅前的巷子。鎖定凶嫌，破案手法是派差役扮成少女鬼魂嚇和尚，三兩下和尚被嚇得講出實情，破案。

高羅佩說明：

中國法律有一條基本原則，即任何人在自行招供罪行之前，不得被判有罪。有些頑固死硬的罪犯即使面對鐵證仍會拒絕認罪，並藉此逃避懲罰。為了避免發生此種情形，允許依法用刑，比如用鞭子或竹板抽打，枷手或枷踝。

過去中國官員辦案重視招供，只要嫌犯認罪即可，不太講究證據。以前臺灣也如此，二十多年有件命案，警方取得凶嫌認罪的口供，為了填補法律上需要的證據，押解凶嫌到他所稱的地點尋找凶器，怎麼也找不到，居然照樣起訴。

《包公案》裡裝鬼嚇凶嫌的過程固然生動，用現在推理小說的條件來看，當然罪證不足。

至於神怪破案，再看《施公案》，第一回的「胡秀才告狀鳴冤，施賢臣得夢訪案」，胡秀才父母死在家中，頭被割掉，施公認為絕非搶案，深仇大恨才會取人頭顱，苦思如何破案，晚上夢到九隻黃雀與七隻小豬，便要捕快追捕九黃與七豬，施公也便衣偵察，最後發現凶手是名背後有九顆小瘤綽號九黃的道士與胸前長七顆黑痣綽號七珠的尼姑。

得到線索而追索真凶的確是推理，可是線索來自夢就有點違反推理原則。

當然，傳統的章回小說雖以辨案為包裝，主要寫的是英雄行徑，不能硬裝進偵探小說的框框內，於是高羅佩從中得到靈感，用推理寫古典小說，有個名詞「故事新編」。《大唐狄公案》於焉完成，以中唐時期名相狄仁傑仍是縣令時為背景，寫出處理懸案的過程。最精采的是每篇小說皆埋入推理小說必要條件的「詭計」，透過令人想不到的手法，反轉故事，進而恍然大悟地佩服狄公觀察之細微與廣博的知識。

「詭計」固然重要，但從夏洛克．福爾摩斯（Sherlock Holmes）之後，誰破案同樣重要，作家塑造出許多歷久不衰的經典人物，福爾摩斯、白羅（Hercule Poirot）、明智小五郎，乃至於馬修．史考德（Matthew Scudder）、江戶川柯南與硬漢派的傑克．李奇（Jack Reacher）。

高羅佩筆下的狄公有其傳統中國文人的一面，朋友與女兒曾說他沉浸在中國書法、水墨畫與詩詞之中。也在重慶的住處掛了「吟月庵」的匾，他是吟月庵主。學過古琴，和一群知己組成天風琴社，並於重慶表演過。妻子水世芳的父親為民國時期的外交官水鈞韶。寫過《中國琴道》、《嵇康及其琴賦》的文章。

狄公根本是他的化身，因此看《大唐狄公案》會令人產生錯覺，以為是十九世紀的章回小說，但讀進去又滿滿的現代推理氣氛。應該說狄公帶著阿嘉莎．克莉絲蒂（Agatha Christie）筆下翹鬍子偵探白羅的優雅，推理精神又非常江戶川亂步。

一九六七年高羅佩病逝荷蘭海牙，留下始終列為經典的狄公。二〇一六年我在上海郊區朋友家住了一陣子，他愛看書，收集了幾千本中外小說，閒著便往他快塌了的書架裡找寶貝，恰好翻出大陸出版的《狄公斷案傳奇》系列，將他每一本小說裡面用的詭計做了筆記。我想，高羅佩在硬梆梆的官場文化，保留了充滿幻想的童稚感情。

凶手、手法、動機、偵探四大要件，我看到高羅佩在縣令官署小房間內咬著毛筆頭思考詭計的狄公模樣。

目錄

推薦序　偵探狄公的四大要件／張國立　005
前言　014
人物表　018
第一回　賞古物行家逢奇遇　受任命狄公赴蒲陽　021
第二回　狄縣令重議姦殺案　洪都頭驚聞意外辭　035
第三回　初升堂狄公查庶務　遊市井陶干報奇聞　049
第四回　王秀才上堂述異事　狄縣令查案出官衙　057
第五回　遊佛寺參拜觀世音　入門房略施雕蟲技　069
第六回　老嫗上衙狀告奇冤　狄公退堂吐露內情　081
第七回　查真凶尋至舊道觀　遇群丐力挑眾強敵　089
第八回　狄縣令決意訪同僚　洪都頭如願聽詳解　097
第九回　訪衙院二僧贈金銀　赴金華狄公享宴樂　105
第十回　日訪里長詢問舊事　夜窺深宅遭遇險情　119
第十一回　惡鬥時一人忽闖入　公廨裡三友共剖析　129
第十二回　茶館內開言談玄理　深巷中動手擒凶徒　137

第十三回　狄縣令了結姦殺案　王秀才悲嘆孽情緣　149
第十四回　敘家史從頭說舊案　設圈套意欲捉奸凶　161
第十五回　出門拜會廣州富商　歸家迎來金華二女　175
第十六回　赴衙院林帆訪縣令　入街市狄公扮相師　187
第十七回　天明前眾人闖佛寺　大殿外縣令審淫僧　201
第十八回　阿杏細述驚人罪狀　狄公詳解往日隱情　211
第十九回　發嚴令警示眾鄉民　生疑心潛入舊道觀　225
第二十回　觀內空寂屢現怪象　庭中清冷暗藏屍骸　235
第二十一回　困鐘下合力終脫險　闖宅中聯手捉疑凶　247
第二十二回　老管事細述道觀史　狄縣令詳析三罪行　257
第二十三回　入書齋徹查無線索　進飯鋪巧遇得證人　269
第二十四回　施巧計惡人落法網　赴晚宴群臣論案情　279
第二十五回　法場上二犯受極刑　御匾下縣令長跪禱　293
後記　311
譯後記／張凌　321

插圖一覽

蒲陽全圖 016
賞古物行家逢奇遇 025
狄縣令重議姦殺案 039
狄縣令提審王獻忠 059
入佛寺略施雕蟲計 077
馬榮查案初遇盛八 093
赴金華狄公遇二女 117
城牆下馬榮擒黃三 145
閨房中夜半遇怪客 157
梁鴻遇匪命喪途中 165
赴衙院林帆訪縣令 191
眾鄉紳闖入普慈寺 207
亭閣內住持驚女客 213
狄縣令當眾審淫僧 217
銅鐘內驚現陳屍骨 245
御匾下縣令長跪禱 309

前言

《銅鐘案》是在美國出版的第一部狄公案系列小說。另一部《迷宮案》曾分別用日文（講談社，東京，一九五一年）、中文（南洋出版社，新加坡，一九五三年）與英文（梵胡維出版社，海牙，一九五六年）出版。

狄公是中國古代著名判官之一，生活在公元七世紀時。此系列偵探小說的每一部，都是以狄公為中心人物，並由取材於中國古代典籍的三個案件改編連綴而成。

這一系列小說旨在向讀者展示具有中國特色的偵探小說，即公案小說風格。公案小說已有幾百年的歷史，其中的人物形象，向來為中國人所認同並喜愛。由於十九世紀不良傳統的存在，西方偵探小說中仍會不時出現墮落的中國人形象，拖著辮子並吸食鴉片。鑑於這種狀況，狄公案系列小說的推出則顯得更加適時。筆者衷心希望讀者將會發現，中國人在去掉煙槍和辮子之後，雖然衣著樸素，卻是魅力不減，他們不但忠於職守、擅長推理，而且目光敏銳、洞見人心。

《銅鐘案》發生在江蘇省內的蒲陽縣，此地名純屬虛構。本書開篇附有地圖，後記中則有關於中國古代刑法、辨案、審案過程以及中文素材來源的介紹。

高羅佩

蒲陽全圖

1. 縣衙
   A. 大堂
   B. 內宅
   C. 花廳
2. 軍塞
3. 城隍廟
4. 孔廟
5. 關帝廟
6. 鼓樓
7. 鐘樓
8. 圍欄
9. 法場
10. 半月街
11. 梁宅
12. 普慈寺
13. 林家田莊
14. 聖明觀
15. 林宅
16. 大運河
17. 鮑將軍府
18. 萬法曹府
19. 淩宅
20. 文宅
21. 翠羽閣
22. 魚市

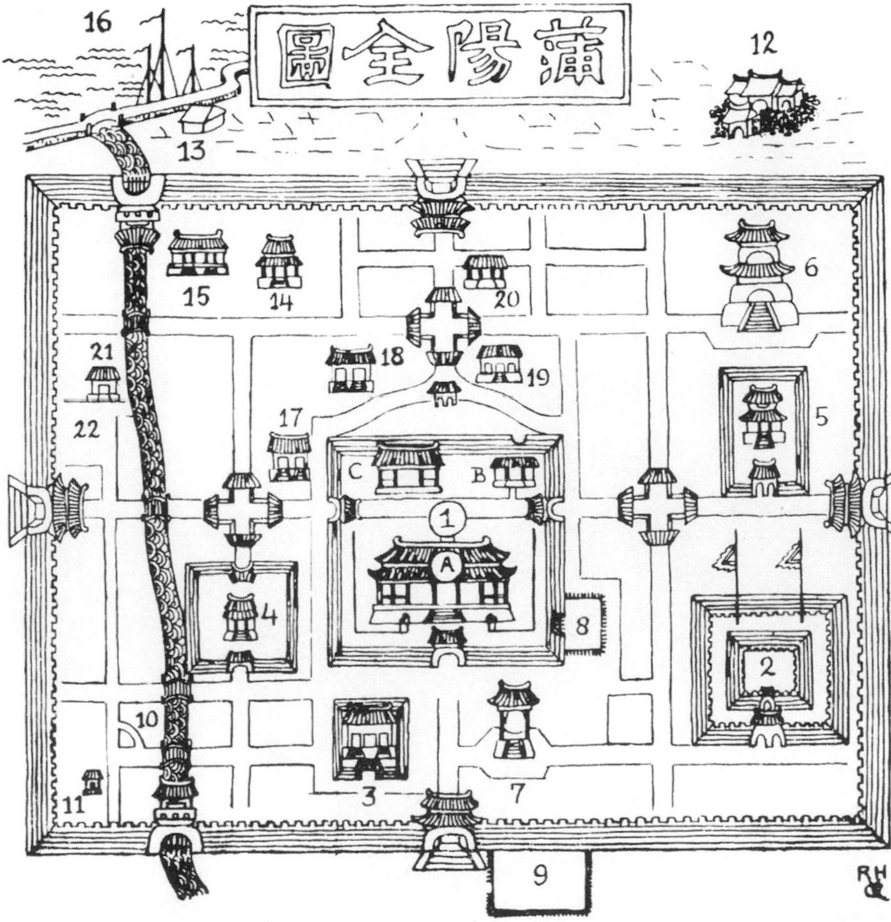

蒲陽全圖
1
2
3
4
5
6
7
8
9
10
11
12
13
14
15
16
17
18
19
20
21
22
A
B
C

人物表

狄仁傑：新任江蘇蒲陽縣令，人稱「狄公」。
洪亮：狄公的親信家人，縣衙都頭，人稱「洪都頭」。
馬榮：狄公的親信隨從。
喬泰：狄公的親信隨從。
陶干：狄公的親信隨從。
蕭輔漢：屠戶。
蕭淑玉：蕭輔漢之女，遭人姦殺。
老龍：裁縫，蕭家鄰居。
王獻忠：秀才。
楊樸：王獻忠之友。
老高：當地里長。
黃三：無賴閒漢。
靈德：普慈寺住持。
了悟：普慈寺原住持。

鮑將軍：退職將軍。
萬法曹：州府退職官員。
凌掌櫃：金匠行會首領。
文掌櫃：木匠行會首領。
梁歐陽氏：廣東富商之遺孀。
梁鴻：梁歐陽氏之子，被路匪所殺。
梁科發：梁歐陽氏之孫。
林帆：廣州富商。
盛八：丐幫軍師。
潘縣令：武義縣令。
駱縣令：金華縣令。
阿杏：金華妓女。
青玉：阿杏之妹。

第一回
賞古物行家逢奇遇　受任命狄公赴蒲陽

一縣之令，為父母官，
扶老濟困，心懷仁善。
判冤決獄，懲惡鋤奸，
縱有匡正，首須防範。

各位看官，敝人家居城內，世代茶商，後來退職還家不問店務，遷至城東門外的鄉間別業住下，日子過得真個如閒雲野鶴一般，忽忽已是六載，平日裡最愛的消遣，便是蒐集有關刑偵斷案的前朝文獻，如今終於綽有餘暇，可以全力致此。

此時正值我大明盛世，天下太平，海內清晏，作奸犯科之事幾近絕跡，若是想要蒐集判官如何明察秋毫、勘破奇案的記述，就非得去翻閱前代史料不可。我潛心投入這門學問中樂此不疲，不過數年工夫，便積累起了一筆相當可觀的收藏，包括著名罪案記錄、歹人常用的兇器、盜賊使過的工具以及其他種種與犯案有關的古董器物。

我最為珍愛的藏品之一，乃是一塊烏檀木製成的驚堂木。此物曾為幾百年前的著名判官狄仁傑所有，上面還刻有詩句，即如開篇處所示。據說狄公當年升堂理事時常用此物，為的是時刻提醒自己為國盡忠、為民效力。

開篇詩句乃是我憑著記憶所錄下的，只因那塊驚堂木已不復為我所有。自從兩月前的一場駭人經歷後，我不但全然放棄了刑偵研究，還將與此相關的所有藏品悉數除去，轉而一心收集起青瓷來。如此寧靜祥和又不沾血腥氣的癖好，顯然與我素喜平和的秉性十分相符。

不過，在我真正能靜下心來安然度日之前，尚有一事須得料理。那些可怕的記憶始終縈繞心中，至今令我夜不安枕，非得設法將其擺脫不可。為了不再重複同樣的噩夢，我必得道破那樁隱祕，它以如此詭譎的方式呈現於眼前，使我驚懼無已，甚至瀕臨瘋癲，唯願這駭人的經歷終會淹沒於忘川之中。

此時正值秋日清晨，我獨坐於精巧雅致的花園涼亭內，眼看著最寵愛的兩個小妾侍弄秋菊，纖纖玉手在花枝間輕盈擺動，令人賞心悅目。如此靜謐美景之下，我終於可以壯起膽來追溯回想一番了。

話說八月初九那天——這日子我將永遠銘記在心，正午時分，烈日當頭，本已十分難耐，待到午後，天氣越發悶熱起來。我只覺心中鬱鬱不平，到底還是打算坐轎出去走上一遭。轎夫詢問意欲何往，我一時心血來潮，便吩咐去那劉掌櫃的古董鋪。

此店正在孔廟對面，名頭倒是頗為響亮，叫做「金龍閣」。店主劉掌櫃雖是個唯利是圖的奸猾小人，做起生意來卻十分在行，時常會替我尋來些與刑偵探案有關的古物，店內亦是收藏頗豐，令我常在其間欣然賞鑑，良久方歸。

我邁步走入店內，卻只瞧見一個夥計，對我道是劉掌櫃頗覺不適，此刻正在樓上存放貴重藏品的房中。

我在彼處果然尋到了劉掌櫃。他看去心緒不佳，滿口抱怨頭疼得很，還關起窗上的遮板，試圖阻絕窒人的暑氣。如此半明半昧之中，原本熟識的房間似乎也變得古怪獰厲起來。我正欲告辭而去，一想到外面十分酷熱，便又決意還是盤桓片時再走為上，於是讓劉掌櫃取幾樣東西來瞧瞧，一邊在扶手椅上坐定，一邊用力搖晃著鶴毛羽扇。

劉掌櫃含糊支吾了幾句，道是一時沒有什麼別緻的玩意兒好供我賞鑑，四下環顧半日，方才從屋角端出一隻黑漆鏡匣來，放在我面前的桌上。

劉掌櫃撣去鏡匣上的塵土。我定睛一看，不過是一面普通的冠鏡，即鑲在方匣內的銀鏡，常是為官作宰者戴烏紗帽時拿來正冠用的。從漆面上遍布的細小裂紋來看，似是一件十分古舊的玩意兒，但又太過平常，對於行家而言價值無多。

忽然，我瞥見框邊鐫著一行嵌銀小字，湊近細瞧，卻是「蒲陽狄府之物」。

我一看之下喜心翻倒，幾乎不曾驚叫出聲，這定是著名的狄仁傑狄大人用過的冠鏡了！記得史書有載，狄仁傑曾經就任江蘇蒲陽縣令，並智斷過至少三樁疑案，可惜其中詳情不甚了了。既然「狄」姓並不多見，那麼這面冠鏡無疑便是狄仁傑的舊物。我只覺渾身倦怠一掃而空，暗自慶幸劉掌櫃一時眼錯不見，居然沒能識出這原是屬於前朝著名判官所有的罕見古董。

於是我佯裝疲倦，朝椅背上一靠，讓劉掌櫃倒杯茶來。等他剛一下樓，我忙從座中躍起，俯身端詳那只鏡匣，又隨手拉出鏡面下的抽斗，只見其中赫然擺放著一頂摺起的烏紗帽！

我小心地展開官帽，玄色薄紗已見朽腐，從縫線處抖落下細細一層微塵，除了幾個被蠹蟲蛀出的小洞外，倒是完好無損。我兩手顫顫，虔敬地舉起，這可是名垂青史的狄

賞古物行家逢奇遇

大人開堂審案時親自戴過的烏紗帽哩！

天知道我是中了什麼邪魔，明知僭越，卻將這珍貴的古物套在了自家頭上，還朝鏡中看覷到底是何模樣。由於年代久遠，原本鋥亮的鏡面已變得晦暗無光，僅僅映出一團灰黑的暗影。不料突然之間，從黑影中顯出清晰的輪廓，我分明看見一張完全陌生的人臉出現在鏡中，面色憔悴，神情慘苦，噴火似的兩眼正直盯著我。

說時遲那時快，只聽耳邊一聲霹靂聲響，周遭立時變為昏暗，我彷彿墮入了無底深淵，全然不辨身在何處、此係何時。

我只覺自己在許多大塊厚重的雲朵間飄過。雲朵漸漸幻化為人形，依稀可見一個裸身女子正在遭到粗暴的侵犯，而那作惡的男子卻是一副我從未見過的面目嘴臉。我想要奔去阻止，卻動彈不得，想要大聲呼救，卻又叫不出聲，接著又被捲入一連串不可勝數的可怖情景之中，時而是無能為力的看客，時而又是慘遭折磨的受害者。我緩緩沉入一潭散發出異味的死水中，只見兩個年輕女子前來救助，秀麗的容顏頗似我那兩名愛妾。我正要抓住她們伸出的玉臂時，又被一股強勁的潮水捲走，在泛著泡沫的漩流中不停打轉，並漸漸下沉，最終陷入漩渦中央，回過神時，發覺自己已被禁錮於一個黑暗狹小的所在，一股難以抗拒的強力正無情地從頭頂上直壓下來，我拚命掙扎著想要逃脫，周遭所能觸及的卻只是滑不留手的鐵牆。正當我快要窒息時，這股強力忽又消失不見，我貪婪地大口呼吸著新鮮空氣，正想要離開時，又驚恐地發現自己手腳張開被釘在地上，手腕腳腕都被粗繩縛住，繩頭的另一端隱入迷濛的灰霧之中。隨著繩子漸漸收緊，我感到極度的痛苦傳遍四肢百骸，一陣無名的恐懼攫住我的心，這分明是要被處以五馬分屍的極刑了！我掙扎著大叫出聲，隨即醒轉過來。

原來我竟是躺在劉掌櫃店內的地上，渾身汗出如漿，劉掌櫃正跪坐在一旁，失聲喚個不停。古舊的烏紗帽從我頭上滑落下來，掉在破鏡的碎片之中。

在劉掌櫃的扶掖下，我勉強從地上起來，渾身顫抖坐倒在圈椅內。劉掌櫃趕緊端來一杯茶水送到我的嘴邊，道是他剛剛下樓要去倒茶時，只聽一聲霹靂，緊接著暴雨傾盆，他跑上樓來關窗戶，卻發現我已倒在地上人事不省。

我慢慢啜飲著香茶，好一陣子沒有言語，然後方才絮絮地告知劉掌櫃說我原有此疾，不時便會突然發作云云，又讓他去找那幾名轎夫來。我冒著傾盆大雨坐轎回家，雖然轎頂上覆了一張油布，到家時仍然淋得如同落湯雞一般。我徑入房中，上床躺倒，只覺筋疲力盡，且又頭痛欲裂。我那正室夫人見此情形，心中十分憂懼，便派人去喚大夫前來。及至大夫趕到時，我已是滿口胡話、神志不清了。

其後的一場大病，害得我臥床不起足足一月有餘。大夫人堅稱我之所以能夠康復，全是她每日去藥王廟上香並虔心祝禱的結果，但我卻以為兩名愛妾更有功勞，正是她二人日夜不離地輪流守護在我的床頭，並嚴遵醫囑小心地侍奉湯藥。

當我漸次恢復到能夠坐起時，大夫詢問在劉掌櫃的古董鋪裡到底發生過何事。我不願重溫那噩夢一般的經歷，只答曰突感暈眩而已。大夫朝我投來古怪的一瞥，似是欲言又止，起身告辭時，卻閒閒道是此種腦熱一旦突發便甚為凶險，並且常是由於觸及了某種與暴虐橫死有關的古物而引起的，若是有人誤近，這些古物散發出的邪氣便會使其心神受到戕害。

送走這位目光如炬的大夫後，我立刻召來管家，命他將我收藏的所有刑名之物悉數裝入四隻大箱中，再轉贈給大夫人的叔父黃老先生。雖然大夫人提起這位叔父時總是滿口稱頌，其人實是個生性刻薄、言行可憎之徒，且素以挑唆鼓動他人引起訟事為樂。我又修書一封附上，敬陳曰由於對他在刑名律法方面的廣博學識深為景仰，特此將我收藏的所有刑名古物一併奉上，以表敬意。我必得申明一點，這位黃老先生曾經刻意玩弄字句，並利用律法條文從我手中騙去了一片良田，從此之後，我便對他懷恨在心，暗暗希冀不定哪天當他賞鑑把玩那些陰暗不祥的古物時，也會遭到與我同樣駭人的經歷哩。

我將狄大人的烏紗帽戴在頭上雖然不過片刻工夫，其間遭遇感受到的種種，卻是紛紜複雜、一言難盡，如今試圖將其連綴成篇徐徐道出。至於我講述這三樁前朝奇案時，到底有幾分是在這離奇遭遇中真正經驗過的，又有幾分是高燒發作、神志昏迷時臆想出的，如此疑問將統統留給有心的看官去自行裁斷，至於是否真有其事，我也無意再去故紙堆裡費神查考。正如前文所述，如今我已全然放棄了研究古代刑名罪案，對於這些暴戾不祥的話題，不再發生任何興趣，轉而樂此不疲地沉湎於收集宋代青瓷了。

❖

話說狄公又被外放到蒲陽。甫一到任的頭天晚上，夜色已深，狄公仍坐在縣衙大堂後面的二堂中，埋頭閱讀存檔的文書。書案上立著兩支碩大的青銅燭臺，堆放著一摞摞帳目卷宗，閃爍的燭光正照在狄公那身墨綠織錦官袍與光澤的烏紗帽上。他偶爾輕捋美髯，或是捻著長長的頰鬚，兩眼卻始終盯在面前的公文上。

狄公對面另有一張尺寸略狹的書桌，洪亮正坐在那邊查閱案卷。他已是上了年歲之人，身形瘦削，留著蓬亂花白的髭鬚和幾根山羊鬍，穿件褪了色的褐袍，頭戴一頂便帽。洪亮想起此時已近午夜，自己倒是在午後睡過長長一個午覺，老爺卻忙碌了整整一天從未稍歇，不由偷眼打量對面的高大人影。雖然明知老爺一向體格強健，但也不免有些擔憂起來。

洪亮原是狄公父親的家僕。狄公自從孩童時，便得他悉心照料，長大成人後上京應考入仕，後來又外放各地，洪亮亦是一路相隨，這蒲陽已是狄公做為地方縣令的第三處任所。狄公向來視洪亮為可靠的密友與謀士，時常與他毫無保留地議論各種公私事宜，洪亮的建言獻策，亦使狄公獲益良多。狄公已正式任命洪亮為縣衙都頭，因此人皆呼作「洪都頭」。

洪亮瀏覽著一紮案卷，心中暗想老爺端的是忙了整整一天。今日一早，眾人抵達蒲陽城後，狄公立即去了衙院花廳，其餘家眷僕從則前往位於衙院北面的內宅之中。大夫人在管家的襄助下，督管眾僕將家什箱籠等物卸下，又搬運至各處妥善布置。狄公根本無暇料理家事，先從前任馮縣令手中正式接了縣印，禮畢之後，召見過一干衙員，上至主簿班頭，下至獄吏守衛，午時又設宴為離任的馮縣令餞別，然後依例將馮縣令及其家眷一路恭送出城。返回縣衙後，當地名流士紳前來恭迎道賀，狄公不得不又應酬一番。

狄公在二堂內匆匆用過晚飯後，便安坐下來，開始埋頭翻閱公文，衙吏們從檔房來回搬運皮製卷箱，亦是忙個不停。如此過了一二個時辰，狄公終於遣去衙吏，自己卻仍是不肯歇息。

狄公到底推開了面前的帳目，朝後靠坐在椅背上，微微笑道：「洪亮，替我沏杯熱茶如何？」

洪亮連忙起身去取茶盅，正在倒茶時，又聽狄公說道：「這蒲陽端的是老天福佑之地。我如今得知這裡土地肥沃，農耕興旺，從無水澇旱災，且又地處從北至南橫貫我大唐的大運河邊上，藉此獲利甚多。西門外有一處良港，官船民船雲集，南北過客來來往往從無稍歇，因此城內商行店鋪亦是生意興隆。又有一條河流穿城而過，與那大運河同樣盛產魚蝦，使得窮苦百姓亦可得以過活。此地還駐有一座很大的軍塞，為飯鋪酒館也提供了不少生意。本地百姓頗為富足欣悅，繳納稅賦亦鮮少拖欠。」

「凡此種種，足見前任馮縣令熱心公事、精明強幹。他將衙內所有簿冊都收得井井有序，上面各項記錄十分齊全。」

洪亮面露喜色，「這實在令人可喜。老爺上次就任漢源時，當地情形頗為棘手，我時常擔心老爺勞累過度、傷了身子哩！」[1] 抬手捻著山羊鬍，又道：「我已翻看過刑名

1 見《湖濱案》——原注。該書講述狄公調任漢源縣令時的故事。

案卷，發現本地極少有罪案發生，除了幾日前一樁極為粗鄙的姦殺案之外，其他案件馮老爺均已具結完畢。老爺明日細細讀過有關案卷後，自會看出只有幾處尚未合榫，還有待梳理作結。」

狄公揚起兩道濃眉，「尚未合榫之處，有時便會大成疑問，洪亮！此案到底是何情形，且與我說來聽聽！」

洪亮聳聳肩頭，說道：「這案子倒是十分簡單明瞭。有個姓蕭的屠戶，開了一爿小店鋪，他的女兒被人姦殺在閨房之中。事後發現此女原有個情人，是個姓王的浪蕩秀才。蕭屠戶狀告秀才殺人，馮老爺查驗過證據，又聽取過證詞後，斷定其人確為真凶，但他卻拒不認罪，於是馮老爺下令用刑，刑中再審時，那王秀才還沒來得及招供，便已人事不省了。馮老爺離任在即，案子便審到此處。鑑於凶手已被拿獲，且又證據充分，足可施以刑訊，此案實則已經了結。」

狄公捋著長髯若有所思，半晌後說道：「洪亮，我想聽聽此案的前後詳情。」

洪亮面露難色，猶豫說道：「老爺，此時已近午夜，若是現在便去歇息，豈不更好些？明天有的是時間來議論此案！」

狄公搖頭說道：「你方才一番簡述，已經透露出令人起疑的不合之處。看過這些案牘公文後，我正想聽一樁罪案用來醒腦哩！洪亮，你先給自己倒一杯茶，舒服坐下，再與我講講其中來龍去脈。」

洪亮心知拗不過，便依命回到桌前，查看了幾頁案卷，然後開口敘道：「就在十日之前，也即本月十七日，有個名叫蕭輔漢的屠戶，在城中西南角的半月街上開了一爿小店，午衙時涕淚交流地奔到大堂上，還有三名證人與他同去，一是城南里長，姓高，一是住在蕭家對面的裁縫，姓龍，還有一個是屠戶行會的首領。」

「蕭屠戶呈上狀紙，被告是個名叫王獻忠的秀才。此人家境貧寒，住在蕭家附近，如今被控扼死了蕭家的獨生女淑玉，並盜去一對金釵。蕭屠戶還說這王秀才與他女兒私下來往已有半年，今早不見女兒露面料理家務，尋到閨房中，才發現原是出了人命。」

「那蕭屠戶如果不是愚蠢透頂，便是貪婪下作！」狄公插言道，「他怎能縱容默許自己的女兒在家中與人勾搭成姦，直與私娼暗門一般無二！甚而發生強暴殺人之事，也就不足為奇了！」

洪亮連連搖頭，「並非如此，老爺。在那蕭屠戶的訴狀裡，卻是另有一番說法！」

第二回 狄縣令重議姦殺案 洪都頭驚聞意外辭

狄公將兩手籠在寬大的袍袖中，命道：「講下去！」

「蕭屠戶一直被蒙在鼓裡，」洪亮接著敘道，「出事當天，方才得知女兒與人結有私情。蕭淑玉平日獨個兒住在一間閣樓裡，在其中洗衣縫紉。這閣樓建在一座倉房上，與蕭家店鋪相隔不遠。他家沒有幫傭，所有家事全靠母女兩個親手操持。馮老爺已經查實，在淑玉姑娘房中即使大聲叫喊，蕭家及其左鄰右舍也不會聽見。」

「至於那王獻忠，本是京師名門望族之後，可惜父母雙亡，又因族內紛爭，從此落得一文不名，平日在半月街上教授周圍人家的幾個小小童蒙，方得以勉強糊口，正預備秋闈入場。他在龍裁縫的樓上租了一間小閣樓，正巧就在蕭家對面。」

「這一對男女何時開始勾搭成姦的？」狄公問道。

「大約半年前，」洪亮答道，「王獻忠對淑玉姑娘心生愛慕，後來二人便幽期密約，在淑玉的臥房中私會。王獻忠常是將近半夜時從窗口鑽進去，天亮前再偷偷溜回住處。龍裁縫證實說約莫過了十天半月後，自己便覺察此事，不但狠狠訓斥了王獻忠一頓，還說打算告訴蕭屠戶。」

狄公點頭讚許道：「龍裁縫所言甚是！」

洪亮翻看了一回卷宗，又道：「誰知那王獻忠卻是個奸猾之徒。他跪地苦求龍裁縫，說自己與淑玉姑娘確是彼此深愛，又發誓賭咒說一旦秋闈中榜，便會立即娶淑玉為妻，唯其如此才能備下一份像樣的聘禮送給蕭家，淑玉過門後也可衣食無虞，還說如果此事洩露出去，他就會失去應試資格，從此不但一對有情人身敗名裂、前程盡毀，而且還會貽羞父母親朋，想來豈不痛殺。」

「龍裁縫深知王獻忠一向為學勤勉，秋闈中舉十分有望，且又存了一段私心，一個前程大好的名門子弟居然看中了他家鄰居的女兒，暗地裡也不免頗為得意，於是答應將守口如瓶，並自我安慰說過不多久王獻忠便會娶淑玉為妻，這一段兒女私情終會成為美滿姻緣。另外，這龍裁縫從此暗中留神窺伺蕭家，為的是查實淑玉並非水性楊花、行止不端，結果發現她當真只與王獻忠一人來往敘話，並且除了王獻忠之外，再無其他男子在淑玉的閨房四近逡巡打轉。」

狄公呷了一口熱茶，怒道：「話是這麼說！不過照實說來，王獻忠、淑玉與龍裁縫這三人行事都甚為不當，應遭嚴譴才是！」

「馮老爺亦曾提及此節，」洪亮說道，「不但嚴詞責備龍裁縫的姑息縱容，還訓斥了蕭屠戶幾句，說他身為一家之主，不該如此粗疏大意。」

「如今再說回十七日，龍裁縫一大早聽說淑玉死於非命，對王獻忠的憐惜呵護之意，立時轉為切齒痛恨，於是奔去蕭家，將二人的私情和盤托出。且聽他本人的原話：『都是我一時糊塗，沒有早早揭破這樁醜事，誰知那姓王的狗頭竟是勾引淑玉來滿足他無恥的淫慾。當淑玉敦促他要明媒正娶時，他不但下狠手害了姑娘性命，還盜走一對金釵，以期另聘富家之女！』」

「蕭屠戶聽罷悲憤交加、忽忽如狂，託人請了高里長與屠戶行會的首領前來。幾人商議之後，認定王獻忠便是真凶，於是由行頭執筆寫下一份訴狀，然後一齊奔去縣衙大堂，控訴那秀才的罪行。」

「王獻忠那時人在何處？」狄公問道，「莫非已經逃出城去？」

「卻是不曾，」洪亮答道，「王獻忠立時便被拿獲。馮老爺聽罷蕭屠戶的控訴，便派衙役前去捉人。那王獻忠就在裁縫鋪的閣樓上，午時已過，居然還在呼呼大睡哩。眾衙役不由分說將他押到縣衙大堂，馮老爺道是蕭屠戶告他姦殺盜竊，問他有何話說。」

狄公直起身來，兩肘據案傾身朝前，急急說道：「我很想聽聽那王獻忠是如何巧構辯詞替自己開脫的！」

洪亮揀出幾頁文書，匆匆瀏覽過後開言道：「那廝倒是辯解得頭頭是道，更要緊的一點是——」

狄公抬手示意，「不如聽聽王獻忠自己的原話，你且將那筆錄念來便是！」

洪亮面露驚詫之色，開口欲言，尋思一下卻又止住，於是埋頭看著文書，語氣平板地讀起王獻忠的堂供筆錄來：

「小生跪在大人堂前，自覺羞愧難當，往昔確曾引誘良家少女幽會偷情，犯下大錯，在此供認不諱。說來原是小生暫居於一處閣樓之上，而那淑玉姑娘則住在半月街盡頭一條冷巷的角落處。我每日裡端坐課業，對面即是佳人香閨，每每有幸遙瞻她當窗理雲鬢的婉孌之姿，心中不由情愫漸生，並暗自決意日後非她不娶。」

「若是我當日深藏此念，耐性等到秋闈過後再相時而動，則將幸何如之！一旦前程有定，自可備下一份豐厚的聘禮，再請媒人前去說合，向淑玉之父轉致我殷殷心意，既

狄縣令重議姦殺案

合於風俗禮法，且又風光榮耀，何愁好事不諧。不想一日裡，我竟在里巷中偶然遇到淑玉，見她獨自一人，便忍不住上前搭訕，言語往還之際，足見她對我亦十分有情。我本應正言規勸這天真無邪的姑娘才是，結果卻與她約下後會之期，越發撩亂了一顆少女春心。過不多久，我便央求她在閨房中私會，哪怕一遭也好，她經不住我死纏爛打，終於點頭應允。在約定的當天夜裡，我將梯子架在她的窗下，她開窗納我入內。我二人未經成禮而初試雲雨，其中歡娛自不待言，雖然明知此乃大悖天理人倫之舉，一時卻也顧它不得了。」

「慾火一旦點燃，便如乾柴烈焰一般越燒越熾、再難平息，我與淑玉的幽期密約益發頻繁。我生怕那梯子會被更夫或路人瞧見，便說動淑玉從窗口垂下一條長長的白布，並將一端繫在她的床腿上，一旦我在下面扯動布條，她便會開窗助我攀爬上去。即使有人看見，也會以為是誰家洗晒的布匹晚上忘了收回房去。」

狄公聽到此處，拍案怒斥道：「好一個狡獪的賊秀才！居然下作到如此田地，直是與偷雞摸狗的盜賊一般無二了！」

「我已對老爺說過，那廝端的是個奸猾的卑鄙小人！」洪亮說道，「還是接著來聽他的供詞：

『不料有一天，此事被龍裁縫看破。他為人忠厚，威脅曰要去告訴蕭屠戶。這無疑是老天有意安排下的警示，但我一時愚鈍，竟對此全不理會，只是一味苦苦哀求，最終龍裁縫答應自會守口如瓶。』

『此後我二人又私下來往了將近半載，直到老天對此行徑忍無可忍，於是突然降下大禍，既懲罰了我這可悲的罪人，也毀了無辜的淑玉姑娘。我們原本約定十六日夜裡在她房中相會，不巧當天午後，有個名喚楊樸的同窗好友前來造訪，道是他父親特意從京師寄來五兩紋銀權作生日賀禮，邀我同去城北的五味居小宴一番。我在席上一時貪杯，多喝了幾盅，與楊樸道別後獨自返回。夜風習習，十分涼爽，我只覺醉意甚濃，心想先回住處小睡半個時辰，待酒力散後再與淑玉相會，不料卻迷了方向。今早天快亮時，我方才醒轉過來，發覺自己竟是躺在一座荒宅廢墟旁的荊棘叢中。我掙扎著起身，只覺頭腦昏沉，也沒顧上留神細看周圍便踉蹌離開，走了半日方行至大街上。我徑回住處，一頭躺下沉沉睡去，直到老爺派的差官前來時，方才得知我那可憐的心上人竟已慘遭不幸。』」

洪亮停下望了狄公一眼，冷笑一聲說道：「下面就是那道貌岸然之徒的最末結語：

『若是老爺斷定小生由於勾引良家少女，或是間接致其意外慘死而應遭極刑的話，甘願身受，絕無異議。伊人既已逝去，小生縱然苟活世上，餘生也將永遠籠罩於濃黑悲戚的陰影之中，真真生不如死，也算從此解脫。但又念及真凶尚未伏法，且為了王氏一族的清白家聲計，小生斷然不能枉擔這姦汙殺人的罪名。』」

洪亮將文書擱下，用手指輕敲幾下，說道：「王獻忠只承認引誘少女，卻矢口否認殺人害命，顯見得是企圖逃脫應受的刑罰。他定已深知若是勾引良家少女，並且證實經她同意後而犯下姦情的話，須受五十大板，然而若是犯下殺人害命的勾當，則會被押至法場可恥地死去！」說罷滿心期望看著狄公。

狄公卻不置一辭，慢慢品完一杯清茶，才又開口問道：「馮縣令對於王獻忠的供詞有何評議？」

洪亮翻看著卷宗，半晌後方才答道：「那天在堂上，馮老爺並未繼續盤問王獻忠，而是立刻著手開始例行勘查。」

「此舉甚是高明！」狄公讚道，「你能找出馮縣令親查現場的前後案錄，還有仵作的屍格來嗎？」

洪亮展開另一張文書，「有了，老爺，這裡便是詳錄。馮老爺帶領隨從去了半月街，在閣樓中見到淑玉姑娘的屍身。她四肢伸展躺在榻上，全身赤裸，一絲未掛，體格健壯豐腴，年紀大約十八九歲，面目扭曲，披頭散髮。床鋪十分凌亂，枕頭掉在地下，還有長長一條白布堆在地上，白布的一端正繫在一條床腿上。衣箱的蓋子開著，裡面只有寥寥幾件衣裙。床對面靠牆立著一隻洗衣用的大桶，壁角處放著一張破舊的小桌，桌上有一面裂了縫的妝鏡，一條木頭腳凳翻倒在床前，除此以外，再無其他家什。」

「可曾發現了什麼能透露出凶手身分的線索？」狄公插言問道。

「沒有，老爺。」洪亮答道，「雖然細細搜過，卻未能發現一絲線索。只尋到了幾首題贈給淑玉姑娘的情詩，上面署有王獻忠的大名。那姑娘雖然不通文墨，卻還是將詩稿仔細地包裹起來，收在梳妝檯的抽斗裡。」

「仵作驗過屍體，道是淑玉姑娘係被人扼住脖頸窒息而亡，喉頭處有兩大片青紫傷痕，正是凶犯下狠手的地方，前胸手臂上還有不少瘀青腫脹之處，可見她曾奮力反抗過。仵作最後寫道，所有明證均顯示出她在被扼之時，或者扼死之後，曾經遭到姦汙。」

洪亮迅速瀏覽過餘下的部分，接著敘道：「隨後幾日裡，馮老爺又不辭勞苦查驗了所有其他證據，還派了——」

「這些姑且略過，」狄公插言道，「想必馮縣令定是查得十分細緻周詳，只揀那要緊處念與我聽聽，譬如楊樸對於酒肆中的小宴有何說辭。」

「身為王獻忠的知交好友，」洪亮答道，「楊樸證實了王獻忠所言句句屬實，只有一點略生異議，即他並不以為二人分手時王獻忠醉得十分厲害，只是『微有醉意』而已。還有，王獻忠沒能找到聲稱醉後醒來的地方。馮老爺可說是盡心盡力，派衙役帶著王獻忠走遍城中，查看過所有廢宅，結果仍是徒勞。王獻忠身上有幾道刮擦過的痕跡，傷口頗深，衣袍也撕裂了幾處，他辯解說是在荊棘叢中踉蹌而行時留下的。」

「然後馮老爺又花了兩天工夫，徹查過王獻忠的住處與其他地方，沒能找到那一對被盜走的金釵。蕭屠戶憑著記憶畫下了圖樣，這圖樣也附在此處。」

洪亮見狄公伸手示意，便從卷冊中抽出薄薄一張畫紙來，呈至狄公的書案上。

「好個手藝，」狄公讚道，「搭扣處還做成一對飛燕狀，雕刻得十分精細哩。」

「據蕭屠戶說，這對金釵乃是家傳之物，」洪亮說道，「據說誰要是用了就會遭遇不測，所以其妻一向鎖在箱底。只因為數月以前，淑玉一力央告，非要戴上不可，蕭大娘又無力購置別的首飾，這才取出給了女兒。」

狄公搖頭嘆道：「好生可憐的姑娘！」過了半晌，又發問道：「那馮縣令又是如何最終定案的？」

「就在前天，馮老爺綜述了所有收集的證據，」洪亮說道，「先說尚未找到失竊的金釵，但並不認為王獻忠因此便能得以開脫，他自有充裕的時間可將金釵藏匿於不為人知之處。馮老爺雖也承認王獻忠的辯解頗是有理有據，但又聲言身為一個飽讀詩書之人，能編排出一套聽去十分可信的說辭，亦是意料中事。」

「馮老爺還認定此案絕無可能是走街串巷的夜盜之流所為。眾所周知，半月街上只住著些貧苦的小店主，即使有竊賊前往，也必會摸進蕭屠戶的店鋪或是貨倉裡去，而不會選中小小一幢閣樓下手。並且王獻忠與淑玉姑娘的幽期密約，除了二人與龍裁縫之外，並無他人知曉，這一點從一干證人的證詞以及王獻忠的供述中均可得到確認。」

洪亮抬頭微微笑道：「那龍裁縫是個年逾七旬的老叟，且又衰弱無力，自然不會在疑犯之列。」

狄公聞言點頭，又問道：「馮縣令在定案時如何措辭？如有堂錄，你且讀來聽聽。」

洪亮再次伏在桌上，埋頭讀起案卷來：

「被告再次大呼冤枉時，馮老爺拍案喝道：『你這狗頭，如今本縣已知真相！你離開酒肆之後，便徑去了淑玉房中，幾杯黃湯下肚後，方能壯起膽來，對淑玉道是你已心生厭倦，意欲從此斷絕來往。你定是早有此念，只因生性怯懦，一向不敢說破而已。於是你二人起了爭執，淑玉要出門去喚她爹娘來，你想要拽她回房，撕扯之間，你心中陡生惡念，使出強力姦汙了她不說，還下狠手害了她的性命。犯下如此罪行後，你又在她的衣箱中亂翻一氣，並盜去那一對金釵，使得此案看來似是盜賊所為。還不從實招來！』」

洪亮念完後，抬頭又道：「王獻忠仍是一力叫屈，馮老爺便命衙役給了他五十重鞭。抽到三十下時，王獻忠昏厥在地。衙役端來熱醋置於他的鼻下，人雖醒轉過來，卻已是心神渙散，馮老爺沒法再問下去，當天晚上又來了調任官文，因此他無暇結此鐵案。不過，馮老爺在堂審筆錄的最末處匆匆寫下了幾句批語，算是陳述個人之見。」

「且讓我看看這批語，洪亮！」狄公說道。

洪亮將案卷完全展開，然後呈給狄公。

狄公接過案卷，湊到眼前，大聲讀道：

「本縣細思過後，認定秀才王獻忠罪行屬實，並無疑義。待其招供後，竊以為應典以重刑處死。蒲陽縣令馮毅頓首。」

狄公將案卷慢慢捲起，信手拈起一方翡翠鎮紙，拿在手裡把玩。洪亮立在書案前，望著狄公若有所思。

只見狄公驀地放下鎮紙，霍然起身，直盯著洪亮說道：「馮縣令一向謹慎幹練，之所以會如此草率地了結此案，想來皆是由於離任在即、事務繁多所致。如果他能有時間從容細究案情的話，定會得出完全不同的結論。」

狄公見洪亮面露疑色，淡淡一笑又道：「那王獻忠雖是一個生性懦弱、全無擔當的後生，理應受到重罰，但他卻並未殺人害命！」

洪亮張口欲言，卻被狄公抬手止住，「我姑且言盡於此，不日便會提審案內一干人員，並親自勘查罪案現場。明日午衙開堂時，我將會再審此案，到時你自會明白其中緣故。且罷，不知此時幾更天了？」

「回老爺，已是午夜過後多時。」洪亮滿面疑雲，「老實說，我是看不出這案子有何破綻，待到明日頭腦稍稍清醒些，定要從頭至尾再讀一遍案錄不可！」說罷緩緩搖頭，取下一支蠟燭來為狄公照亮。通向北院內宅的穿廊中，此刻已是一片漆黑。

不料狄公卻按住洪亮的手臂，說道：「毋須煩勞，洪亮！此時深更半夜，我不應再去攪擾家人，他們個個都勞累了一天，你也是一樣辛苦！如今你回房自去歇息，我就在這二堂的長榻上躺下便是，就這麼辦，且去睡個好覺吧！」

第三回　初升堂狄公查庶務　遊市井陶干報奇聞

次日黎明，洪亮將早膳送至二堂時，見狄公已盥洗完畢。狄公吃了兩碗米粥和些許醃菜，洪亮又沏了熱茶端上。及至晨曦初現，紅霞映窗，洪亮方才吹滅蠟燭，又助狄公換上厚重的墨綠織錦官袍。狄公見家僕已將冠鏡擺在一張條几上，心中十分滿意，伸手拉出鏡面下方的抽斗，取出烏紗官帽來套在頭上，又對鏡仔細戴正。

與此同時，眾衙役推開鑲有黃銅門釘的衙院正門，雖然時辰尚早，外面卻已聚集了許多百姓。蕭屠戶之女被姦殺一案驚動了一向平靜的蒲陽城，人人都急於目睹新任縣令將如何了結此案。

守衛敲響了門口的銅鑼，前來觀審的百姓從庭院魚貫湧入大堂，目光盡皆集中於對面的高臺處。只見案桌上鋪了大紅織錦，新任縣令將從彼處出堂亮相。

主簿已將縣令須用的一應物事在案桌上放置妥當。右手邊是兩寸見方的大印以及印泥，正中擺著一方雙墨池的硯臺並兩支毛筆，以備朱墨二色之用，左手邊則是書辦用的空白紙張格目。

六名衙役分作兩列，彼此相向立於案桌前，手持長鞭、鎖鏈、夾棍等刑具，令人望而生畏，班頭則站在幾步之外，離案桌稍近。

後牆上的帷幕終於被拉開，只見狄公邁步走出，在扶手椅上坐定，洪亮立在一旁。狄公緩捋長髯，朝萬頭攢動的大堂環視片刻，一拍驚堂木，宣道：「早衙升堂！」眾人見狄公並未伸手去取朱筆，不禁大失所望。既然不提朱筆，就是不打算批了令紙去牢裡提人。

狄公命主簿將有關縣衙例行公務的記錄簿冊拿來，從容翻看過後，又叫班頭上前，與他核對衙內人員的薪俸支兌數目。

只見狄公濃眉一皺，慍怒地盯著班頭，喝道：「居然少了一貫錢！你且說說弄到哪裡去了。」

班頭支吾半晌，到底也說不出個子丑寅卯來。

「既然如此，這一貫錢就從你的俸錢中扣除了帳。」狄公斷然命道，朝後靠坐在椅背上，品了半日洪亮端上的香茶，見堂下無人投狀鳴冤，於是又一拍驚堂木，宣布退堂。

狄公剛一離去，堂下看眾立時議論起來，失望之聲不絕於耳。

「散了散了！」衙役們高聲叫道，「該看的你們都已看在眼裡，如今快快離開此地，我等還有公務在身，休得耽誤工夫！」

待到眾人散盡，班頭朝地上啐了一口，對幾個年輕衙役悻悻說道：「你們尚且年輕力壯，還是趁早另謀營生去的好些，在這天殺的蒲陽縣衙裡，只能低三下四地討生活！我等伺候了馮老爺整整三年，他已算是個難纏的，少了一錠銀子就要過問。我總以為自己已是十分盡心盡力，誰承想新來的狄老爺居然變本加厲，為了區區一吊錢就要大發脾氣，你我除了暗求老天保佑還能怎的！如今在衙門裡行走竟是如此艱難，你們倒是說說，為何那些個貪財納賄又容易糊弄的縣老爺，偏生從不駕臨蒲陽縣呢？」

正當眾衙役私下埋怨之時，狄公已換過舒適的家常衣袍，從旁襄助者乃是一名瘦瘦的男子，身著藍袍，腰繫褐絛，一張瘦長臉面，神情常是陰鬱，左頰上生有一塊銅錢大小的黑痣，上面還冒出三根長約數寸的烏黑毫毛。

此人姓陶名干，亦是狄公的親信隨從之一，以前專以坑蒙拐騙為生，流落江湖，四處漂泊。他精通各種行騙的伎倆，諸如給骰子裡灌鉛做手腳，草擬模稜兩可的合同文書，偽造印章，模仿筆跡，溜門撬鎖等等，幾年前曾經身陷危境，幸遇狄公解救才得以脫困，從此便改邪歸正，投在狄公門下，忠心耿耿跟隨左右。他頭腦靈活、頗富機變，且又天賦異稟，專會識破各種做假藏奸的騙局，凡此種種在狄公辦案時均助益良多。

狄公在書案後剛剛坐定，又有兩條彪形大漢走入行禮，二人一式褐袍黑絛，頭戴黑便帽，正是另外兩名親隨馬榮喬泰。

馬榮身高六尺開外，虎背熊腰，一張闊臉刮得乾乾淨淨，只留著短短的髭鬚，雖則膀大腰圓，行動處卻甚是輕捷俐落，足見拳腳功夫不凡。他早年曾做過一個貪官的保鏢，當那人要強行勒索一個寡婦的錢財時，馬榮一怒之下出手教訓，差點要了對方性命，於是只得逃入山林，從此做了綠林好漢——即劫掠財物的剪徑強人。他曾在出京路上截住狄公及其隨從，卻被狄公的人格所打動，從此棄暗投明，甘願竭誠效命。他勇猛膽大、膂力過人，因此常被狄公派去捉拿要犯，或是從事其他危險的活計。

喬泰是馬榮當年的綠林兄弟，其拳腳功夫雖比馬榮稍遜一籌，卻擅長舞刀弄劍，箭法也極精，更兼耐性十足、堅忍不拔，辦案時尤為難能可貴。

「來來，兩條好漢，」狄公說道，「想來你們已在蒲陽城內走過一遭，對各處情形也已大致看在眼裡了。」

「回老爺，前任馮老爺定是個好官。」馬榮稟道，「此地百姓大都殷實富裕、心滿意足，飯鋪酒館裡菜肴鮮美，價格也甚為公道，本地所出的水酒亦是上好佳釀。看來我們大可在此地逍遙快活幾年了！」

喬泰欣然表示贊同，但是陶干一張瘦長臉上卻似有疑色，半日不曾言語，只用手指慢慢捻著頰上的三根長毫。狄公瞥了他一眼，發問道：「陶干，你有什麼異議不成？」

「不瞞老爺說，」陶干開口說道，「我還當真遇到一樁耐人尋味之事，看似大有隱情，值得查訪。」

「我每到一處，總是習慣於先探得本地財源之所在，於是便去了幾家茶坊裡小坐，很快便得知城中雖有十來家做水運生意的富戶，還有四五個家有萬頃良田的莊主，但是比起北門外普慈寺的住持靈德法師來，只不過是九牛一毛而已。那普慈寺格局宏大，剛剛修繕一新，靈德法師乃是一寺之主，手下有六十名僧人，但這群和尚既不吃齋也不念佛，整日裡吃肉喝酒，日子過得窮奢極侈。」

「若論私意，」狄公插言道，「我並不想與僧眾一流打什麼交道。孔聖先師及其門徒留下的儒家教義，對我而言已是足夠睿智完滿，至於那些天竺緇衣僧人傳來的外邦學說，我並無意涉獵。不過，既然朝廷認為佛教對於百姓具有勸善之功，並對僧眾寺廟格外加恩庇護，佛門興盛亦合於當今聖意，想來你我還是不要妄加苛責的好！」

雖有狄公一番告誡，陶干卻兀自不肯罷休，稍稍遲疑後又道：「我說那靈德法師富有，是說他富得好比財神爺哩！據說那些和尚住的僧房，如同王公貴胄的宮室一般華美，大雄寶殿內的法器也皆是純金所製，還有——」

「無須贅述這許多，」狄公正色道，「說來說去，也無非是些傳言而已，並不足信，且揀那要緊的講來！」

陶干說道：「老爺明鑑，我尚且不能說有十足把握，但很是懷疑這普慈寺的錢財，乃是由一樁見不得人的勾當聚斂而來的。」

「聽你這話，」狄公說道，「倒是勾起了我三分興致，長話短說，接著道來！」

「這普慈寺之所以財源滾滾，」陶干敘道，「人人皆知是託賴一座觀音像，如今就供在大雄寶殿內。此像用檀香木雕成，已有百年之久，幾年前還立在一座破敗的佛殿中，四周是荒草叢生的廢園，向來冷冷清清。寺內只有三名僧人，就住在旁邊的簡陋茅棚內。由於前來拜佛的人寥寥無幾，香火錢還不夠那三個和尚每日吃碗薄粥，因此他們白天還得端著缽盂走街串巷地化緣，方能勉強過活。」

「大約五年前，一個行腳僧來到此廟，雖然只裹了件破爛僧袍，卻是身材高大、相貌堂堂，儀表甚為出眾，自稱法號靈德。又過了一年，眾口相傳那檀木觀音像十分靈驗，凡是未有子女的夫妻，只要去廟裡許願祝禱，回家後便能生兒育女。靈德從此以寺中住持自居，並堅稱前來求子的婦人，須得在大殿內的觀音像前虔心默禱一夜方可。」

講到此處，陶干朝眾人溜了一眼，接著又道：「為了謹防流言蜚語，每當婦人進入大殿後，那靈德法師便親自貼上封條，將殿門封起，還要求其夫在封條上蓋印為記，並留在寺內的禪房中過夜，第二天早起，再由其夫親自揭封開門。從此以後，前來上香的人絡繹不絕，觀音送子的名聲遠播，周圍尚無子嗣的人家紛紛前來參拜，一旦如願以償後，無不感激涕零，又將各種貴重禮品以及大筆香火銀子送至寺內。」

「靈德法師後來不但將大殿修繕得富麗堂皇，還新建了不少僧房，寺內僧人也很快增至六十多名，原先的廢園亦是面貌迥異，如今築有假山魚池，十分美觀，去年又加蓋了幾座雅致的亭閣，以供在寺內過夜的女子們歇宿。他還命人在整個寺院周圍築起高牆，並修了一座金碧輝煌的山門殿，足足有三層高，半個時辰之前我才剛剛瞻仰過哩。」

陶干略停片刻，等狄公發話評議，見未有回應，便又說道：「不知老爺聽了做何感想，如果正巧與我所見略同的話，顯然對此種情形不可坐視，須得有所設法才是！」

狄公輕捋長髯，沉吟道：「世間萬象，紛紜複雜，難免有那匪夷所思、不可以常情論者，我亦不能貿然斷定觀音像顯靈必是無稽之談。不過，既然一時也沒甚要緊的公事派你去辦，你不妨多去打探些有關普慈寺的消息，再適時回來稟告。」

狄公傾身向前，從書案上拿起一卷文書，又道：「這便是半月街姦殺案的詳細案錄。此案尚且懸而未決，昨晚我與洪都頭議論過一番，還望你們幾個今早都拿去讀過。我預備在午衙開堂時要提人聽訟，屆時你們自會發現——」

就在這時，忽見內宅管家走入，躬身作揖三下，開口稟道：「大夫人命小人前來傳話，不知老爺今早能不能抽出空來，去內宅裡看看各處布置得是否妥當。」

狄公苦笑一下，轉頭對洪亮說道：「自從我們抵達蒲陽城後，我還從未踏入過自家院門半步哩！怪道夫人們都已心下不安起來。」

狄公站起身來，將兩手籠在袍袖中，對幾名親信又道：「及到午衙開堂時，你等自會發覺若是將王獻忠視為凶手的話，仍有幾處小小的破綻。」說罷出了二堂，直朝穿廊走去。

第四回
王秀才上堂述異事　狄縣令查案出官衙

午衙開堂鑼響之前，狄公返回二堂，見四名親隨已齊集等候。狄公換過衣袍，戴上烏紗帽，邁步走入大堂。一眼看去，堂下仍是人滿為患，連個插腳之處也沒有，於是心知早衙雖則短促，卻並未使蒲陽百姓們十分敗興。

狄公在案桌後落座，命班頭帶蕭屠戶上堂問話。

蕭屠戶走上前來。狄公打量一下，見他身量矮小，衣著簡素，實是個忠厚樸拙的小店主。待蕭屠戶跪下後，狄公開言道：「你家中遭此不幸，本縣深感同情。前任馮縣令明察秋毫，已訓誡過你當家粗疏大意之過，在此無須重提，然而此案尚有幾處疑點需要覈實，因此還得過些日子方可具結，不過無論如何，定會還你一個公道，並將拿獲真凶，為令女淑玉報仇雪恨。」

蕭屠戶低聲謝恩過後，狄公示意左右將他引到一旁，翻看了幾頁文書，又命道：「帶仵作前來！」

狄公打量了仵作一眼，看去似是個精明世故的青年後生，於是開口說道：「趁你記憶猶新，本縣想問你幾個有關驗屍的問題，望你先將死者的身形特徵概述一番。」

「啟稟老爺，」仵作答道，「死者較之年紀相仿者，身量算得高大，且體格健壯，想是從早到晚忙於家事並在店中幫忙的緣故。她身材結實，並無形體缺陷，一看便是勤勞健康的女子。」

「你可曾仔細查看過她的兩手？」狄公問道。

「自然看過。馮老爺對此十分留意，想要從指甲縫裡找出些碎布絲線或其他物事，藉以推斷凶手的衣著打扮。只可惜她的指甲很短，正如其他整日勞作的姑娘一樣，結果自是一無所獲。」

狄公聞言點頭，又道：「你在屍格中寫道，在死者喉頭處，有凶手掐扼時留下的青紫傷痕，還有指甲留下的印記，仔細說說這些指甲印是何模樣！」

仵作思忖片刻，然後答道：「那些指甲印的樣子很是平常，呈半月形，沒有嵌入肌膚很深，但也略有幾處破了皮的地方。」

狄縣令提審王獻忠

「以上所言的細節，亦應錄入屍格之中。」狄公說罷，命仵作退下，又喝令帶王獻忠上堂。

衙役將王獻忠帶上前來。狄公銳利的目光一掃，只見這秀才身著藍布長袍，身量中等，舉止端莊文雅，但卻胸脯乾癟、肩背佝僂，顯見得整日伏案苦讀，很少活動筋骨。細看臉面，倒是生得相貌清俊，寬闊的額頭頗顯聰慧，但口唇卻透著軟弱無力，左頰上有幾道劃破的傷痕，癒合得凹凸不平，甚是難看。

王獻忠在案桌前跪定，狄公喝道：「王獻忠，好一個作奸犯科、有辱斯文的孔門敗類！既然有幸讀過聖賢書，並得蒙聖人教誨，卻偏要妄用胸中學問去行那齷齪之事，專去引誘易於上鉤的無知少女來滿足你的淫慾不說，當心下兀自不足時，竟然還姦汙殺人，罪大惡極，絕無可恕，必將依法嚴懲不貸。你的供詞已收入案錄中，本縣讀罷心中作嘔，如今無意再聽你狡辯，只是仍有幾樁事由需要澄清，須得原原本本從實招來。」

狄公傾身向前，匆匆瀏覽過一頁文書，又道：「你在供詞中堅稱曰十七日一大早睜眼醒來時，發現自己身在一座荒宅的廢墟中。且將你當時所見詳細道來！」

「老爺在上，」王獻忠顫聲答道，「請恕小生難以如命。那時日頭尚未出來，熹微晨光中，只依稀見到似是斷壁殘垣中的幾堆磚石，周圍荊棘叢生，這兩樣東西小生倒是記得甚清。待我掙扎起身後，只覺頭腦昏沉，兩眼發花，一不留神絆倒在地，不但衣袍被棘刺劃破，連身上臉上也傷了幾處，心想還是趕緊離開這荒僻之地為上。我低頭凝思半日，試圖整頓全神，想到害得淑玉白白空等了一夜——」

狄公丟個眼色，班頭立即上前，對著王獻忠掌嘴數下。

「休要胡扯枝葉！仔細留神回話！」狄公怒喝一句，又對衙役命道：「給我看看他身上的傷痕！」

班頭一把揪住王獻忠的衣領，將他從地上拽起，兩名衙役上前用力扯下衣袍。由於三天前受過鞭刑的傷處尚未痊癒，王獻忠頗為吃痛，不禁慘叫出聲。狄公見他前胸手臂及肩頭處有幾道深深的口子，還有幾處青紫瘀傷，於是對班頭點頭示意。衙役們按著王獻忠重又跪下，卻並未替他套上衣袍。狄公接著審道：「你說過與淑玉幽會一事，除了你二人和龍裁縫之外，再無他人知曉，這話顯然不盡不實。你二人踰牆鑽穴、鬼祟行事之際，怎知必不會被路人撞見？」

「回老爺，」王獻忠答道，「小生每次出門前，總要前後左右小心看過，再側耳細聽有無腳步聲。有時遇到更夫路過，我便耐心等他走遠了，再迅速穿街而過，悄悄鑽入蕭屠戶店鋪旁的冷巷中，到了那裡就平安無事，即使有人經過半月街，我也可藏在暗地裡不被發覺。唯有爬牆時最是危險，但淑玉亦會站在窗邊，一旦瞧見有人來，便會出聲提醒。」

「一個秀才居然在深更半夜裡偷偷摸摸行此勾當，直是與竊賊一般無二！」狄公冷笑道，「如此景象，實在富於教益！罷了，你且仔細回想一下，可曾發生過什麼令你生疑之事。」

王獻忠尋思半晌，方才徐徐說道：「回老爺，記得大約半月前，小生著實受過一場虛驚。那天我正在龍裁縫門前四下張望，預備穿街而過，正遇見更夫巡夜，領頭之人邊走邊敲著木梆子。我靜等他們穿過整條半月街後，又繞過街角遠去，方大夫開了一家醫館在那邊，門前常亮著燈籠，故此能看得分明。」

「我剛剛溜入街對面的冷巷中，忽又聽得梆子聲傳來，似乎就在身後不遠。我緊貼牆面立在暗處，嚇得要死。這時沒了動靜，我心想更夫準以為我是個夜賊，隨後定會大聲叫喊起來，結果卻是再無聲息，周遭一片寂靜。我等了半日，斷定應是一時慌張聽岔了，或是從哪裡傳來的回聲作怪，於是放下心來，走到淑玉窗下拉拽布條示意。」

狄公轉過頭去，對站在一旁的洪亮低聲說道：「這倒是頭一回聽說，務必記錄下來！」又朝王獻忠攢眉怒道：「你純是浪費公堂時間！恁長一段路程，更夫怎會片刻即返？」又對主簿命道：「將案犯王獻忠方才的口供筆錄念與他聽，確認無誤後，再按印畫押。」

主簿大聲讀出筆錄後，王獻忠承認確與本人所述相符。

「讓他按了指印！」狄公對衙役命道，隨即將文書推到案桌一角。

衙役上前一把拖起王獻忠，將他的拇指在印泥中壓了一壓，接著又命他在文書上按下指印。

王獻忠顫抖著依令而行時，狄公留意到他的兩手纖長細瘦，一看便知不事勞作，還留著讀書人喜愛的長指甲。

「將人犯帶回大牢去！」狄公喝令一聲，隨即站起身來，惱怒地甩甩袍袖，下堂離去，只聽身後響起一片議論聲。

「散了散了！」班頭高聲喝道，「這裡是公堂，又不是戲臺，你們看完了還留在此處作甚！快走快走，莫非等著眾衙役給你們端茶送點不成？」

待到最後一人被驅出大堂後，班頭面色陰鬱，對幾名手下說道：「從今往後，你我可有好日子過了！整日盼著能來個又笨又懶的縣令大人，沒承想老天爺卻偏偏派來一個雖笨卻又勤快的，脾氣還暴躁得緊，真真倒楣透頂！」

「為何狄老爺不曾下令用刑？」一名年輕衙役發問道，「那書呆子又瘦又弱，保管挨一鞭子就會全招，更不必說給手腳上夾棍了。如此一來，這案子豈不是一了百了！」

旁邊一人也附和道：「這麼拖延又有何用？那姓王的窮酸一文不名，哪裡能指望榨出什麼油水來。」

「分明就是使出拖字訣而已！」班頭憤憤說道，「王獻忠的罪行可謂一清二楚，饒是如此，大老爺卻還要『澄清幾點』哩。且罷，你我還是趕緊去灶上盛飯要緊，那些守衛個個都如餓鬼投胎一般，再耽擱一會兒，定要被他們吃得精光了。」

此時狄公已換上一件家常褐袍，坐在二堂內的座椅中，呷了一口喬泰送上的熱茶，不覺面露微笑。

一時洪亮邁步走入。

「洪都頭，你看去滿臉不快，卻是為何？」狄公問道。

洪亮搖頭說道：「我剛剛擠在衙院外的人群裡，想聽聽眾人有何評議。要是容我照實回稟，須得說他們對今日重審的結果很是不滿，覺得無須再問，還說老爺沒能抓住要害所在，應讓王獻忠當堂招供才是。」

「洪都頭，」狄公說道，「我深知你是唯恐我的官聲有損，方才有此一番言語，不然定會嚴責不可。聖上派我統攝一方，為的是要主持公正，而並非刻意取悅於人！」又轉頭對喬泰命道：「叫那高里長前來見我！」

喬泰剛一離去，洪亮又問道：「老爺對王獻忠關於更夫的說辭如此看重，莫非是懷疑他們與此案有所關聯？」

狄公搖頭說道：「非是如此。即使沒有今日王獻忠那一番言語，馮縣令也已依例問過曾在案發地方執役的更夫，領頭的更夫長已經證明，自己與兩名手下均與此案無涉。」

這時喬泰帶了高里長回來。那高里長一見狄公，連忙躬身施禮。

狄公怒目而視，開口斥道：「原來你就是弄出這骯髒命案的一里之長！莫非你竟不知，凡有踰矩不法情事發生的話，身為里長皆是責無旁貸？今後須得更加小心盡責才是，晝夜均要在四處巡查，不可整日在酒肆賭館中胡亂遊蕩，白白貽誤了做公的時間！」

高里長連忙跪倒在地，咚咚咚磕了三個響頭。狄公又道：「此刻你且引路，帶我們去那半月街上查看罪案現場，本縣只想看個大概，除你之外，只需帶上喬泰和四名衙役即可。我預備微服前往，讓洪都頭走在前面。」

狄公戴上一頂黑便帽，一行人從西邊角門出了衙院。喬泰與高里長在前，四名衙役在後。

眾人沿著大街一路朝南，行至城隍廟後牆，自此折向西去，行不多遠，便見右手邊有一座高大門樓，上面鑲有碧綠的琉璃瓦，正是孔廟所在。再往前去，迎面看見從南至北橫貫全城的河流，河上一架小橋，過了橋便走到大路盡頭，觸目皆是一片窮街陋巷。高里長引路朝左轉入一條街中，兩旁屋棚破敗、房檐低矮，走了半日，又拐入一條彎彎的窄巷內，這便是半月街了，蕭屠戶家的店鋪就在前方。

眾人行至店鋪門前，一群看客也聚攏過來。高里長大聲喝道：「這幾位差官乃是奉了縣令老爺之命，特為勘查命案現場來的。快快散開！休得妨礙了差官辦事！」

狄公見這店鋪位於路口處，其山牆側靠一條十分逼仄的冷巷，且牆面上沒有開窗，沿著冷巷一路下去，大約一丈遠處便是倉房，店鋪與倉房之間築有一堵磚牆連接彼此，淑玉閨房的窗戶比牆頭高出數尺，窗戶對面則是巷末一家行會館舍的高大山牆。狄公回身看去，只見龍家裁縫鋪正對著巷口，從二樓正可望入巷中，淑玉的閨房亦在視線之內。

洪亮向高里長問話時，狄公對喬泰說道：「你且試試能否爬上那扇窗戶去。」

喬泰嘿嘿一笑，將衣袍下擺撩起掖在腰間，縱身一躍抓住牆頭，兩手使力引身上去，右腳踩在磚頭脫落的牆洞處，將全身貼著牆面慢慢立起，直至伸手攀住窗臺，然後再次引身上去，抬腿站上窗臺，隨即鑽入房內。

狄公在下面看得不住點頭。只見喬泰又將身子掛在窗外，兩手抓住窗臺，在空中懸垂片刻，然後一鬆手，從五尺多高的半空中落下，著地時幾乎不曾發出響動，這一招正是「蝴蝶撲花」。

高里長意欲引著眾人去閨房中查看，不料狄公對洪亮搖頭命道：「此行目的已然達到，我們這就回衙去。」於是眾人又一路閒閒踱回衙院。

高里長小心退下後，狄公對洪亮說道：「方才一番見聞，越發證實了我心中疑問。你去叫馬榮前來！」

一時馬榮走入，對著狄公躬身施禮。

狄公說道：「馬榮，如今非得派給你一件差事不可，既不好辦，不定還會有危險。」

馬榮面露喜色，急忙應道：「但憑老爺吩咐！」

「我命你扮成一個無賴閒漢的模樣，」狄公說道，「再到那乞丐偷兒們時常出沒的地方去，暗地打探一個雲遊僧人或道士，或是假扮成此類人物的惡徒。這人身材高大、筋肉粗壯，卻並非你當日身在綠林時所見過的行俠仗義之士，而是一個殘忍下作之徒，原本大好的身手，已在好勇鬥狠與酒色淫濫中消磨殆盡。他的兩手異常有力，指甲很短且破損不齊。我不能肯定他會如何裝扮，很可能裹件破爛的僧袍，不過定會舉著一副和尚們邊走邊敲的木魚，最後還有一事，他手裡定有一對純金打製的精巧髮釵。這便是那金釵的圖樣，你可要仔細記在心裡。」

「老爺說得盡夠詳細了。」馬榮說道，「不過他究竟是何人，莫非犯下了什麼案子不成？」

「我從未見過此人，」狄公微微笑道，「因此尚且不知他姓甚名誰。至於犯下何罪，我敢說他就是姦殺蕭屠戶之女的歹人！」

「這差事我樂意去辦！」馬榮興沖沖說罷，隨即告退而去。

洪亮在一旁聽著狄公吩咐馬榮如此這般，越聽越驚異，這時方才開口說道：「老爺，這到底是怎麼回事，聽得我如在霧中！」

狄公只是笑道：「我之所見所聞，你亦是耳聞目睹過了，姑且自去推斷作結吧！」

第五回
遊佛寺參拜觀世音　入門房略施雕蟲技

再說早上陶干離開二堂後，換了一身看去體面尊貴的長袍，又戴上一頂殷實鄉紳喜用的黑紗便帽。

收拾妥當後，陶干出了蒲陽城的北門，在近郊一帶四處逡巡，又走入一家小飯鋪，隨意點了些吃食權當午飯。他登上二樓，臨窗而坐，透過窗槅望去，普慈寺的飛檐拱頂正在目中。

陶干摸出銀錢付帳時，對夥計順口讚道：「那寺廟真是氣勢宏大！裡面的和尚不知如何虔心敬佛，方能得到佛祖如此厚愛照拂！」

夥計哼了一聲，說道：「那伙禿驢虔心與否倒是不知，不過本地很有一些老實本分、有家有口的漢子，恨不能立時便送他們上西天去見佛祖哩！」

「老兄！說話留神些！」陶干佯怒道，「在下便是一心向佛之人，豈能容忍你胡言亂語！」

夥計惱怒地瞥了陶干一眼，連他放在桌上的賞錢都不拿便徑直走開，於是陶干喜孜孜地將賞錢重又納入袖中，起身出門而去。

陶干行不多久，便走到普慈寺的山門殿前，順階而上時拿眼一瞟，只見三名僧人正坐在門房中朝自己打量。陶干緩緩踱入山門，忽地停住腳步，在袖中上下摸索，又向左右看覷，似是無可措手。

一名年歲稍長的守門僧走到近前，恭敬地問道：「不知小僧可否為施主效勞一二？」

「多謝師傅一番好意。」陶干說道，「在下一向虔心禮佛，今日特來朝拜觀音大士像，並奉上些許香火錢，只可惜忘了帶些碎銀在身上。如此一來，怕是得改日再來燒香了。」說著從袖中摸出一錠白花花的紋銀來托在掌中。

那僧人一見銀子，立時兩眼放光，連忙說道：「這位施主，且讓小僧替你先墊付些香火錢吧。」說罷急急奔回門房內，取了兩串錢出來，每串有五十個銅板，陶干滿口稱謝地收下。

陶干走入寺院，只見磚石鋪地，甚是光亮，左右兩旁各有一座華美的花廳，正有兩乘大轎停在門前，僧人與僕從往來不絕。他一路朝前，經過天王殿，方才看見大雄寶殿正在目前。

大殿三面皆有雲玉平臺環繞，前方是一大片雲石板鋪成的空地。陶干走上寬闊的石階，穿過平臺，跨過高高的門檻步入殿內。一片幽暗之中，只見檀木觀音像安放在鍍金底座上，高逾六尺，左右各有一枝碩大的燭臺，光亮照在金黃的香爐法器上熠熠生輝。

陶干長揖三下，見旁邊立著幾個和尚，便右手作勢朝木製錢箱裡一擲，同時又將揣有兩串銅錢的左袖朝箱外一甩，只聽「當」的一聲響，不由人不信他果真投了幾枚銅板進去。

陶干抄著兩手靜立半晌，又拜了三拜，出了殿門朝右而行，不料卻被一扇緊閉的大門擋住去路，正暗自思忖要不要上前推開，卻見一個和尚走來問道：「施主可是想要拜會敝寺住持嗎？」

陶干連忙婉言謝絕，只好原路折返，又朝大殿左邊行去。這裡有一道寬闊的遊廊，直通向幾級狹窄的石階，沿階而下則是一扇小門，上書幾個大字：「非本寺僧人者，敬請止步」。

雖然見此警示，陶干卻全不理會，上前一把推開門扇。眼前忽現一座景致幽美的花園，花木與假山之間有一條蜿蜒小徑，前方遙見幾座小巧的亭閣，閣頂高出樹叢，寶藍琉璃瓦與朱漆梁柱在一片翠綠的映襯之下，尤顯光彩奪目。

陶干心想這定是前來許願求子的婦人們夜間歇宿之處了，又見四下無人，便一個箭步鑽入樹叢中，脫下外褂，將裡外翻轉後重又套在身上。原來這褂子是精心特製而成，用粗麻布做為襯裡，還特意釘了幾片歪歪扭扭的補丁，看去活像是工匠苦力之流的衣袍。他將黑紗帽摘下摺起，又塞入袖中，取出一長條破布來繫在頭上，捲起衣袍露出小腿，最後又從袖中抽出薄薄一卷藍布來。

這卷藍布是陶干用來喬裝改扮的獨門行頭之一，展開粗粗看時，似乎不過是拿來捆紮包裹用的藍布行囊，並且縫製粗糙、平淡無奇，實則大有玄機。這方形口袋內縫有各種古裡古怪的皺褶和邊角，還裝了十來塊竹片，陶干藉此便能擺弄出各種形狀來，時而看似塞滿衣物的長方包裹，時而又是裝滿卷冊的長條書袋。在他身分多變的漂泊生涯中，這件妙物常能派上老大用場。

這一回陶干三下兩下插入竹片，將布囊弄成像是裝著木匠工具的模樣，然後搭在肩上，復又出來踏上小徑，行走時肩膀還微微斜向這邊，看去好似負有重物一般。

小徑通向一座小巧華麗的亭閣。這亭閣背靠一棵蒼翠遒勁的古松，建在濃蔭之中，兩扇朱漆大門上飾有黃銅門釘。透過敞開的門扇，只見兩個小沙彌正在裡面清掃地面。陶干跨過門檻，一聲不吭直奔到靠著後牆的長榻前，嘴裡咕噥著蹲身下去，掏出一根木匠用的墨線，對著長榻比比畫劃丈量起來。

一個小沙彌開口問道：「你來做甚？難道又要更換家什？」

「少管閒事！」陶干生硬地回了一句，「我一個窮木匠，不過賺幾個小錢使花，莫非你還眼紅不成？」

兩個小沙彌嬉笑著出門而去。陶干見再無旁人，立時站起身來，直朝四下打量。亭閣內並無窗戶，只在後牆高處開有一扇圓形氣窗，尺寸狹小，即使孩童也鑽不過去。方才作勢要去修理的長榻倒是甚為精美，用烏檀木製成，雕花繁複並嵌有螺鈿，榻上的衾褥枕墊等物均是用厚密的織錦縫成，旁邊還有一張紫檀雕花小几，上面擺著一座茶爐和一套細瓷茶具。牆面上懸有巨幅白絹觀音彩像，對面陳設著一張精巧的紫檀梳妝檯，上有一座香爐和兩支蠟燭，再加上一條矮腳凳，便是閣內的全部家什。儘管小和尚剛剛打掃過，並又開門通風，室內仍然瀰漫著一股濃重的薰香氣味。

「如今該是找出暗門藏在何處了。」陶干自言自語道。

陶干首先查驗最為可疑之處，即觀音像後的牆面，用手指上下敲叩一遍，細瞧有無槽縫，卻是一無所獲。他又仔細驗過其他幾面牆，不但將長榻推開，還踩到梳妝檯上摩挲氣窗，看周圍可否裝有機關，能使這小窗洞開更闊，仍是無果。

陶干一向自負於精通各種密道機關，此時不免十分懊喪，思忖半晌，想起某些舊宅中常在地板上裝有暗門。但這亭閣去年才剛剛建成，和尚們即使能在牆上悄悄設下機關，也斷然無法大費周章地掘出地道而不被外間知曉，不過這卻是唯一可行之法。於是他又捲起長榻前的地毯，跪在地上用手遍摸石板，拿出小刀剔過板間縫隙，仍未發現任何可疑之處。

陶干不敢在此久留，只得暫且擱下，臨走前看了一眼門上的鉸鏈，還是全無異樣，不禁嘆了口氣，闔上門扇，最後驗過門鎖，也是粗硬堅實。

穿過花園小徑時，陶干迎面遇上三個方才照過面的和尚。那三僧見他腋下挾著工具包，果然以為是個窮酸木匠。

陶干行至小門前，再次鑽進樹叢，換過衣帽後方又走出，一路閒閒穿過大殿，特意走到僧房一帶。這裡亦有客房，專供陪同妻室前來的男子們歇宿之用。

陶干折回山門殿時，復又踱入門房內，只見那三僧仍在原處。

「多謝師傅借給我兩串錢！」陶干向那年長的僧人謝道，卻無意從袖中將錢取出。那僧人見他兀自立在當地，情形不免尷尬，便請他坐下，又殷勤詢問可否要杯熱茶。

陶干莊容首肯，轉眼四人便團團圍坐在八仙桌旁，啜飲起廟裡常用的苦茶來。

「你們出家人真是省儉，恨不得一錢不花還是怎的。」陶干侃侃說道，「師傅借給我的這兩串錢，至今分文未動，皆因正想取下幾個銅板買炷香時，卻找不到繩頭何在，又怎能解得開呢？」

「你這外鄉施主講話好生離奇，」一個年輕僧人開口說道，「拿來給我瞧瞧！」

陶干從袖中取出錢串子遞上。那僧人接過後，在手中迅速捻了一捻，得意地說道：「這不就是！這要不是繩頭，小僧真不知何謂繩頭了！」

陶干一把撈過錢串，看也不看，便對年長的僧人說道：「今日定是撞到什麼邪了！我敢說裡面並沒有繩頭，與你賭五十個銅板如何？」

「一言為定！」年輕僧人立時叫道。

陶干拿起錢串子套在手上，當空嗖嗖轉了幾轉，仍舊交給那僧人，說道：「如今再來找找看！」

三僧拿錢手中，急急搜尋，雖然挨個數過，卻怎麼也找不到繩頭。

陶干悠悠然將錢串取過，再次納入袖中，又摸出一枚銅板來擱在桌上，說道：「姑且讓你們再試一次，不定還能贏回這五十文去。來猜這枚銅板，我賭背面朝上，仍是五十個銅錢！」

「賭就賭一把！」年長的僧人說著將銅板一擲，果然背面朝上。

「如今你我便已了帳。」陶干說道，「不過為了稍事補償，我預備將這錠紋銀賤賣與你，只要五十文錢即可。」口中說著，又摸出那錠銀子來托在掌中。

三僧聽到此處，個個成了丈二金剛。年長的僧人雖然心知陶干古怪狡黠，但又著實不想錯失這以一換百的機會，於是又拿出一串錢來放在桌上。

「你可算是賺到了，」陶干說道，「這錠銀子不但白花花亮閃閃，而且攜帶起來也容易得很哩！」說罷吹了口氣，只見銀錠輕輕飄至桌上，原來卻是用錫箔製成，望去足以亂真。

陶干將這串銅錢又納入袖中，摸出前一串來，指點給三僧細看。原來那繩頭結得與眾不同，用指尖一捻，正好可以嵌入一枚銅錢的方孔之中，如此一來，即使挨個兒數遍，也看不到找不出了。最後他又將方才猜過的那枚銅板取出示眾，原來兩面皆是一樣。三僧見狀大笑起來，這才明白面前之人原是個江湖騙子。

入佛寺略施雕蟲計

「你們今日算是開了眼界，」陶干面不改色地說道，「這一番見識足足抵得過三串銅錢了。如今再來說點正經事，聽得人人道是寶寺財源滾滾，我便想著前來四處瞻拜隨喜一番，且又聽說前來燒香的有不少顯貴，正巧我能說會道，又善於識人鑑貌，你等不如僱我作個說客，專門物色那些想來求子又猶豫不決之人，並去說動他們前來，不知意下如何？」

陶干見那年長的僧人搖頭，連忙又道：「倒是無須你們破費太多，比方說我每賺來一人，只從香火錢裡提出一成即可。」

「這位施主，你怕是誤信人言了。」那僧人冷冷回道，「敝寺香火旺盛，小僧亦知有人很是眼紅，且不時散布些下流說辭出去，但也不過是謠言而已，切莫當真。如你這般的老江湖，定是知曉各種骯髒世情，不過今番可是打錯了算盤。敝寺能有今日，全是拜觀音大士所賜，阿彌陀佛！」

「在下並非存心冒犯，」陶干滿臉堆笑，「幹我這行當的，不得不說疑心稍重。如此說來，你們應是事先便有所防範，免得前來求子的婦人們清名有玷？」

「這個自然。」那僧人說道，「其一，敝寺住持靈德法師一向慎重擇人。每有初入山門者，法師他必在花廳內親自恭迎晤談，若是來人信佛不虔，或是家貲不濟，甚或聲名不佳者，都會謝絕在寺內歇宿。當夫妻二人同在殿內祝禱時，其夫依例要向住持與年長位尊的高僧們施一頓齋飯，花費自然頗為不菲，不過敝寺的廚子手藝實在高明，只因實情如此，並非小僧自矜自誇之詞。」

「最後靈德法師會將夫妻二人恭送至後花園的亭閣內。你雖未親眼見過那幾座亭閣，但只須記著一句，皆是一等一的富麗精美。亭閣共有六幢，每幢裡面都在牆上懸有一幅寫影畫像，與大殿內的觀世音寶像一般大小，因此婦人們只要在夜裡虔心祝禱，便可得到觀音大士的福佑，阿彌陀佛！當婦人居於亭閣內時，其夫親自將門鎖好並收起鑰匙，住持還常要求在門上貼一封條，並由其夫親自蓋印為記，其他任何人均不得開封，第二天一早，再由其夫親自前來開門啟戶。如今你該是明白，這其中全無一絲可疑之處了吧？」

陶干憮然搖頭道：「實在可惜得很，不過你說得倒是不錯！只是如果有夫妻前來歇宿祝禱，過後卻未能得子，又將如何？」

「發生如此情形，」那僧人得意地答道，「只能是因為那婦人心地不純，或是信佛不虔。有的婦人會再拜一次，有的則是從此不見。」

陶干捻著頰上的三根長毫，又問道：「若是夫妻求子後如願以償，想必不會忘記寶寺的恩澤吧？」

「自然不會。」那僧人咧嘴笑道，「他們常會遣人抬一肩輿，專程送來謝禮。偶有疏漏遺忘的話，靈德法師便會派人去向那婦人傳話，提醒她莫要忘了回報敝寺的恩德。」

陶干與三僧又東拉西扯敘了半日，沒能再問出什麼話來，不久便起身告辭，兜了一大圈後，方才返回縣衙。

第六回

老嫗上衙狀告奇冤　狄公退堂吐露內情

陶干回到衙院，見狄公正與主簿、檔房管事同在二堂內，議論一樁因田界劃分而起爭議的訟案。

狄公一見陶干進來，立即遣去那二人，又命陶干將洪亮召來。

陶干細述了一番去普慈寺遊歷的前後情形，只略去贗銀與繩結之事不提。

狄公聽罷說道：「如此一來，你我的疑慮也可就此打消。既然你在亭閣中未能發現設有暗門機關，須得承認寺內僧人所言確是不虛，那觀音像果然十分靈驗，能夠降福於虔心拜佛的婦人們，使其生兒育女。」

洪亮陶干聽見狄公這一番話，不禁十分驚詫。陶干開口說道：「不過，整個蒲陽城都在風傳普慈寺裡有見不得人的勾當哩！懇請老爺能許我再走一趟，或者派洪都頭帶人去仔細搜查一番。」

狄公卻搖頭說道：「財多招人妒，此乃屢見不鮮、無可奈何之事。關於普慈寺的勘查，就到此為止吧！」

洪亮意欲勸說幾句，但一看狄公的神情，便知他心意已決，於是到底按下不提。

「還有一事，」狄公又道，「馬榮正在追蹤半月街一案的真凶，如果需要援手，陶干可隨時去襄助一二。」

陶干面露失望之色，張口欲言時，只聽衙內的銅鑼敲響。狄公起身換上官袍，預備晚衙開堂。

大堂內又是觀者雲集。午衙時審了一半，眾人皆欲一睹縣太爺將如何繼續提審那王秀才。

狄公清點過衙員後，遙望堂下眾人，開口宣道：「既然蒲陽百姓對於前來縣衙聽審如此有興，本縣便趁此良機，宣諭告誡如下：聽聞一些心懷惡意之徒，正在四處散播有關普慈寺的流言蜚語，情詞甚為卑劣。本縣身為一縣之主，特為在此提醒諸位，務必謹記我朝律法中已有明文禁止散播謠言，或是空口無憑誣告他人，如有膽敢違反者，必將依法嚴懲不貸！」

狄公又命人將田界糾紛的雙方事主帶上堂來，不消多時便了結此案，但始終不曾提審半月街一案的諸人。

晚衙即將結束時，大門處卻起了騷動。

狄公正俯身查看公文，抬頭忽見一個老嫗正欲擠上前來，於是丟個眼色，班頭與兩名衙役一道下去，帶了那老嫗行至案桌前。

主簿對狄公接耳低聲說道：「啟稟老爺，這老婦人有點瘋瘋癲癲，曾經一連幾個月向馮老爺投狀鳴冤，卻又告得無憑無據，因此卑職敬請老爺還是莫要理會的好。」

狄公聽罷不置一辭，銳利的目光朝下一掃，只見那老嫗看去已近暮年，行走時步履艱難，拄著一根手杖，衣裙雖然破舊脫線，卻十分整潔，上面還打了幾處針腳細密的補丁，面容端莊，望之令人起敬。

老嫗正要跪下時，狄公忙向一旁的衙役示意：「年邁或病弱之人無須跪在堂下，老夫人且請站著說話，只管報上名姓與冤情便是。」

老嫗躬身一拜，含混不清地說道：「民婦梁歐陽氏，先夫梁儀豐，生前家住廣州城內，以經商為業。」隨後語聲漸低，淚流滿面，泣不能言，孱弱的身軀看去搖搖欲墜。

狄公聽梁老夫人講一口廣東話，鄉音難懂，又見她心緒激動，料想難以徐徐陳述冤情，便開口說道：「老夫人，本縣不宜讓妳久立在此，不如去二堂中慢慢講來。」又對站在身後的洪亮說道：「將這老夫人帶去小客廳內，再沏杯熱茶給她。」

梁老夫人被帶下後，狄公又處置了幾樁日常公事，然後宣布退堂。

洪亮正在二堂內等候，上前稟道：「回老爺，那老婦人似乎真是心智昏亂、頭腦不清，喝了一杯茶後，方才稍稍好轉，說是她全家蒙受奇冤，然後又泣不成聲、語無倫次起來。於是我擅作主張，叫了內宅裡一名上了年紀的女僕前來勸慰一二。」

「此舉甚是妥當。」狄公說道，「須得等她完全平靜下來，再聽聽有何說辭。通常說來，如此心智昏亂之人所控訴的冤情，往往只是腦中臆想而已。但無論是誰前來鳴冤叫屈，我總不能連案情都未弄清，就將他打發出門吧！」

狄公起身離座，反剪兩手在地上踱步。洪亮正想問老爺有何煩心事，卻見狄公駐足說道：「既然此刻沒有外人，我又一向信得過你，那就與你講講有關普慈寺一事的主張。站到近前來，免得被旁人偷聽了去。」

狄公壓低聲音說道：「聽我說完，你自會明白再查下去亦是無用。首先，萬難得到確鑿的證據。我對陶干的精明能幹一向深信不疑，但饒是他親自出馬，也未能發現任何暗門機關。即使那群和尚當真做下什麼穢行，也不能指望受辱的婦人會出來控告指認，因為如此一來，不僅會使自己與家人蒙羞，其子女也可能遭人中傷，被視為野種。另外還有一個更要緊的緣故，我只私下裡告與你一人知曉。」

狄公湊到洪亮耳邊，低聲說道：「近日從京師裡傳來風聲，道是那一班佛徒勢力日增，如今已經把手伸進朝廷裡去了。先是有幾名宮中妃嬪皈依入教，如今在聖上身邊也布下耳目，聖上還答應說，會抽空研讀一番那些荒謬的佛經。」

「又聽說東都白馬寺的住持已被任命為內閣大學士，和他的同黨一起與聞內外機密，在各地亦是廣有羽翼，而忠心於朝廷的一班文武大臣，無不為此憂心忡忡。」

狄公緊鎖眉頭，越發壓低聲音，「情勢如此，你該是明白如果正式勘查普慈寺一案的話，將會有何種結果。你我要對付的並非一伙平常的罪犯，而是一個勢力廣大、遍布朝野的組織，他們定會立即為那靈德撐腰壯膽，予以全力支持，不但在朝廷四處奔走，還會上下打點那些身居要職者，一層一層地逐級影響至此地。縱然我手中握有鐵證，想必亦是等不到結案之日，便已接到一紙文書，奉命遷至荒涼邊陲之地任職去也，甚至還可能被構陷下獄、解送京師。」

「那麼老爺的意思是，」洪亮憤然說道，「我們只能叉手坐視，全無一點辦法了？」

狄公無奈地點點頭，思忖半晌，又喟然長嘆道：「只有一個法子，除非從立案勘破到定讞處決，都在一天之內完成！不過你也知道，律法規定不許如此操切從事。即使人犯已經招供，死罪也得由大理寺核准後才能判定，先得呈文報至州府，再層層申報上去，總得花一二個月，因此對手有的是時間和機會將此呈文壓下，再將案子駁回，我也便就此灰溜溜地丟了前程。雖然只要有一線希望能為國為民除此附骨之蛆，我狄某拋卻仕途前程與身家性命，亦是在所不惜，但是恐怕如此機遇根本就不會出現！」

「洪亮，剛才這一番言語，你不許洩露一字出去，以後也不許再問。我敢說那靈德法師在縣衙內亦有耳目，關於普慈寺，從此合當絕口不提方是。」

「且罷，如今你去看看，可否帶那老婦人前來問話。」

一時洪亮引著梁老夫人返回，狄公請她在書案對面的一張椅子上安穩坐下，又溫顏說道：「老夫人，見妳如此悲慟，本縣甚為不安。妳方才只說夫家姓梁，但還未詳細講過他如何身亡，妳又是如何蒙冤受屈的。」

梁老夫人兩手顫顫伸入袖中，摸出一卷文書來，外面裹著一幅褪色的錦緞，雙手捧起恭敬呈上，口中含混說道：「還請老爺細細讀過這些案錄文卷。民婦如今年邁昏聵，頭腦清醒亦不過片時工夫，因此萬難為老爺親口詳述我梁氏一門所蒙受的莫大冤屈！老爺讀罷，自會明白其中緣由。」說罷靠坐在椅背上，復又掩面抽泣起來。

狄公命洪亮給梁老夫人沏一杯濃茶，然後打開包裹，只見裡面是厚厚一卷文書，紙面已年久泛黃。狄公展開一看，首頁乃是長長一篇訴狀，筆墨上佳，書法精湛，顯然出自造詣深厚的文士之手。

狄公迅速瀏覽一回，方知此案乃是世居廣州的梁林兩家富商之間的血海深仇，起因是林家公子誘姦了梁家女眷，之後又狠心無情地百般迫害梁氏一門，並掠去了梁家的全部財產。狄公翻至訴狀的最末一頁，看到所註的年月，不覺吃了一驚，抬頭說道：「老夫人，這份狀紙居然寫於二十年前！」

「縱然流年飛逝，」梁老夫人輕聲答道，「亦不能抹去如此滔天罪行。」

狄公又翻閱過其他文書，見皆是有關此案後續情形的記錄，最近的一份寫於兩年前。然而在所有新舊文書的末尾，無一例外附有歷任地方官的朱筆批文，皆道是「此案證據不足，予以駁回」。

「既然案子發生在廣州城，」狄公說道，「為何妳又要背井離鄉？」

「民婦之所以來到蒲陽，」梁老夫人答道，「只因主犯林帆現居此地。」

狄公心想這名字還真是聞所未聞，於是捲起文書，和藹說道：「老夫人，本縣自會仔細研究此案，一旦理出頭緒來，定會再次召妳前來詢問詳情。」

梁老夫人緩緩起身，又深深下拜，說道：「多年以來，民婦一直等待會來一位縣令老爺能夠匡扶正義、雪此沉冤，老天有眼，終有今日！」

洪亮引著梁老夫人出去，過後又返回二堂。只聽狄公說道：「這案子乍一看令人十分冒火，一個聰穎機智、飽讀詩書之人，竟恁地陰狠歹毒，不斷劫掠他人並毀屍滅跡，卻又一向逍遙法外。那老夫人既遭此家破人亡之痛，鳴冤告狀亦是不斷受挫，這兩樣打擊顯然已使她心神錯亂。雖然我不敢說一定能從被告的辯詞中尋出破綻來，至少也得將案情仔細推敲一番，算是為她盡一點綿薄之力。我還留意到經辦過此案的歷任地方官中，至少有一人曾以擅長刑偵斷案而聞名，如今已擢升至京師大理寺供職了。」

狄公命人喚陶干前來，見他一臉垂沮，不禁微微笑道：「陶干，姑且振作一二，我這裡另有一樁差使派你去辦，比起枯守觀望那群和尚來，可要好得多了！你且去那梁老夫人的居處，四處打問一番有關她與梁家的消息，然後再去查訪一個住在城內名叫林帆的富商，探聽有關他的來歷行蹤。這二人以前均是廣州人氏，遷來此地已有數年，這消息許是會對你有所助益。」一說罷命洪亮陶干退下，又叫主簿送些例行文書前來過目。

第七回

查真凶尋至舊道觀　遇群丐力挑眾強敵

再說此日午後，馬榮離開二堂後，返回自己所住的衙舍，三下兩下便改頭換面，扮成了市井無賴模樣。他先是摘下便帽，將頭髮弄亂，再拿一根骯髒的布條重又紮起，套上一條肥大的褲子，並用草繩在腳踝處繫住褲腳，將一件打了補丁的短褂胡亂搭在肩頭，最後脫下氈靴，換上麻鞋。

馬榮從頭到腳收拾停當後，從角門悄悄溜出衙院，混入街市的人流中。路人一見他走近，紛紛辟易遠避讓出道來，路邊小販也連忙伸出胳膊，將貨物捣得嚴嚴實實。馬榮瞧在眼裡，心中不免十分得意，越發故意惡狠狠地瞪起兩眼，肚內卻暗笑不止。

然而過不多時，馬榮方覺這差使實則並不易辦。他揀了個無賴閒漢們湊集的飯攤買些吃食，不但飯菜難以下嚥，酒水也全無滋味，身邊還不斷有人走來訴苦哀告並討要幾文錢。馬榮心想這裡不過是些走街串巷、小偷小摸的地痞流氓而已，非是當地真正的黑幫成員，而幫會又常是組織嚴密、耳目眾多，要想跟他們搭上關係，還須另作打算。

將近日暮時分，馬榮無意中聽到一線消息。他正勉強灌下一口劣酒時，聞得旁邊兩個乞丐邊吃邊聊，碰巧有幾句刮入耳內，一個問哪裡有布匹可偷，另一個答曰：「紅廟裡的夥計們定會曉得」。

馬榮心知作奸犯科之徒常會聚集在破廟之中，所謂「紅廟」必是如此所在，轉念又一想，凡是寺廟便有大紅門樓和立柱，自己剛到這蒲陽城不過幾日光景，如何才能找到乞丐口中所言的「紅廟」呢？他忽地心生一計，於是走到北門附近的集市中，看準一個衣衫襤褸的小童，上去一把捏住脖頸，粗聲大氣地命他帶路去紅廟。那小童果然一聲不吭在前面引路，七拐八彎穿過整片迷宮也似的狹窄街巷，直走到一塊黑漆漆的空地上。小童停住腳步，一扭脖子從馬榮手下掙脫出來，轉眼跑得不見了蹤影。

馬榮抬頭張望，只見一座道觀的朱漆山門浮現於暮色中，左右兩邊則是舊宅的高大院牆，看去陰森可怖，牆根處有一排木製棚房，已變得歪斜不堪。想當初這道觀香火旺盛時，此處曾是小商小販們叫賣販售之地，如今卻被一班歹徒無賴悉數占據了。地上到處是垃圾穢物，一股腥臭之氣撲鼻而來，還夾雜著令人作嘔的油膩氣味，原來有個衣衫破舊的老頭兒，正在架起的炭火上炸油糕。牆面破損處插著一支冒煙的火把，昏暗的火光下，幾個人圍成一圈，正在專心擲骰子賭錢。

馬榮慢慢踱向那邊，卻見一個裸著上身、大腹便便的肥漢，靠牆坐在一隻倒置的酒甕上，頭髮鬍子又長又亂，油膩骯髒得結成一綹一綹，眼泡浮腫，正盯著賭局出神，粗壯的右臂拄在一段表面凸凹的粗樹枝上，左手不停抓撓肚皮。三個精瘦漢子正圍著賭盤蹲在地上，幾步之外，另有數人席地坐於暗處。

馬榮立在當地觀賭，見無人理會自己，心中正尋思如何上前搭訕，那坐在酒甕上的漢子突然頭也不抬地開腔說道：「這位老兄，借你的褂子用用！」

眾人立時都朝馬榮看去。一個賭徒收起骰子，從地上站起，身量雖算不得高大，但光裸的兩臂看去瘦勁有力，從腰間拔出一柄匕首，獰笑著用手指輕拭刀刃，斜著身子湊向馬榮右側。那肥漢亦從酒甕上起身，提一提褲管，興奮地朝地上啐了一口，手中緊握著粗樹枝，大模大樣立在馬榮面前，不懷好意地斜眼一瞟，說道：「老兄大駕光臨聖明觀，有失遠迎！想必你定是一心虔敬，才會特來此地朝拜，總該獻上幾樣禮物吧，我敢擔保你留下這件褂子做為見面禮便已好極！」正說話間，拉開架勢預備動手。

馬榮只掃了一眼，便已心中瞭然，首須防範的即是面前這條木棒和右邊那柄匕首。

那肥漢話音剛落，馬榮驀地伸出左手，一把擒住他的右肩，拇指正點中對方穴位，使得那握棒的右臂一時動彈不得。那肥漢又疾出左手扣住馬榮的左腕，意欲將他拽到近前再抬膝猛頂其大腿根。不料就在此時，馬榮曲起右臂用力朝後一擊，右肘正中持刀人的面門，只聽那人一聲怪叫，隨即倒下。馬榮順勢又朝前一擊，重重打在肥漢的軟肋上，對方毫無防備遭此一拳，於是鬆開了馬榮的左腕，抱著肚子倒在地上，口中直喘粗氣。

馬榮正想轉身看看是否應給那持刀人再補上一拳一腳時，忽覺一個龐然大物壓上後背，又有一條筋肉粗壯的手臂從後面伸來，緊緊扼住了自己的喉嚨。

只見馬榮低頭曲頸，下頦處使力壓住那條前臂，同時伸手朝背後摸索，左手只扯下一片布來，右手卻抓住了一條人腿，隨即用盡力氣一拽，身子也朝右側一歪，兩人便雙雙倒地。馬榮正壓在上方，全身的分量撞得身下那人幾乎摔成幾段，勒在馬榮頸上的手臂也自此鬆開。這時手持匕首的精瘦漢子復又從地上爬起，揮刀猛刺過來，馬榮奮力躍起，正好躲開。

避過刀鋒後，馬榮趁隙一把擒住對方持刀的右腕，順勢一擰，又迅速蹲身下去，扯著對方胳膊橫過自己的肩頭，然後發力擲出。只見那人在空中劃出一道弧線，重重地撞在牆上，落下時不偏不倚正中酒甕。那酒甕立時稀里嘩啦碎了一地，人也就此不再動彈。

馬榮查案初遇盛八

馬榮撿起匕首扔到牆邊，轉身對暗地裡幾個黑黢黢的人影喝道：「各位兄弟，我可能出手略狠了些，只因從來容不得這動刀子的主兒！」

眾人含混支吾，口中唯唯。

那肥漢仍舊倒地不起，口中吐出一堆骯髒穢物，間或呻吟咒罵幾聲。

馬榮復又上前，扯著鬍子將肥漢拽起，又用力一拋。只聽「砰」的一聲，那人後背撞在牆上，又順牆滑下，癱坐在地，兩眼瞪著馬榮，口中直喘粗氣。

半晌過後，肥漢終於稍稍緩過勁來，方才啞聲說道：「既然大家彼此都已見過禮了，敢問這位兄弟尊姓大名？又作何營生？」

「在下名喚榮保，」馬榮泰然答道，「原是個規規矩矩的小販，整日在路邊以叫賣為生。今天早上，日頭剛剛爬上來，就有一個富商經過，他十分中意我的貨物，非得掏出身上的三十兩銀子通通買下不可，然後我就趕來此地，預備燒一炷香，謝過老天爺的恩德。」

眾人聽罷放聲大笑。一個原本伺機要勒住馬榮脖子的無賴上前，問他可否吃過晚飯，馬榮答曰還未曾用過。那肥漢一聽，立時向賣油糕的老頭兒高聲吩咐幾句，不消片時，眾人便已團團圍坐在炭火旁，大口嚼起蒜味濃重的油糕來。

那肥漢名叫盛八，自詡為本地群氓推舉出的頭目，身兼丐幫軍師之職，與手下的一幫人盤踞在此已有二年。這聖明觀也曾是香火旺盛，後來不知出了什麼亂子，觀中道士紛紛走散，大門也從此被官府封起。盛八道是此處十分清靜，且又與城中心相去不遠。

馬榮向盛八吐露曰如今頗覺處境艱危，雖然已將三十兩紋銀妥善藏起，但想必那遭劫的商人定去縣衙裡報了官，自己還是早日脫身遠遁為妙，但又不想揣著一大包銀子招搖過市，因此意欲折變，換成便於隨身夾帶的首飾細軟之類，即使虧個一二兩，也是心甘情願的。

盛八肅然點頭道：「老兄所慮極是，但我等平常只用銅板勾當，連銀子都很少過手哩。如果想將大筆銀兩原價折成小巧之物，豈不是非得金子不可！說實話那等金光耀眼的黃貨，我們弟兄自打出了娘胎，也不過開眼見過一次罷咧！」

馬榮附和道金子著實難得，不過哪個乞丐走在路上，保不定會碰巧撿到一兩件貴婦人遺落的金首飾，「若是有誰發了橫財，這消息定會如長了腿兒一般立時傳開。你身為丐幫軍師，自然耳目靈通得緊！」

盛八搔搔肚皮，點頭稱許這確也在情理之中。

馬榮覺出盛八的態度甚是淡漠，便從袖中摸出一錠銀子來，故意舉到火光照耀的亮處，托在掌中掂量把玩，又道：「我在藏銀時，特意留下了一塊，專為碰碰運氣。不知你可願意收下，算是為我牽頭引線當個中人的酬勞。」

盛八一揚手，意外迅捷地從馬榮掌中抓過銀子，咧嘴笑道：「願為老兄效勞！明晚再來聽消息！」

馬榮謝過盛八，又與這一班新近結識的朋友殷勤話別，方才離去。

第八回
狄縣令決意訪同僚　洪都頭如願聽詳解

馬榮返回縣衙，換過裝束後來到中庭，見二堂內仍有亮光透出，走近一瞧，原來是狄公正與洪亮議事。

狄公見馬榮進來，便按下話題，轉而發問道：「你可探得什麼消息？」

馬榮於是簡述一番如何遭遇到盛八一伙，以及盛八如何許願幫忙。

狄公聽罷十分欣喜，「若是你頭天出馬便能尋到凶犯，則是大幸中之大幸，如今也算出師告捷，可喜可賀。黑道裡的消息常是傳得飛快，你已經找對了路。過不多時，那盛八必會帶來有關金釵的線索，然後你再順藤摸瓜，自會尋到凶手。」

「方才我正與洪都頭商議一條妙計。明日一早，我將出城拜訪幾位鄰縣的同僚，禮數遲早總得盡到，眼下正是良機。在我離開蒲陽的二三日內，你只管辦你的差使，早日拿獲半月街一案的真凶。若是需要人手，我還可讓喬泰助你一臂之力。」

馬榮心想若是二人出去打探同一樁事由，怕是會引人生疑，倒不如獨個兒料理更佳。狄公聽他稟過後，亦點頭稱許，於是馬榮告退離去。

「老爺若是外出一兩日，縣衙不必升堂理事，」洪亮沉思說道，「因此也可名正言順地暫緩審理半月街一案，倒是頗為有利。外間已有傳言，道是老爺存心袒護那王獻忠，只因他是個秀才，而被害的不過是窮苦人家的女兒。」

狄公聳聳肩頭，說道：「饒是如此，明日一早，我仍得離城前去武義，隔日再直奔金華，第三日便打道回府。你還是留在此地為上，不必隨我同去，一則可指點馬榮陶干他們兩個，二則掌管縣衙印信。至於預備送給武義潘縣令與金華駱縣令的一應禮品，你也務必吩咐下去，仔細打點妥當，再命人將我出行所乘的官轎備好，明日一早在中庭內等候，衣物行囊等也悉數裝入！」

洪亮答曰一定依令照辦，保證不會出半點紕漏。狄公又見書案上有主簿送來的公文，便埋頭翻閱起來。

洪亮仍舊立在書案前，似是不願就此退下。

半晌後，狄公抬頭問道：「洪亮，你心裡有事，但說無妨。」

「回老爺，我只是還在尋思半月街一案，雖說反覆讀過案錄，但絞盡腦汁也想不出老爺是如何推斷作結的。若是老爺能在明日出行之前為我解此疑團，實在感激不盡。雖說此時已經入夜，但我可以在明後兩天再好好睡上一大覺！」

狄公聞言不覺發笑，移過一方鎮紙將文書壓好，朝後靠坐在椅背上，說道：「你先命人送壺新沏的熱茶來，然後在這矮凳上坐定，我再與你詳述那晚到底發生何事。」

狄公呷了一口濃茶，開言敘道：「初次聽你講述此案的梗概時，我便認定王獻忠並未強姦淑玉姑娘。女人有時確實會令男子心生邪念，孔夫子在《春秋》裡稱其為『尤物』[2]，並非全無道理。」

「然而心生邪念後當真會付諸行動的只有兩類人物，一是墮落成性、無可救藥的下流慣犯，二是家境富裕的浪蕩公子，長年的淫靡生活，使得他們本性扭曲變態而不自知，只會隨心所欲地作惡。然而如王獻忠這樣一個寒窗課業、生計艱難的年輕秀才，要說出於一時恐懼扼死少女，或許還在情理之中，但要說姦汙一個與他已經私下來往半年多的女子，在我看來則是絕無可能，因此得從方才議論過的那兩類人物中去尋找真凶。」

2　此處似是出自《左傳．昭公二十八年》中的「夫有尤物，足以移人」。高羅佩先生曾著有《中國古代房內考》一書，在此書第一章與第二章中，曾大量引用過《左傳》中的史料。

「我隨即又排除了紈褲子弟作案的可能。這些人時常光顧祕密的風月場所，只要出錢，便能享受各種花樣百出的淫樂。至於半月街這樣的窮街陋巷，只怕他們根本聞所未聞，因此也不可能偶然撞見王獻忠與人偷偷私會，更不必說拽著布條冒險攀牆了！既然如此，凶手就只能從下層慣犯一流人物中去著手搜尋。」

狄公略停片刻，語調酸楚地接著說道：「這些惡棍歹徒，整日在城裡四處遊走，直如餓狗尋食一般。一旦在幽暗的里巷中遇見老弱之輩，便會將其打倒在地，再劫去那人身上僅有的幾串銅錢。若是遇見獨行的婦人，便會將她打昏，然後施行姦汙，再扯下耳環首飾等物，將人丟在僻靜的暗處，隨即揚長而去。他們還會在窮苦人家聚居的街巷中四處逡巡，但凡看見誰家大門未曾鎖緊，或是窗戶半開，便會偷偷溜進室內順手牽羊，盜去家中唯一的錢罐，或是打了補丁的舊長袍。」

「假設如此一個歹人在經過半月街時，正撞見王獻忠與淑玉姑娘私會，豈不是合情合理之事？此人立時便會想到這是一個將女人弄到手的絕好機會，可以神不知鬼不覺地冒充她的情郎鑽入閨房。然而淑玉姑娘發覺上當後卻奮力反抗，可能試圖大聲叫喊，或是跑出門去喚醒父母，於是那歹人便掐死了她，滿足淫欲後，又在房中從容翻找值錢的東西，盜去了姑娘唯一的首飾，然後逃之夭夭。」說罷略停片刻，呷了一口熱茶。

洪亮緩緩點頭，「老爺說得甚是明瞭，那王獻忠果然不可能犯下這兩樁罪行。但我仍看不出能有什麼確鑿的證據可以訴諸公堂。」

「確鑿的證據實則就在眼前！」狄公答道，「首先，你也聽過仵作的證詞，如果王獻忠掐死了淑玉姑娘，他的長指甲必定會在死者喉頭處留下很深的創口，但仵作發現的只是淺淺的指甲印痕，儘管也有幾處地方破了皮。以上幾點，均是指向指甲既短且又參差不齊的無賴歹人。」

「其次，淑玉姑娘曾在受辱時奮力反抗，但她由於整日勞作，指甲磨得很短，不可能在王獻忠的前胸和手臂上劃出如許深的傷痕來。不過王獻忠聲稱那些傷痕是由荊棘劃破，亦非實情，只是這一層無關緊要，姑且按下以後再論。至於王獻忠是否可能掐死淑玉姑娘，我只想再說一點，在親眼見過王獻忠本人，又聽仵作描述過淑玉姑娘的身形體貌後，我敢說他要是企圖加害那姑娘的話，怕是不消一時半刻，自己便先被推出窗外去也！不過這也無須再提。」

「再次，十七日一早發現出了人命時，王獻忠平日用來攀爬入室的布條，是堆在房內地板上的。假如王獻忠果真作案，或者當晚確實到過淑玉房中的話，如果不是藉著布條順牆而下，他又能如何離去？王獻忠不過是個文弱書生，每次爬牆還需淑玉相助方可，但若是換作一個身強力壯且又慣於踰牆穿戶的夜盜，則情急之下，根本無須用那布條便可逃走。你也見過喬泰的身手，那人定是如法炮製，手扳窗沿將全身懸在半空中，然後跳下即可。」

「正是如此一路想來，於是我才在腦中描摹出了真凶的大致樣貌。」

洪亮頻頻點頭，滿意地笑道：「老爺一番推斷果然有理有據，聽得我茅塞頓開。一旦凶犯被拿獲，亦有充分的證據使他無法抵賴，於是不得不從實招供，如有必要還可用刑。那人無疑仍在城中盤桓未去，眾所周知馮老爺已認定王獻忠便是凶手，且老爺對此也無異議。既然未有其他風聲傳出，那人一時也無須遠走逃遁。」

狄公手捻頰鬚，點頭說道：「那歹人企圖將盜來的金釵脫手時，便會暴露身分。馬榮已與黑道中人搭上了線，一旦那對金釵出現在黑市上，便會得到消息。若有首飾被盜，官府向來會將其圖樣發送給各路店家，因此凶手絕不敢去金店或當鋪中公然出脫，只能從同伙那裡碰碰運氣，盛八身居高位，很快便會得知此信。馬榮要是運氣不壞的話，定能將那歹人逮個正著。」說罷又呷了一口熱茶，提起朱筆，伏案批閱起公文來。

洪亮起身離座，捋著山羊鬍思忖半晌，又開口問道：「還有兩處望乞明示。老爺如何知道那歹人會扮作行腳僧的模樣？並且王獻忠偶遇更夫一事，又有何要緊？」

狄公半晌無語，只對著公文出神，又在頁邊寫下幾句批語，方才放下朱筆，將文書重又捲起，揚起兩道濃眉望向洪亮：「王獻忠今早所述的夜半突遇更夫一事，算是為我心中描摹的罪犯畫下了最後一筆。你也聽說過歹人常常假扮作托缽僧人或是遊方道士的模樣，如此一來，便可不分晝夜四處遊走而不會令人生疑，實在是極好的偽裝。因此王獻忠第二次聽見的梆子聲，其實並非出自更夫之手，而是——」

「行腳僧敲木魚的聲音！」洪亮恍然叫道。

第九回
訪衙院二僧贈金銀　赴金華狄公享宴樂

次日一早，狄公剛剛穿好出行的衣袍，卻見主簿進來，稟報曰普慈寺的靈德法師派了二僧前來送信。

狄公忙又換過官服，正襟危坐於書案後方。只見一長一幼兩個僧人進來，身著紫綢襯裡的明黃僧袍，手握琥珀念珠，跪地叩頭三下。狄公留意到那僧袍皆是用上好的錦緞縫製而成。

「貧僧乃是奉了普慈寺住持靈德師傅之命，特為代他前來向老爺問候致意。」一年長的僧人徐徐說道，「靈德師傅深知老爺統攝一縣之務，其辛苦勞碌自不待言，且又乍臨此地，事尤繁劇，故而一時不敢前來叨擾，日後定會親自拜望，並恭聆老爺教誨。又唯恐有失敬之嫌，故此特意備下一份薄禮，區區微物不足掛齒，還望老爺看在敝寺僧眾一片誠心的分上，賞臉笑納則個。」說罷遞個眼色，那小僧站起身來，將一個錦緞小包放在書案上。

洪亮心想老爺定會嚴詞峻拒，不料卻大出意外。狄公只是客套謙讓幾句，道是不配受此厚意，卻始終未有將包裹退還的舉動，那僧人自是一力堅持。只見狄公起身離座，鄭重一揖後謝道：「還請回去轉告靈德法師，此番盛意，本縣承情之至，並謝過這份厚禮，待日後因緣際會時，再另行回報答謝。並請法師放心，本縣雖非佛教中人，但對佛經佛理一向深感興味，對於如靈德法師這般的高僧大德，亦是十分景仰，企盼有朝一日能夠得見金面，並相與深析佛法。」

「貧僧一定謹奉尊命。靈德師傅還有一事命貧僧轉告老爺，雖說不甚重大，卻仍須報與官府知曉，況且昨日晚衙開堂時，老爺曾當眾昭告曰寺院僧眾與普通良民俱受官府庇護，二者並無分別，實在英明仁厚之至。只因近日曾有歹人光顧敝寺，不但施展騙術，企圖訛去本屬敝寺所有的錢財，還四處打探、問東問西。是故靈德師傅懇請老爺發告明示，以制止此類攪擾佛門清靜的惡行。」

狄公躬身施禮後，二僧告辭離去。

聽罷這一席話，狄公心知定是陶干一時手癢、故伎重演惹出的亂子，且被人家一路追查，嗅出與縣衙有涉，更是大為不妙，心中不由十分惱火，一時卻也無可如何，只得長嘆一聲，命洪亮打開包裹。

洪亮依命解開，只見裡面裹著金光耀眼的三錠元寶，另有三錠沉甸甸的足色紋銀。

狄公將金銀重又包起並納入袖中。洪亮生平頭一遭見狄公收受賄銀，心中苦悶不解，但又想起狄公先前的囑咐，到底還是不敢擅發一語，只默默侍候老爺重又換回上路出行的衣袍。

狄公緩步踱至中庭，見一應隨員已齊集於花廳門口。官轎停在階下，前後各有六名衙役侍立，在先的舉著執事牌，上書「蒲陽縣衙」字樣，六名身強力壯的轎夫立在轎槓旁待命，另有十二人預備輪值替換，正挑著箱籠行囊等物。

狄公查過一切停當後，方才掀簾入轎，轎夫上前抬起轎槓置於肩上，一行人緩緩穿過中庭。

出了縣衙正門，喬泰背弓負箭，驅馬護在官轎右邊，衙役班頭則騎馬護在左邊。

一行人馬穿過街市，二人在前面鳴鑼開道，口中高聲喝道：「閃開！閃開！縣令老爺來了！」

狄公發覺兩旁的人群不似以往那般雀躍歡呼，從轎窗朝外一瞧，只見許多路人面帶怒色冷眼觀望，於是回身在軟墊上坐定，長嘆一聲，從袖中取出梁老夫人的案卷，埋頭細讀起來。

出了蒲陽城門便是官道，左右兩旁稻田平曠，人馬一氣走了數個時辰。狄公一時出神，案卷忽然脫手掉在腿面上。他茫然顧視著窗外單調的風景，試圖將心中所思的種種理出個頭緒來，卻仍是無濟於事。在轎中搖搖晃晃了許多時候，狄公終於生出幾分倦意，不覺朦朧睡去，待到睜眼醒來時，已是暮色蒼茫，一行人馬正逶迤進入武義縣城。

武義潘縣令在縣衙花廳內恭迎狄公駕臨，又設宴接風洗塵，並有當地一干名流士紳陪席。潘縣令比狄公年歲稍長，只因兩次科第不中，是以至今尚未升遷。

狄公見這潘縣令性情嚴毅、清節自勵，且又學識廣博、見解獨到，立時便悟出他之所以科場受挫，並非是由於為學不精，只是不肯為了博取功名而隨俗討巧罷了。

這一席雖非豪奢盛宴，卻因潘縣令言語有致、談吐不俗而仍舊四座生風，言及州府如何管理政事時，尤令狄公受教良多。直到入夜時分，賓主方才盡歡而散，狄公自去預備好的客房內歇息。

次日清晨，狄公一大早便啟程上路，徑往金華而去。

人馬途經一片地勢起伏的鄉間，眼前時而出現輕輕搖曳的竹林[3]，時而又是松林覆蓋的小丘，此時正值清秋時節，狄公命人捲起轎簾，好欣賞這一派宜人風光。然而即使美景當前，仍不能使人欣然忘憂，種種疑慮依舊盤踞心頭未去。念及梁老夫人一案，若是當真著手經辦，在刑名司法方面實有棘手之處，狄公思忖半日後，不覺十分疲累，於是將案卷重又納入袖中。

剛剛放下梁家一案，狄公又想起馬榮正在搜尋半月街姦殺案的凶手，不知幾時方能收功，一時憂心復起，並暗自失悔不該帶了喬泰同行，應將他留在蒲陽，與馬榮分頭打探才是。

正當狄公心中七上八下、煩亂不堪時，一行人馬已抵達金華縣，不巧在城外的河邊沒能趕上渡船，於是又白白耽擱了大半個時辰，直至天色全黑時方才入城。

官轎在金華縣衙的花廳門口停下，早有數名衙役提著燈籠在此等候，連忙上前小心地攙扶狄公下轎。

金華駱縣令出來恭迎狄公駕臨，二人見過禮後，相將步入一間華麗軒敞的大廳中。狄公暗想與潘縣令相比，這駱縣令真是人物迥異，身量矮小，性情和悅，雖然年少入仕、

3 在一九五八年美國 Harper 版中，此處為 bamboo grooves，似不可解，疑為印刷錯誤。後查閱一九五八年英國初版，果然是 bamboo groves，意為「竹林」。

青春正盛，卻已是富態畢現，面上只留著尖尖三綹髯鬚，據說這正是如今京師裡的時尚。

二人寒暄過後，狄公聽得後院隱隱傳來鼓樂之聲。駱縣令連忙致歉，道是原本邀了二三友人前來陪席迎賓，卻又遲遲不見貴客駕臨，眾人以為狄公今晚仍舊駐留武義，於是便自行宴飲起來，情形既已如此，則賓主二人不妨在花廳旁的廂房內用飯，再晤談一番縣衙事務云云。

儘管駱縣令言辭恭謹有禮，但也不難看出當此良夜歡會之際，他並非真心想議論什麼勞什子公務，狄公亦無心正坐莊談，於是說道：「實不相瞞，我一路行來，實在也有幾分倦意。若是不嫌孟浪，不如就插席進去，也好有幸結識你那幾位友人。」

駱縣令聞言大喜，立時與狄公相將入內。原來宴桌就設在二進庭院裡，滿眼皆是珍饈美味，只見三人團團圍坐於彼處，正在舉杯暢飲。

一見二位縣令進來，那三人連忙起身長揖見禮，駱縣令又逐個為狄公引見。最年長的一位名叫駱賓王，既是當今大名鼎鼎的詩壇聖手，又是駱縣令的遠房親戚，第二位乃是個丹青名家，其畫作在京城裡聲價正隆，還有一人則是一名舉人，如今在各地遊歷，以期增廣見聞。這三人顯見得皆是駱縣令的知交好友。

狄公的駕臨使得席上氣氛為之一變，寒暄過後，眾人猶自拘謹少言。狄公見此情形，便提議大家飲酒三巡。

一時酒酣耳熱，狄公也來了興致，放聲吟誦一首前人歌行，贏得滿堂喝采，駱賓王也唱了幾支用自家詩句譜成的曲子，然後眾人傳杯換盞，又飲過一巡。狄公越發逸興遄飛，居然念出幾首豔情綺詩來。駱縣令聽到暢快處，將兩手一拍，只見四名歌女從大廳後方的屏風背後翩然轉出，個個麗妝華服，正是方才駱縣令與狄公即將入席時小心退下的。二女上前執壺斟酒，另有一女吹笛，一女獻舞，轉眼笙歌復起，兼以長袖飄搖，好不歡快熱鬧。

駱縣令對眾友開懷笑道：「各位且看，流言果然是信不得靠不住！京師裡眾口相傳我們這位狄大人如何方正端嚴，今日有幸親見，原來竟是如此平易隨和哩！」說罷又口喚芳名，為狄公介紹過幾名歌女，看去皆是容貌妍麗、才藝不俗，顯見得受過精心調教。她們還將狄公吟過的詩句即席編入曲詞獻唱，更是令狄公大為驚嘆。

樂處光陰易逝，不覺已是夜深，三位陪席之賓告辭欲歸。原來那兩名斟酒的女子，分別是詩壇聖手與丹青名家的相好，於是雙雙結伴而去，舉人也已事先說好要攜了吹笛與跳舞的二女轉去別宅赴宴。如此一來，席上便只留下兩位縣令大人。

駱縣令對狄公已然引為知己，欣喜之餘，堅稱曰彼此應不拘禮數，以兄弟相稱才是。

二人起身離席，踱至露臺，在雕花石欄旁的矮凳上坐定。此時秋月當空，清朗澄澈，微風拂面，沁人心脾，俯瞰臺下，但見山石嶙峋，花木繁盛，得沐銀輝，倍添韻致，好一個佳期美景，月夜良宵。

二人興致盎然地議論過方才那幾名歌女的容貌才藝後，狄公說道：「今日與賢弟雖是初次謀面，卻令我大有一見如故之感，直是與生平知交一般無二了！是故不揣冒昧，想就一樁私事，向賢弟問計一二。」

「豈敢豈敢，小弟自然樂意從命。」駱縣令莊容答道，「仁兄何等通透練達，只怕小弟才疏智短，即使獻上拙計也不堪錄用。」

「實不相瞞，」狄公湊上近前，低聲說道，「美酒佳人，焉得不愛，愚兄亦不能免俗，且酒有百味，人有百態，只恨無緣閱盡哩。」

「妙極！妙極！」駱縣令高聲讚道，「仁兄一番高論實在精妙，令小弟心折不已。憑它什麼人間至味，若是天天捧到案上，日久仍不免饜足。」

「只可惜如今身為一縣之令，」狄公又道，「即使偶有閒暇，也無法去那治下的花街柳巷中行樂流連一二，稍有不慎，便會鬧得滿城風雨，唯恐因此壞了官聲。」

「不僅如此，」駱縣令嘆道，「縣衙內又是公事繁多、庶務冗雜，實在令人累煞。

雖說手握權柄統攝一方，但個中甘苦，唯有你我自知！」

狄公越發湊到近前，低語道：「若是愚兄有幸造訪貴地，並機緣巧合得識一二絕色女子，想請賢弟妥善安排，設法瞞過眾人耳目，悄悄送至敝宅中，不知可否強人所難、有瀆高誼？」

駱縣令聽罷立時興起，起身離座，對著狄公深深一揖，動容說道：「仁兄敬請放心，如此抬愛之舉，不但令小弟受寵若驚，亦是敝縣的一大榮耀哩！鑑於茲事體大，還請仁兄屈尊在寒舍暫住幾日，你我也好從容商議，以便事事穩妥、不出紕漏。」

「說來不巧得很，」狄公答道，「蒲陽那邊正有幾樁要緊公事亟待處置，故此明日須得返回。不過良夜未盡，天明尚早，可否有勞賢弟此刻便出謀劃策一二，定能大致商量出個眉目來。」

駱縣令拊掌大笑道：「不意仁兄竟如此心熱，足見亦是性情中人！若無十分殷勤，焉能須臾之間便贏取佳人芳心。只是這裡許多姑娘都已名花有主，一時便要使其移情，卻也並非易事。仁兄人物軒昂、氣度非凡，過人處自不待言，不過請恕小弟直言一句，早在半年前，京師裡就不再時興蓄這大把的長髯了，是以若想賺得美人青目，仍須勉力為之，而小弟自當從旁傾力相助，務必召來本地才貌最為出眾的女子供選。」又轉頭朝廳堂內的侍從吩咐道：「叫管家來！」

片刻之後，一名中年男子走來，一看便是圓滑世故之徒，上前對著狄公和駱縣令長揖見禮。

「你這就出去走一趟，」駱縣令命道，「再帶上一乘小轎，去邀四五個姑娘來。我二人正在吟詩賞月，無人陪席豈不冷清。」

管家心領神會地一揖，顯然已是慣熟了此等差使。

「還有一事得先請教過，」駱縣令轉頭對狄公說道，「仁兄品位卓絕，只是不知心喜哪一類女子？貌美多情才藝出眾者，抑或是機智風趣能言善對者？此時已是夜深，小娘子們想來也已回院歇息去了，故而色色俱備，大可盡意挑選一番。先跟仁兄討個示下，也好讓我那管家心中有數。」

「對賢弟我豈敢再有一字之隱！」狄公說道，「昔年在京師中，也曾閱過頗多倡女名妓，多是才藝超群卻機心深重，不免生出厭倦之意。說來慚愧，如今倒是覺得未經雕琢的天然璞玉更為悅人，但為官作宰如你我者，常常不屑一顧，坦白說來，便是青樓行院中的煙花粉頭。」

「啊哈！」駱縣令高聲議論道，「難怪道家先賢早就說過陰極生陽、陽極生陰，二者實為一體。仁兄開悟在先，因此別具慧眼，能從被懵懂愚人視為庸脂俗粉的女子身上發現美質。仁兄既開金口，小弟敢不如命！」說罷示意管家近前，接耳低語了一陣。管家聽得直揚起一邊眉毛，甚是驚異，又躬身一揖，急急退下。

駱縣令引著狄公返回廳堂，命侍從撤去殘席，另上些新鮮菜肴，又舉杯敬了狄公一回，說道：「仁兄一番卓見，令我豁然開朗。如今小弟正衷心期盼會有一段新奇的因緣際會哩！」

過不多時，只聽珠簾叮噹響處，四名濃妝豔抹、穿紅著綠的女子翩然而入。兩個看去年紀甚輕，雖然脂粉粗陋，卻不掩俏麗姿容，另有兩個則分明韶華已逝，面上露出淪落風塵、飽受摧折的痕跡。

不過狄公仍然甚為歡喜，見眾女乍臨高軒華堂，十分拘謹忸怩，便離座殷勤垂詢各自芳名。那兩個年少的喚作阿杏和青玉，兩個年長的則是孔雀與牡丹。狄公又讓眾女入席，但她們仍是含羞垂首立於桌旁，手足無措，不敢言語。

狄公一力勸說她們下箸品菜，駱縣令亦親自執壺，教授斟酒之法。幾個女子終於窘態稍減，開始左顧右盼，對這難得一見的官衙精舍嘖嘖賞嘆。

駱縣令得知她們既不會歌舞也不通文墨，便獨出心裁地舉箸蘸了湯汁，在桌面上一一書寫芳名，引得佳人嬉笑不已。

眼見眾女各自飲過一杯酒，又嘗過幾味菜肴，狄公與駱縣令低語一番。駱縣令頻頻點頭，召來管家吩咐幾句，於是管家匆匆去而又返，傳話曰孔雀牡丹須得回院。狄公賞了她們一人一錠紋銀，二女拜謝離去。

狄公命阿杏青玉分別坐在左右兩旁的矮凳上，教授她們如何敬酒，又不停問長問短。駱縣令從旁觀望狄公大獻殷勤，十分得趣，一時也不知灌了多少酒水下肚。

在狄公一番循循誘導下，阿杏業已應答自如。原來她與青玉本是一對農家姐妹，家住湖南，十年前當地發了一場洪水，過後又逢飢荒，幾乎不曾餓死，父母迫不得已，將她們賣給了從京師來的人口販子。那人先是將她們充作侍女，待到長成後，又轉賣與一個家住金華的親戚。狄公見她二人雖然遭際坎坷，但性情依舊誠樸淳厚，若是加以善待並調教得當的話，定會成為悅人的良伴。

子夜將近時，駱縣令終於支撐不住，癱倒在座椅中，說話也變得含混不清。狄公見此情形，便欲告辭離去。

駱縣令在兩名侍從的攙扶下方才起身，咕噥著向狄公道別，又對管家命道：「狄縣令的吩咐，就是我的吩咐，你可聽仔細了！」

赴金華狄公遇二女

意猶未盡的駱縣令被人掖扶下去後，狄公示意管家近前來，低聲說道：「我有意買下阿杏青玉這兩名女子，望你與她們的主家妥為處置各項事宜，萬望謹慎從事，千萬不可走漏風聲，使人知道與我有涉！」

管家會意地一笑，點頭領命。

狄公從袖中取出兩錠金元寶交與管家，「這些用作身價銀子，應是綽綽有餘，剩下的可充作送她二人前去蒲陽的川資。」又取出一錠紋銀來，「為了酬謝你玉成此事，這點小小心意還望收下！」

管家推辭再三，方才接過銀子，又擔保說一定將事事都安排妥帖，過後再令其妻親自陪二女前去蒲陽，「小人這就吩咐下去，送她們到老爺下榻的客房中伺候。」

不料狄公卻說此時十分疲倦，只想好好休息一晚，明早還得啟程上路。於是阿杏青玉雙雙告退，狄公也被人引去預備好的客房中歇息不提。

第十回

日訪里長詢問舊事　夜窺深宅遭遇險情

再說此時蒲陽城內，陶干正依照狄公的吩咐，開始著手打探有關梁老夫人的消息。陶干得知梁老夫人的住處與半月街相去不遠，便打定主意先去拜訪高里長，且不早不晚恰好在用午飯時謀面。

此乃二人初會，陶干言語恭謹、舉止有禮，尤顯誠摯懇切。那高里長既已挨過狄公一頓叱責，心想還是與縣令老爺的親信隨從勉力交好為上，於是請陶干一起吃頓便飯權作午膳，陶干自是欣然從命。

待陶干酒足飯飽後，高里長取出戶籍簿冊來與他過目，裡面記載著梁老夫人於兩年前遷來蒲陽，同來的還有其孫梁科發。

簿冊裡錄曰梁老夫人六十八歲，其孫三十歲。但高里長卻說那梁科發看去年齒頗幼，更像個二十左右的後生，不過梁老夫人既然說過他已有了秀才的功名，故此理應是三十出頭年紀。梁科發性情溫文，整日在城中四處遊蕩，尤愛在西北一帶盤桓，還時常在水門附近的運河邊逡巡來去。

大約一月過後，梁老夫人忽然來見高里長，道是已有兩日不見她孫子的人影，怕是遭遇到什麼不測。高里長依例四處查問了一番，卻是毫無下落。

後來梁老夫人親去縣衙，向馮縣令遞狀告人，一口咬定乃是住在本地的廣州富商林帆劫去了她的孫子，還拿出許多陳年狀紙來一併呈上，原來梁林兩家彼此結怨已有多年，如今更是仇深似海、不共戴天。不過梁老夫人並無半點證據可以證明林帆與梁科發的失蹤有涉，於是馮縣令到底將此案駁回。

如今梁老夫人獨居在一幢小屋內，只與一名上了年歲的女僕為伴。她年事已高，且又遭此不幸，心中悲苦憤懣，故此頭腦越發昏亂起來。至於梁科發失蹤一事，高里長也說不出個子丑寅卯來，想來許是不慎失足落水，溺死在大運河裡了。

陶干聽罷，殷勤謝過高里長的款待，隨後出門徑去探訪梁宅。

梁老夫人住在離城南水門不遠的一條幽巷內，滿眼皆是低矮狹小的平房。陶干尋到門前，度其規模，想必內中至多三間屋子而已。

陶干輕叩幾下樸素的黑漆大門，等了半日，方才聽到腳步聲徐徐而來，門上的窺孔打開，只見一個滿面皺紋的老婦露出臉來，低聲埋怨道：「這位相公有何貴幹？」

「請問梁老夫人可否在家？」陶干恭敬問道。

老婦狐疑地瞥了陶干一眼，啞聲說道：「她有病在身，誰也不見！」隨即「啪」的一聲將窺孔闔合。

陶干無奈地聳一聳肩，轉頭四下顧視。此處幽僻清冷、闃其無人，甚至連乞丐小販也不見一個。陶干暗想狄公或許不該輕信梁老夫人的說辭，這祖孫二人很可能編出一套悲慘身世來掩人耳目，實則卻做些見不得人的勾當，沒準與那林帆正是一黨。如此僻靜之處，正是暗中行事的絕好地方。

陶干又見梁家對面是一座二層宅子，比起其他房舍來規模稍大，用磚石砌成，以前曾是綢緞莊，檐下仍懸著一面久經風雨剝蝕的招牌，如今一應門窗緊閉，顯然已是人去樓空。

「白跑了這一趟腿，好不晦氣！」陶干咕噥道，「不如離了此地，去看看林帆那邊是何情形！」

陶干直朝城北而去，道遠路長，行走多時方才抵達。

雖然陶干已從縣衙的戶籍簿冊上得知林家宅址，不料尋起來竟是大費周章。只因這西北一帶在城中最為古舊，多年前有個本地鄉紳曾住在此處，後來舉家遷走，搬到了繁華熱鬧的城東去，昔日的深宅大院，如今已被無數七拐八彎的小巷層層包圍在其中。

陶干走了許多冤枉路後，終於找到林家。只見老大一幢宅院，朱漆雙扇大門上鑲有銅飾，左右兩側各蹲著一座石獅子，高高的院牆修葺一新，望之森然，令人生畏。

陶干本想沿著外牆繞行，以便尋到出入灶房的角門，同時約略估計一下全宅到底占地幾何，但是這一念頭很快便落了空。只見右邊與鄰家宅院相連，左邊則緊靠著一個瓦礫場。

陶干順著院牆，一路行至街角處，瞧見小小一爿菜鋪，便走上前去買了些許醃菜，一邊掏錢付帳，一邊隨口詢問店主生意如何。

那店主在圍裙上揩揩兩手，答道：「雖說賺不到什麼大錢，但也足可過活，起碼全家人結實壯健，因此方能從早忙活到晚，天天有飯菜上桌，隔幾日還能吃口葷腥，怎敢再不知足！」

「貴店距離那邊的大宅不遠，」陶干說道，「想來應是你的大主顧吧。」

店主聳聳肩頭，「壞就壞在離這兩家大宅院太近了些。一戶長年閒置，另一戶又是外鄉人，據說從廣州而來，連說話都聽他不懂哩！那林先生在城外西北一帶的運河邊上還有一片田產，每隔幾日，便有莊客送進去幾車自家地裡產的菜蔬，因此根本無須在我這裡破費一文錢！」

「原來如此，」陶干說道，「我以前曾在廣州住過，深知那些粵佬甚愛與人結交。想來林家僕從偶爾也會走來與你敘話一二吧？」

「卻是從不認識一個！」店主憤憤答道，「他們一向自管自來去，從不閒話一句，趾高氣揚瞧不起我們北方人似的。客官為何要打聽這些？」

「實不相瞞，」陶干答道，「在下乃是一裱褙匠人，手藝頗為不俗。想來偌大一座宅院，又離街市甚遠，許是會有些字畫卷軸之類需要修補也未可知。」

「老兄怕是打錯了主意，」店主說道，「那些走街串巷兜攬生意的工匠小販，從未見有誰踏進過他家門檻半步。」

陶干聽罷並不氣餒，走到街角處，從袖中抽出那條百變布囊，用竹片三下兩下插入，擺弄出似是裝有瓶瓶罐罐和大小畫筆的樣子來，復又行至林宅，上前用力叩門，過了半日方見窺孔打開，一個面色陰沉的男子露出臉來。

陶干曾經行走江湖多年，走南闖北之際，學會了不少方言，此時操著一口十分地道的廣東話向守門人說道：「在下精通裱褙一行，曾在廣州學過手藝，請問貴宅可有字畫需要裝裱？」

那守門人得聞鄉音，立時面露喜色，開門說道：「老鄉請進，我且去裡面替你問問！難得你能說一口上好的粵語，且又在五羊城裡住過，先在我房內坐下歇歇腳。」

陶干進門一看，只見前庭十分齊整，周圍環繞著一排低矮房舍。他在門房中坐等時，半日裡既不見僕從往來，也不聞遠近人聲，偌大一個宅院寂無響動，不禁頗覺驚異。

那守門人返回時神色大異，比乍見時更顯陰沉，後面還跟著一個寬肩闊背的矮胖漢子，穿一件廣州人偏愛的黑綢衣袍，相貌醜陋，鬍鬚凌亂，面上露出宅院總管一類人物的傲慢神氣。

「你這江湖騙子，闖進門來意欲做甚？」那矮胖漢子對陶干喝道，「若是需要裱褙匠的話，我們自會找來，還不趕緊出去！」

陶干見此情形，只得低聲咕噥著賠個不是，然後告辭離去，大門在身後砰然關閉。

陶干一路徐行，心想光天化日之下，不宜設法再入林宅，值此爽淨秋日，倒不如去那城外西北一帶近郊，看看林帆的田莊是何景象。

陶干出了北門，徑直走了兩刻鐘，來到運河岸邊，向路過的農夫打聽林家田莊，由於廣東人在此地極為少見，自是一問便知。

只見一大片肥沃良田順著河岸延伸出去，大約有二里左右，田地中央立著一座粉刷齊整的農舍，背後還有兩個大貨倉，一條小路通向水邊的一個小小碼頭，一隻平底帆船正泊在那裡，三名男子正忙著往船上搬運用草席捆紮好的包裹，除此以外再無一人。

陶干見此地純是一派寧靜的鄉間氣象，毫無可疑之處，便又一路走回城裡，進得北門後，揀了一家小飯鋪進去，只要了米飯和一碗肉湯，又說服夥計白送給他一小碟新鮮蔥段。跑完這一趟腿，陶干只覺胃口大開，不但把米飯吃得乾乾淨淨，肉湯也喝得一滴不剩，隨後埋頭伏在桌上，枕著胳膊呼呼大睡起來。

待到悠然醒轉時，陶干發現天色已晚，於是滿口謝過夥計，並些須給了幾個賞錢。那夥計恨得正在尋思要不要將他叫住時，陶干早已出了店門，揚長而去。

託賴一輪明月當頭，陶干二次探訪林宅時，沒費多少氣力便找到了地方。菜鋪已然關門收攤，周圍一片靜寂。

陶干走入大門左邊那一片瓦礫場，只見磚石遍地，灌木叢生。他小心地在其間行走，不多時便尋到了破敗的二門，門口卻被一堆垃圾穢物擋住，開啟不得。陶干踩上去一望，見裡面還殘存著幾段院牆，心想若是能爬上牆頭的話，或許可從那裡窺視一番林家宅院。

然而爬牆卻頗為不易，陶干嘗試幾次未果後，終於在坍塌的磚石堆中站穩腳跟，這才攀上牆頭，引頸望去，從此高處正好可以俯瞰林宅。院子共有三進，每個庭院都有一排雕梁畫棟的房舍環繞，還有裝飾富麗的廊道彼此連通。此時尚未入夜，一般宅子中通常應是人來人往、十分熱鬧才對，但此處卻漆黑沉寂，只有門房與後院的兩扇窗戶裡透出亮光，望之令人駭異。

陶干在牆頭盤桓了半個時辰左右，下面始終不見一點動靜，有時似乎隱約看見什麼物事在前庭的暗處移動，但又未聽見一絲聲響，大概終是錯覺而已。

陶干到底打算離開此地，正要從牆頭滑下時，不料腳底一塊磚頭鬆動，致使整個人跌落在灌木叢中，還帶翻了一堆碎磚頭，稀裡嘩啦響成一片。這一摔不但擦傷了膝蓋，衣袍上也扯出個大口子，陶干不禁恨恨地咒罵幾句，從地上踉蹌爬起，欲循來路出去，不巧此時烏雲蔽月，四周漆黑一團。

陶干心知要是走錯一步，沒準就會折臂斷腿，於是姑且先蹲在原地不動，靜候清輝重現。

等了沒多久，陶干忽覺似乎另有他人潛入此地。經歷過許多江湖上的風波險惡之後，對於任何危險的味道，他向來一嗅便知，此時定是有人正在這瓦礫場中盯著自己。陶干一動不動，豎起耳朵仔細諦聽，卻只聞得偶爾有簌簌聲從灌木叢中傳來，應是野兔田鼠之類的小動物弄出的聲響。

終於雲破月出，陶干仍是謹慎地四下打量半日，並未發現有何異樣，這才慢慢起身，好不容易循著原路走出瓦礫場，每踩一步都小心翼翼，且盡量躲在暗處行走。

陶干踏上街面，不由得長舒一口氣，經過菜鋪後，越發快步疾行。只見四下無人，一片寂靜，這景象不免令人心驚。

忽然間，陶干發覺自己拐錯了巷口，眼前的衚衕看去十分陌生，於是朝四周打量，正想要找回原路時，卻見身後有兩個蒙面人從暗處現身，並漸漸逼近。

陶干見勢不妙，拔腿就跑，一路穿街過巷，巴望著能甩脫尾隨的惡徒，或是轉到人多熱鬧的大道上，使得對方不敢緊追過來。只可惜他不但沒有跑上大道，卻偏偏扎入一條狹窄的死巷中，回頭一看，兩個蒙面人也已接踵而至，這下前無去路，後有追兵，情勢十分凶險。

「兩位好漢手下留情！」陶干叫道，「有事好商量！」

那二人卻毫不理會，徑直走到近前，一人揮拳朝陶干頭上打來。

陶干每每身陷危境時，仍然大有動口不動手的君子之風，多憑一張三寸不爛之舌化險為夷，至於拳腳功夫，則不過是從馬榮喬泰那裡學到的一招半式而已。雖然他看似枯瘦無力，但也絕非懦夫，曾有不少歹人被其文弱的外表所蒙蔽，從而吃過教訓。

只見陶干矮身躲過這一拳，從那人身邊閃過，又伸腿意欲絆倒另一個，可惜腳下一歪站立不穩，正在左右搖晃時，手臂已被人從身後一把揪住。陶干見蒙面大漢目露凶光，心知這二人並非為了謀財，卻是專為取自己性命而來的。

陶干扯開嗓子大喊救命，這時身後那人將他兩條胳膊牢牢攥住，面前的漢子抽出一把匕首。陶干腦中閃過一念，這大概是替老爺跑的最後一趟差了。

陶干伸腿朝後用力猛踹，又希圖將手臂掙脫出來，奈何氣力不濟，皆是枉然。

就在這時，平地裡突然又冒出一條大漢，身材魁梧，披頭散髮，衝這邊直奔過來。

第十一回　惡鬥時一人忽闖入　公廨裡三友共剖析

陶干忽覺手臂被人鬆開，身後的蒙面人已經一路奔出巷子而去。只見後來的大漢揮拳朝持刀者頭上打去，持刀者矮身躲過後，也拔腿逃走，那大漢跟在後面緊追不捨。

陶干揩去額上的冷汗，長吁了一口氣，抬手撣撣衣袍。這時只見大漢獨個兒轉回，粗聲大氣地說道：「莫非你又使出花招來賺人錢財不成！」

「馬榮賢弟，我一向感激你出手相助，」陶干說道，「方才那一刻的救命之恩，更是感激不盡！你如此一身古怪打扮，又是所為何來？」

馬榮悻悻答道：「我剛剛與盛八那廝見過一面，此刻正要回衙，不料卻陷入這一片該死的迷魂陣中，辨不出東南西北來，經過此巷時，聽見有人大喊救命，於是趕緊跑來相助。我要早知道原來是你，定會放慢步子稍等片刻，讓你因為坑蒙拐騙先好好吃頓教訓再說！」

「你若是當真晚來一刻，只怕就再也來不及了！」陶干憤憤說罷，彎腰撿起蒙面人丟下的匕首，遞給馬榮。

馬榮接過匕首，在手掂量一下，又仔細審視半晌，只見長長的利刃在月色中如同一道寒光，透出陰冷肅殺之氣，不禁賞嘆道：「要是用這傢伙來切老兄的肚皮，簡直就如拿鐮刀割草一般容易哩！只恨我沒能捉住那兩個歹人，他們定是對這一帶十分熟悉，沒等我回過神來，轉眼就跑進暗處沒了蹤影。你為何偏偏揀了這麼一個冰清鬼冷的地方與人口角？」

「我哪裡與人口角，」陶干怒道，「原是奉了老爺之命前來打探林宅，林帆正是這起粵佬的頭目，不料卻在回去的路上被那二人追殺。」

馬榮又瞧瞧手中的匕首，說道：「今後再有這類打探匪人的差使，奉勸老兄還是留給我和喬泰去辦為好。顯見得你在窺伺林宅時被人識破，並且懷恨在心，正是林帆派了那兩個歹人一路跟蹤要將你除去。這種刀子樣式古怪，恰是廣東人時常攜帶的。」

「既然你這麼說，」陶干說道，「我倒想起來那二人中，果然有一個似乎見過！他們雖用手帕遮住了下半個臉面，但從身形舉止看去，其中一個分明就是林宅總管。」

「如此說來，」馬榮說道，「這伙人定是在從事什麼陰暗的勾當，不然也不會露出行跡時便下如此狠手。你我還是快快離開此地回衙的好！」

二人在整片街巷中七拐八彎走了半日，方才行至大街上，於是一路走回縣衙。

洪亮端坐在主簿的公廨中，正獨自對著棋盤出神，一見陶干馬榮進來，忙招呼二人坐下喝杯熱茶。

陶干細述一番如何去林宅打探，馬榮又如何趕來相救，最後說道：「老爺命我不得繼續追查普慈寺一事，至今想起來心猶未甘。比起凶悍的粵佬來，我還是對付那伙傻呵呵的禿頭和尚更為得心應手，至少從那廟裡，我還順便賺到不少銀子哩！」

洪亮沉吟道：「如果老爺預備要開審梁老夫人一案，就非得火速辦理不可。」

「為何要如此匆忙？」陶干問道。

「你今夜遇險，要是尚未嚇昏了頭的話，自己便能悟出其中道理。」洪亮答道，「你看那林宅雖然闊大齊整，卻幾乎空無一人，只能說明林帆與其手下就要離開此地，而女眷與大多數僕從定是已被先行遣走。後院僅亮著兩盞燈火，也說明除了門房之外，如今只剩下林帆與幾個親信還留在宅中。要說你在林家田莊裡看見的船隻已經揚帆南下的話，亦是不足為怪。」

陶干拍案叫道：「洪都頭所言甚是！如此一來，事事都順理成章了！老爺須得盡快做出決斷，之後我們方能公然昭告林帆那廝，道是他有案在身，不得擅離此地，這差使若是交與我去辦就再好不過了！但是要說他的暗中勾當與那梁老夫人有何干係，我可是一點也摸不著頭緒。」

「老爺出門時，將那些梁家的案卷一併帶了去，」洪亮說道，「我至今還未曾看過，不過從老爺的隻言片語中，可知並無任何對林帆不利的證據。還有，老爺他一定心中自有謀劃。」

「我明日再去林宅走一趟如何？」陶干自告奮勇道。

「依我之見，你暫且不要再去驚動林帆，」洪亮答道，「還是等老爺回來，稟過詳情後再作定奪！」

陶干點頭應允，又問馬榮在聖明觀內有何發現。

「今晚倒是頗有斬獲。」馬榮說道，「盛八那廝果然消息靈通，說是打聽得有一支金釵，問我意下如何。我先是裝作不甚熱心，說金釵須得成對，而且我更中意金手鐲之類能藏在袖子底下的細軟首飾。盛八堅稱曰若是在胳膊上紮條繃帶，再別上一支金釵，不也是輕而易舉之事，我這才鬆了口，他答應明晚便會安排我去見那賣家。」

「找到了一支金釵，自然就能找到另一支。即使我明晚去見的並非凶手本人，至少也與凶手相識，並且知道他藏身何處。」

洪亮面露喜色，「好個馬榮，果然辦得不壞！接下去又如何？」

「我得了消息後，」馬榮答道，「非但沒有掉頭就走，還留下來與他們小賭一回，讓他們贏去了大概四五十個銅板。我明明瞧見盛八那伙人做了手腳，就和這位陶兄曾經好心傳授給我們的一般無二哩！只因想與他們一力交好，我也就假裝渾然不覺。」

「然後眾人又信口胡扯了一陣閒話，還告訴我說聖明觀裡出過種種嚇人的怪事。我自然先隨口問過盛八，為何他們一伙非得住在聖明觀前破舊的木棚裡，卻不曾想方設法從側門偷偷溜進觀內去，那些道士留下許多空屋，住起來豈不是舒服得多，且又更能遮風蔽雨。」

「我也同有此問！」陶干沉思道。

「然後盛八便說要不是聖明觀中有鬼怪出沒，他們又何苦遭罪至今，」馬榮接著敘道，「還說夜裡常能聽見封死的門後發出呻吟聲和鐵鍊的哐啷聲，有個手下透過一扇打開的窗戶，曾親眼看見一個綠毛紅眼的厲鬼直直瞪著自己。雖然盛八與他那伙人並非善類，但卻唯恐與妖魔鬼怪有什麼瓜葛！」

「聽去好不怕人！」陶干說道，「為何當年觀中的道士會悉數離去？那些懶漢散淡成性，一旦扎下腳來過慣了舒服日子，再要他們離開絕非易事，或許真是被什麼鬼怪或狐仙嚇跑了不成？」

「這個我可不知，」馬榮說道，「我只聽說道士們離開聖明觀後，便不知去向了。」說到此處，洪亮開口講了一段令人毛骨悚然的鬼故事，道是有個男子娶了一位年輕美貌的少女為妻，不料此女卻是個狐狸精，甚至還咬穿了其夫的喉嚨。

馬榮聽罷嘆道：「每次聽過這些鬼故事後，我都會覺得口中格外焦渴，只要不是茶水，隨便灌點什麼東西下去都行！」

「我倒是想起一事。」陶干說道，「林宅附近有個菜鋪，我為了與那店主攀談，還進去買了一包醃漬果仁與鹹菜，想來做個下酒菜最好不過！」

「這可真是天賜良機，」馬榮說道，「特為讓你趕緊花掉那些從普慈寺裡誆騙來的銀子！你要是膽敢把從廟裡騙來的錢留在身邊的話，定會霉運當頭哩！」

這次陶干居然未持異議，當即喚來一名業已昏昏欲睡的男僕，命他出去買三壺本地出產的上等水酒來。三人先將水酒在茶爐上溫過，然後傳杯換盞，暢飲數巡，直到四更天方始散去。

次日一大早，狄公的三名忠實親隨又到縣衙公廨中碰面議事。

洪亮自去查看縣衙大牢，陶干則埋頭於案卷中，查找有關林帆在蒲陽的行止記錄。

馬榮行至三班房外，見衙役們閒坐無事，守衛與幾名走卒正在賭錢作戲，於是喝令這一干人去前庭內齊集，結結實實操練了一個時辰，累得個個人仰馬翻，直至午時方罷。

馬榮與洪亮陶干一道用過午飯，返回自己的住處，好好睡了一個午覺，靜待當晚的一場好鬥。

第十二回

茶館內開言談玄理　深巷中動手擒凶徒

夜幕降臨時，馬榮又換上那一身無賴裝束，洪亮命主管銀錢的衙吏從縣衙銀櫃中提了三十兩紋銀與他。馬榮將銀子用布頭包好，又揣入袖中，出門直朝聖明觀方向走去。

只見盛八仍舊蹲坐在老地方，背靠院牆，搔著光裸的肚皮，全副心思似乎都被賭局吸引了過去。

盛八一見馬榮，立時親熱地招呼他過來同坐。馬榮依言蹲下，開口說道：「老兄昨晚從我這裡贏去不少銅板，何不拿來買件像樣的外褂。等到天寒地凍時，卻還沒件擋風蔽雪的衣袍，那可如何是好？」

盛八責怪地瞥了馬榮一眼，「老兄這話好生無禮。我不是跟你說過，我乃是丐幫軍師，豈能幹花錢買衣這等鄙俗的勾當。閒話休提，你我且說正事。」接著湊近馬榮耳邊，低聲說道：「事事都已安排妥當，今晚你便可拿了金釵然後遠走高飛！那出脫金釵的是個遊方道士，開價三十兩紋銀，此時正在鼓樓後面的旺爐茶坊內等你，說好他獨自一人坐在屋角，桌上現放一隻茶壺，壺嘴下方擺著兩隻空杯，你去了一看便知，只須走上前去對著茶杯議論幾句，他便會曉得你是何人。下剩的事情，就全憑你自己料理了。」

馬榮滿口稱謝，又信誓旦旦地說日後若是再到蒲陽的話，一定特來問候致意，隨即匆匆離去。

一時馬榮行至關帝廟附近，只見鼓樓高高聳立於暮色之中。一個街頭小童引他來到鼓樓後面的集市，雖不甚大，卻頗為熱鬧。馬榮在熙熙攘攘的街市裡四下觀望，沒費吹灰之力便找到了旺爐茶坊的大字招牌。

馬榮掀開汙跡斑斑的門簾，走進店內。只見十來個人正各自圍坐在茶桌旁，大多衣衫破舊，室內滿是一股汙濁之氣，果然有個道士獨坐在屋角最深處。

只見那人身上裹件破爛道袍，頭戴一頂烏亮油膩的道冠，腰繫一隻木魚，然而身形五短矮胖，絕非高大壯實，一張髒汙臉面上皮肉鬆弛。馬榮看他雖不似正人君子，卻也不像老爺所說的心狠手辣之徒，心中不免有些疑惑，不過自己要找的必是此人無疑。

馬榮擠到桌前，裝作不經意地開言說道：「借問道長一聲，此處既然有兩隻空杯，可否讓我略坐片刻，喝上一口潤潤嗓子？」

「好說好說，高人且請坐下喝杯清茶！」胖道士咕噥一句，「不知你可隨身帶著經書不曾？」

馬榮落座後，伸出左臂示意。那人伸手迅速一捻，摸出是銀子形狀，於是點點頭，給馬榮倒了一杯茶。

二人呷了幾口茶水，胖道士復又開言：「既然如此，在下便將這太虛之道中最淺顯易懂的法門傳授於你。」說著從懷裡掏出一冊舊書。

馬榮接過一看，卻是厚厚一本道教典籍《玉皇經》，隨手一翻，卻未發現有何異樣。

「請高人細細讀那第十章便知。」胖道士奸笑一下。

馬榮翻到地方，將書舉至目前，似是在仔細端詳，果然見有一枚金釵貼著書脊夾在兩頁當中，搭扣處做成飛燕狀，與老爺給自己看過的圖樣一般無二，不由心中暗讚手藝之精。

馬榮一把合起書冊並將之納入袖中，說道：「此書果然令我豁然開朗！這是道長前日好心借給我的卷子，如今原樣奉還。」說著取出那包紋銀遞上，胖道士接過後連忙揣入懷中。

「我得先走一步，」馬榮說道，「明晚再來此地，與道長接著細論經義不遲。」

胖道士低聲謝過後，馬榮起身出門而去。

馬榮朝街市中左右張望，見一群人正圍成一圈，聆聽一個算命先生說長道短，便也走上前去加入其中，選了一個正好能盯住旺爐茶坊門口的位置站定。過了半日，只見胖道士出門，順著狹窄的街巷急急走去，馬榮隔了幾步尾隨在後，一路小心地走在暗處，留神避開街邊貨攤上油燈發出的光亮。

胖道士邁著兩條短腿在先疾行，徑往北門方向而去，忽又轉入一條窄巷中。馬榮在街角處四下打量一回，周遭杳無人跡。只見那人在一幢小房門前停下，似是猶豫要不要叩門。

馬榮輕輕悄悄跑上前去，伸手拍拍胖道士的肩頭，曳他轉過身來，又一把扼住脖頸，低聲喝道：「要是敢出一聲，管教你立時便上西天！」然後拽著那人朝巷子深處走去，直到一個陰暗的角落處方才止步，手上稍稍發力，將他抵在牆上動彈不得。

胖道士嚇得渾身發抖，帶著哭腔央求道：「千萬手下留情！銀子統統還給你還不成！」

馬榮拿回銀子，重又納入袖中，然後揪住對方衣襟猛力搖晃幾下，追問道：「這金釵你究竟從何處得來？」

胖道士支吾說道：「原是我從陰溝裡撿來的，定是哪個婦人——」

馬榮復又上前扼住他的喉嚨，將一顆腦袋在牆上撞得咚咚作響，切齒說道：「你這狗頭，要是還想留下一條狗命的話，就趕緊說實話！」

「我說我說。」胖道士一邊拚命喘氣，一邊哀求道。

馬榮鬆開對方的脖頸，仍是虎視眈眈立在對面。

「小的另有五個弟兄，皆是扮作遊方道士模樣。」胖道士低聲說道，「平日在東門城牆下一間廢棄不用的值房內歇腳，為首的乃是一個名叫黃三的壯漢。」

「數日之前，眾人正在睡中覺時，我一睜眼，瞧見黃三從衣縫裡摸出一對金釵來，又拿在手裡端詳，於是趕緊閉目裝睡。我心裡暗自盤算離開這伙人已經非止一日，只因他們太過兇暴，與我不甚相合，正好還可趁機撈上一筆做為盤纏。前天黃三回來時醉得厲害，我等他睡熟後，悄悄沿著他衣縫摩挲，終於摸到了一支金釵，這時他一翻身，我不敢再找下去，於是趕緊拔腳溜走。」

馬榮聽罷心中大喜，面上卻絲毫不露，仍然緊繃著一副怒容，命道：「帶我去找那黃三！」

胖道士不聽則已，一聽復又渾身哆嗦起來，低聲哀求道：「千萬別帶我再去見他。那黃三一頓拳腳下來，我非得一命嗚呼不可！」

「怕他作甚，你該怕的人是我才對！」馬榮怒道，「要是膽敢露出一點消息，我定會將你拖到僻靜處，再給你脖子上來一刀。還不趕緊前頭帶路！」

胖道士引著馬榮轉回大街，過不多時，便行至一片迷宮也似的小巷中，最後走到城牆邊一片漆黑無人之處。馬榮隱約看見靠牆立著一座搖搖欲墜的窩棚。

「此處便是了。」胖道士帶著哭腔說道，轉身欲逃時，卻被馬榮揪住衣領一把拽回。二人直走到窩棚前，馬榮一腳踹在門上，口中叫道：「黃三！我帶了一支金釵來給你！」

只聽裡面一陣響動，光亮處只見一個精瘦漢子走出，身量與馬榮不相上下，只是塊頭有所不及，手舉一盞油燈，一雙冷酷的小眼上下打量著兩位不速之客，恨恨地叫罵道：「原來是這個畜牲偷去了我的金釵。如今你想要怎樣？」

「我原想買下一對金釵，這廝卻只有一支，我知道其中必有隱情，於是便好言好語勸說了一番，讓他告訴我如何才能找到另外一支。」

那漢子大笑起來，露出一口參差不齊的黃牙，「待會兒再與老兄交易不遲，先讓我踹這賊胖子兩腳再說，好教他學會如何規規矩矩敬重頭人！」

大漢放下油燈，正欲動手時，胖道士突然出腳踢倒了油燈，動作十分敏捷。馬榮順勢鬆手，那人便如離弦之箭一般飛奔而去。

黃三咒罵一聲，正要追趕，馬榮一把拽住他的胳膊，說道：「你且隨他自去，日後再細細算帳不遲，我這裡還有要緊事與你商議。」

「且罷，」黃三咕噥一聲，「你若是帶了現錢在身，我們立時便可成交。我這一輩子霉運不斷，總覺得這對金釵頗為不祥，若不趕緊脫手的話，遲早會招來禍事。你已見過其中一支，另一支也是一模一樣，預備出多少銀子？」

馬榮謹慎地朝四下看看，只見明月當頭，周圍靜悄悄不見一人，於是開口問道：「別的弟兄都在何處？我可不願交易時被旁人看了去！」

「無須擔心，」黃三答道，「他們此刻全都出去了，正在人多熱鬧的集市上四處轉悠哩！」

「既然如此，」馬榮冷冷說道，「你管自留著那金釵便是，你這殺人害命的惡賊！」

黃三立時朝後跳開一步，又驚又怒地叫道：「你到底是何人？」

「我乃是蒲陽縣令狄老爺的手下隨從，」馬榮答道，「此刻便要將你這殺害蕭淑玉的凶手帶去縣衙交差。你是跟我一道乖乖走呢，還是先吃我幾拳才肯上路？」

「我從未聽說過這小娘子，」黃三叫道，「不過倒是深知你們這些甘作走狗的官差有多下作，還有那些貪贓枉法的縣太爺們！你要是帶我去了縣衙，定會將一堆無頭案子都按在我身上，然後大刑伺候，直到招供了才算罷休。我且與你賭上一把！」話音未落，抬手朝馬榮腹部猛擊。

馬榮閃身避開，揮拳衝黃三的頭上打去。不料黃三從容接招後，又快速出手向馬榮胸口襲來。

二人你來我往過了幾招，卻都未能真正打到對方的要害處。

馬榮心想這回真是遇上對手了。黃三雖非筋肉粗壯之輩，骨骼卻異常致密，因此二人的分量仍是大致相當。馬榮剛一接招，便知黃三拳術精湛，大概是八等左右，雖說馬榮的身手更勝一籌，但卻不及黃三熟悉地勢，於是不斷被逼至一塊坑窪不平且又腳下打滑的地方過招。如此一來，二人便不相上下了。

又一個回合後，馬榮抬肘猛地一擊，結結實實打在黃三左眼上。黃三也不示弱，回腳正中馬榮腿面，使得馬榮腳下一時大不靈便。

黃三突然踢向馬榮的大腿根處，馬榮朝後跳開，伸出右手擒住對方腳踝，本想用左手力壓黃三的膝頭，使他無法收腿回去，然後再踢他另一條腿，不料自己腳下一滑未能

城牆下馬榮擒黃三

得手。黃三立即將膝頭一曲，緊接著便朝馬榮的脖頸外側狠擊一拳。

這一招乃是拳術中的九大殺招之一，馬榮若被擊中，便會立時斃命。他趕緊偏頭閃開，不過下頷處仍被掃了一下，於是鬆手放開黃三的腳踝，踉蹌後退數步，氣血一時受阻不暢，使得兩眼也模糊起來。此刻真是全無招架之功，唯有聽天由命了。

前朝曾有一位著名拳師說過：「兩強相鬥時，若其技藝氣力均不分高下，則主成敗者實為其神也。」那黃三雖然武藝超群，生性卻殘忍下流，眼見馬榮無力反擊，他本可使出九大殺招中的任何一招來，但心中惡念一閃，非要陰狠地朝馬榮大腿根處踢去。

重複使用同一招數，乃是習武格鬥的大忌之一。此時馬榮體內氣血受阻，難以騰挪閃動，便使出唯一可行的法子來。只見他緊緊抱住黃三的小腿用力一擰，黃三慘叫一聲，膝蓋已然脫臼。與此同時，馬榮傾身朝前，與黃三一起合仆在地，膝頭正壓在黃三肚腹上。馬榮只覺渾身力氣已盡，朝一旁連滾幾下，直到黃三伸手不及之處，隨後仰面躺在地上，集中全神默練呼吸吐納的祕法，以促使氣血通暢。

一時馬榮覺得頭腦清醒過來，渾身知覺也恢復如常，於是從地上爬起，轉頭去看時，那黃三也正扎手舞腳地試圖起身。馬榮踹上一腳，不偏不倚正中對方下頷，見黃三仰頭重重倒在地上，方才從腰間解下一條細鐵鍊，將他的兩手從背後縛住，又朝上曳至與肩頭一般高處，再將鍊子的一頭繞在他脖頸上打成一個活結。如此一來，只要黃三的兩手稍有動作試圖掙脫，鐵鍊便會緊緊勒住喉頭。

料理完黃三後，馬榮在一旁蹲坐下來，說道：「差一點就栽在了你這廝的手裡！如今且痛快招來，也算替狄老爺和我省了不少麻煩！」

「你這衙門裡的走狗！」黃三喘著粗氣罵道，「要不是我又一次晦氣纏身，你早已死在我手裡了！至於要我招供什麼罪狀，還是等你那狗官來了再說！」

「隨你自便！」馬榮冷冷回了一句，起身行至附近的街巷內，揀了一扇大門上去咚咚猛敲，直到一個睡眼惺忪的男子出來。馬榮亮出自家身分，命他去叫當地里長，再帶上四個人並幾根竹杖前來，吩咐停當後，復又走回原地，緊盯著被拿獲的人犯。黃三仍在兀自粗口叫罵不休。

一時里長帶人趕來，先用竹杖製成一副擔架，抬起黃三，馬榮又從窩棚內找出一件破舊僧袍來蓋在他身上，眾人一路直奔縣衙而去。

馬榮將黃三交給獄吏，又命人找個會接骨的大夫來，為他診治脫臼的膝蓋。

洪亮陶干正在公廨中坐等，聽馬榮道是已經捉住真凶，自是歡喜不迭。

洪亮咧嘴笑道：「今日大功告成，可喜可賀，你我非得出去吃頓便飯，再痛快喝上幾盅不可！」

於是三人一道出了縣衙，在街上尋了一家通宵開門的飯鋪，徑直走入。

第十三回

狄縣令了結姦殺案　王秀才悲嘆孽情緣

次日午後多時，狄公方才返回蒲陽縣城。

狄公在二堂中一邊草草用膳，一邊聽洪亮稟報這幾日內的查案進展，又叫馬榮陶干前來，對馬榮說道：「聽說你已將人犯拿獲，不愧是條好漢。且來說說詳情！」

馬榮講述一番前夜與昨夜的經歷，最後說道：「黃三那廝果然與老爺說的分毫不差，兩支金釵也與圖上畫的一模一樣哩。」

狄公滿意地點頭說道：「若是我估計不錯，此案明日便可了結。洪都頭，你且吩咐下去，務必使得與半月街姦殺案有關的一干人等，在明日早衙時悉數到堂。」

「陶干，你再來說說，關於梁老夫人與林帆的情形打探得如何。」

於是陶干詳述一番當日見聞，包括遭人追殺險些丟了性命，以及馬榮如何及時相救，又說後來未再繼續追查林宅，打算等老爺回來再做計較。

狄公聽罷十分讚許，說道：「明日你們幾個都到二堂中來，大家須得齊集商議有關梁林兩家一案。我已仔細讀過案卷，並頗有幾分心得，屆時亦會講與你們聽聽，然後再議論下一步該如何行事。」說罷將幾名親信暫且遣去，又命主簿將外出這幾日內積存的公文送來過目。

半月街一案真凶落網的消息已然傳遍蒲陽城。次日一早，縣衙門口早早便已聚集了許多百姓。

狄公邁步上堂，在案桌後坐定，提起朱筆批了令籤，命獄吏提人。兩名衙役挾著黃三上來，又按他在案桌前跪下。黃三屈膝時頗為吃痛，不禁呻吟出聲，班頭吼道：「還不閉嘴靜聽老爺問話！」

「你且報上名來，」狄公命道，「再說說犯下何罪。」

「老子名叫——」黃三甫一開口，班頭便舉起棒子在他頭上敲了一下，喝道：「你這狗頭，在老爺面前仔細恭敬回話！」

「小民姓黃名三，」黃三惱怒地說道，「原是個規規矩矩的行腳僧人，早已斷了塵緣不問世事。昨晚有個衙門裡的官差，不知為何突然將我一頓好打，然後又捉來關入大牢中。」

「你這狗頭！」狄公怒道，「害了淑玉姑娘的性命，該當何罪？」

「什麼淑玉不淑玉的，我可從不認得。」黃三不耐煩地答道，「不過有言在先，你可別想把包大娘家裡死了窯姐兒的事按在我頭上，她明明是自己上吊的，我那時也並沒在跟前，好幾個人都可以為我作證哩！」

「你這些劣跡穢行暫且休提，」狄公怒道，「本縣業已查明，正是你在十六日晚上，下狠手殺死了屠戶蕭輔漢的獨生女兒淑玉姑娘！」

「老爺在上，」黃三答道，「小民身上從沒帶著皇曆，因此全不記得那天幹了什麼或是沒幹什麼，老爺說的人名，我也渾沒聽說過。」

狄公朝後靠坐在椅背上，捋著長髯沉思半晌。雖說黃三處處都與姦殺案之人犯十分相符，且手中握有金釵，但是他的矢口否認確也合乎情理。

狄公忽然心生一念，傾身向前說道：「本縣這就與你提個醒，你且抬頭聽仔細了。在蒲陽城的西南角上，靠近河邊，有一條叫做半月街的巷子，裡面住的皆是小本經紀人家。蕭屠戶在半月街與一條窄巷的交口處開了一爿肉鋪，他的女兒則住在店鋪後面一間倉房上的閣樓裡。就在那天晚上，你拽著懸在窗外的布條，鑽入那姑娘的閨房中先姦後殺，並盜去了一對金釵，莫非還想抵賴不成！」

只見黃三尚能睜開的一隻眼中閃過一絲詭譎的光芒，彷彿突然省悟過來。狄公心知自己確是找對了人，於是厲聲喝道：「還不從實招來！難道非得用刑你才肯招供？」

黃三嘴裡咕噥幾句，忽然大聲回道：「你這狗官，隨便你怎麼編派都行，但是想要讓我屈打成招，還早得很哩！」

「來人！先給這潑皮五十重鞭！」狄公命道。

衙役扯下黃三的衣袍，露出筋肉結實的上身。皮鞭帶著呼哨掃過空中，重重地落在黃三背後，很快便已是血肉模糊的一片，點點血跡濺落在青石板地上。但他只是喉嚨裡低哼幾聲，並未吃痛叫喊，等抽滿五十鞭後，終於一頭栽倒在地，人事不省。

班頭端來熱醋置於黃三的鼻下，將他弄醒後，又遞過一杯濃茶，不料卻被他輕蔑地一口回絕了。

「這才只是開頭而已，」狄公說道，「你若再不招供，本縣就要吩咐大刑伺候。你看去身強力壯，我們還有整整一天可以計較。」

「我要是招供的話，就會被你定罪砍頭。」黃三啞聲說道，「要是不招的話，就會死於刑具之下。如此說來，還是寧可不招！縱使咬牙忍痛一時，看到你這狗官因此惹禍上身，我也樂意！」

班頭走到近前，揮動長鞭的手柄衝黃三嘴上猛擊一下，意欲再打時，卻被狄公抬手止住。黃三朝地上吐出幾顆落齒，狠狠咒罵了一聲。

「且讓本縣細看一下，這條瘋狗究竟是何嘴臉。」狄公命道。

衙役依命將黃三從地上拽起，狄公凝神注視著他那只凶光畢露的眼睛，另一隻則充血腫脹，幾乎無法睜開，全是昨晚打鬥時拜馬榮的肘擊所賜。

狄公心想此人果然是墮落成性的慣犯，很可能說到做到，寧可死於大刑之下也不肯招供，於是迅速回想一番馬榮所述的經歷，以及他與黃三的言語往還。

「將人犯暫且帶到一旁跪下！」狄公命道，又拿起置於案桌上的金釵來朝下一擲，只聽叮噹幾聲輕響，正落在黃三面前的地上。只見他低頭瞪視著這一對黃澄澄的物事，目光十分陰鬱。

狄公又命班頭帶蕭屠戶上堂。

蕭屠戶在黃三旁邊跪定，狄公開言道：「本縣雖知這對金釵乃是凶物，但卻未聞其詳，如今且聽你原原本本細訴根由。」

「回老爺的話，」蕭屠戶敘道，「小民原先家中也還頗為過得，於是我奶奶從當鋪裡買來了這一對金釵，誰承想從此便種下禍根，也不知此物以前曾與什麼冤孽惹下過干係。後來沒過幾日，便有兩個強盜闖入家中，害了我奶奶的性命，並劫去一對金釵。這兩個賊人企圖將金釵發脫時敗露了身分，被人捉住，後來又綁到法場砍頭示眾。我爹若是那時斷然毀去這一對禍根該有多好！可他秉性忠厚，到底出於一片孝心，將其留下做個念想。」

「第二年，我娘得了重病，老是抱怨頭痛，臥病多時後終於嚥氣，我爹已將家產耗盡，沒過多久也跟著一命嗚呼了。我原想賣掉金釵，偏偏我那混帳老婆非要留著不可，說將來不定能派上大用場。她要是將這不祥之物好好收起也就罷了，卻非讓獨生女兒戴在頭上，且看那可憐的丫頭如今遭到了什麼下場！」

蕭屠戶一口市井俚語十分易懂。黃三在旁豎著耳朵細聽半日，突然叫道：「老天真不長眼！非讓我偷去了這對金釵！」

堂下聽審的人群中立時響起一陣低語。

「肅靜！」狄公喝道，又命蕭屠戶退下，徐徐說道：「黃三，誰也躲不過命中劫數，你招還是不招，都無甚分別，既然老天決意要懲罰你，那麼縱使你躲進陰曹地府也是在劫難逃！」

「如此說來，還有什麼好在意的？且來個一了百了。」黃三說罷，轉頭衝班頭叫道：「你這廝先給我倒杯難喝的茶來！」

班頭聞言大怒，但見狄公面色凜然，心知不容違抗，只得遞上一杯熱茶。

黃三一氣灌下，又朝地上啐了一口，開口敘道：「信不信由你，要說有人一輩子總走霉運，真是非我莫屬。像我這麼一個身強力壯的漢子，至不濟也該混成遠近聞名的綠林大盜才是，誰承想如今竟落到這步田地。我本是天下數一數二的拳師，又拜了名家學藝，但壞就壞在師傅有個美貌的女兒。我對她十分有情，她卻對我根本無意。我實在咽不下這口氣，於是就霸王硬上弓，到底將那蠢娘兒們弄到了手，過後只得趕緊拔腳溜走逃命去了。」

「後來我又在路上遇見一個做買賣的生意人，看去簡直如同財神爺下凡一般。為了讓他乖乖聽話，我二話不說，上去給了他兩下，不料那膿包居然當場就丟了性命！我翻開他的腰包，你猜裡面裝了些甚？只是一疊沒用的票據而已！遇事總是這麼晦氣。」

黃三抬手抹了一把嘴角流出的鮮血，接著又道：「十天半月之前，我在西南一帶的街坊裡四處遊逛，指望能遇見一半個夜行的路人，再唬出他幾個錢來，忽然瞥見一條黑影穿街而過鑽入巷中，心想沒準是個夜賊，還打算跟在他後面順便撈上一把哩。然而等我拐進巷中，周圍只是黑漆漆靜悄悄，那人卻已蹤影全無。」

「過了幾天，碰巧我又轉到那一帶，你要非說那天是十六日，就算是十六日吧。我想再去那條巷內仔細瞧瞧，這回倒真是連半個人影也沒有，卻看見一條上好的白布從高處的一扇窗子裡直掛下來，想必是誰家洗後晾在外面，晚上忘了收回去，便走過去打算順手牽羊，不承想又惹出亂子來。」

「我站在牆根處，伸手輕輕一拽，想把那布條扯下來，不料上面的窗子忽然打開，耳中聽得有個女人在低聲說話，同時還把布條向上拉扯。我立時明白這定是與姦夫約好的半夜私會，我何不趁機偷點便宜，料她也不敢叫喊出聲。於是我就拽著布條攀上窗臺，然後鑽進屋裡，那女子還兀自忙著收拾布條哩。」

黃三斜眼一瞥，又敘道：「她渾身上下一絲未掛，一眼便能看出是個年輕俊俏的小娘兒們。我可不會坐失良機，上去一把摀住她的嘴，低聲說道：『乖乖的不要叫喚！只管閉上兩眼，全當我就是妳那情郎。』不料那女子卻像母老虎一般跟我動起手來，頗費了些功夫才將她制服。完事之後，她仍是不肯罷休，又大聲叫喊著要衝出門去，於是我就下手掐死了她。」

「我先將布條統統收起，好讓那姦夫不能上來，然後又在屋裡翻箱倒櫃，想找點銀

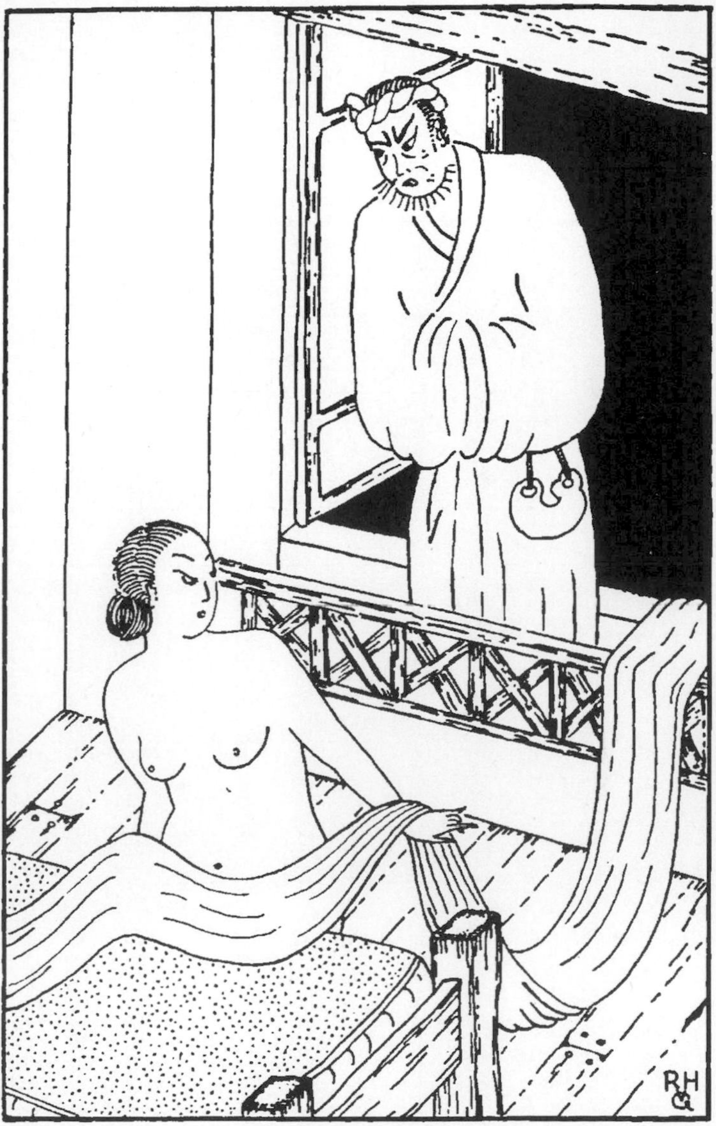

閨房中夜半遇怪客

錢出來。我早該知道又會落得一場空，結果除了那對該死的金釵之外，真是一個銅板也沒有。」

「把你那文書胡亂記下的供紙拿來，趕緊讓我按個指印完事，我可懶得聽他再念一遍！至於那女子姓甚名誰，隨你愛寫什麼都行。早些送我回牢裡去，這會子覺得背上吃痛得很。」

「依據律法規定，」狄公冷冷說道，「人犯必須聽過招供的筆錄後，方可按印畫供。」說罷命主簿大聲誦讀了一遍錄下的口供，黃三聽罷鬱鬱點頭，承認屬實，又在文書上按了指印。

狄公肅然宣道：「黃三，本縣判你犯下強姦與殺人兩項罪行，手段殘忍，罪無可恕。本縣在此須得正告你，此案上報之後，你可能會被從重發落並處以極刑。」說罷朝衙役示意一下，於是黃三被帶回大牢。

狄公又叫蕭屠戶前來，說道：「幾日前，本縣曾許諾不久便會捉住真凶，為你女兒報仇雪恨，如今你也聽過了他的供詞。老天果真在這一對金釵上降下惡咒，致使你那苦命的女兒慘遭不幸，而那作惡的歹人居然連她的名字都不曉得，且又渾不在意。」

「你可將這一對金釵留下。本縣會命金匠來戥過分量，然後再折成銀兩給你。」

「鑑於真凶是個身無分文的下流歹人，因此你這苦主無法得到賠償，不過本縣已替你另有安排，一時便會知曉。」

蕭屠戶正要謝恩時，狄公卻不讓他多說，且在一旁等候，又叫班頭帶王獻忠上堂。

狄公仔細打量，只見王獻忠雖已洗脫了兩項罪名，卻仍是滿面悲戚，黃三的供述令他五內受創，兩行清淚從面頰上直流下來。

「王獻忠，」狄公肅然說道，「你犯下引誘良家少女之罪，本縣本可予以重責，但慮及你已受過三十鞭的皮肉之苦，且又與被害者真心相愛，本縣深信如此慘劇對你的打擊，定要比那公堂刑罰來得更為深重。」

「然而殺人者必須償命，苦主也必須得到賠償，因此本縣命你須得娶淑玉為妻，縣衙將會為你預支聘金，婚禮要辦得體面正式，新娘便是淑玉的靈牌。等你秋闈得中之後，再將預支的銀錢按月償還給縣衙，除此而外，還要每月再給蕭家一筆款子，本縣將依據你的薪俸定出數額來，直到付滿五百兩紋銀為止。」

「等你付清了這兩筆錢之後，方可另娶妻室，但以後的妻妾均不許侵占淑玉之位，終此一生，她始終是你的元配夫人。蕭屠戶性情忠厚，你須得對他們老兩口恭敬侍奉，盡到做女婿的責任，他們也會原諒你的過失，並在有生之年如親生父母一般對待你。如今且去用心攻讀詩書吧！」

王獻忠叩頭數下，嗚咽出聲。蕭屠戶也在一旁跪下，感謝老爺為恢復蕭家清譽而做的妥善安排。

二人起身後，洪亮靠在狄公耳邊低語一陣，狄公聽罷微微笑道：「王獻忠暫且留步，有個小小疑問如今也已真相大白。你曾說過十六日晚上醉酒露宿了整整一夜，所言確是不虛，只是犯了一點無心之過。」

「本縣頭一次看到你的供詞時，就認定帶刺的荊棘絕不可能在你身上劃出如許深的創口來。當時晨光熹微，你看見成堆的磚石與灌木叢，便想當然地以為身在荒宅廢墟之中，其實並非如此。那裡恰在修建一座新宅，工匠們卸下一堆堆磚石，為的是要砌院牆，並為了粉刷牆面用細竹竿搭起了架子，你定是不慎跌倒時，被竹竿的尖端劃傷了幾處。你若是有意，自可去五味居附近找到這樣一處所在，並會發現那裡便是你的過夜之處。現在可以退下。」說罷起身離座，幾名親信跟在後面。

狄公掀起帷幕，走入二堂，大堂內響起一片讚嘆敬服之聲。

第十四回
敘家史從頭說舊案　設圈套意欲捉奸凶

早衙過後，狄公埋頭書寫有關半月街一案的呈文，並提議對凶手處以極刑，直寫到午時方才擱筆。由於所有死刑必須經由當今聖上親自核准，因此還得過上一個多月，黃三才會被明正典刑。

午衙開堂時，狄公處理了幾樁本地的例行事務，隨後在內宅中用了午膳。

狄公返回二堂，召來四名親信。眾人恭敬施禮後，狄公開言說道：「今日我要與你們細述這梁林兩家恩怨的始末。先叫人送一壺新沏的茶來，再安穩坐好了，這還真是說來話長。」

四人在書案前坐定，開始舉杯品茶。狄公將案卷放在書案上展開，取出其中幾頁，用鎮紙壓好，然後靠坐在椅背上，說道：「此案不但涉及的年代久遠，其間又頗多殘酷無情的凶殺與暴行，讓人不禁暗問老天為何竟會允許如此奇冤發生！我讀罷之後，心中久久難平，也是少有之事。」說罷緩捋長髯默然半晌，四名親信均屏息注目，靜待下文。

狄公坐直起來，先是提到：「為了方便起見，我且將整個案卷一分為二，前一半包括緣起以及在廣州城內發生的恩怨糾葛，後一半則是自從林帆與梁老夫人遷至蒲陽後出現的種種事由。」

「嚴格說來，我本無權追溯這前一部分，因為此案當年已被廣州府與廣東按察使司先後駁回，對於他們所做的裁決，我亦是無權評議。儘管舊日案情與我們並無直接干係，卻為在蒲陽發生的事件提供了前代背景，因此終究無法略過不提。」

「我先概述一番這前半段內容，並省去其中所有涉及刑名斷案的用語、人名以及種種無關宏旨的細節。」

「大約五十年前，在廣州城內的一條街上，住著兩家富商，一戶姓梁，一戶姓林，兩位老先生既誠實勤勉、經營有方，又是至交好友，家業均十分興旺，商船遠行至波斯海上。梁家有一子，名叫梁鴻，另有一女，後嫁與林家獨子林帆為妻。林老先生不久亡故，臨終前鄭重囑咐其子林帆，須得終生珍重護持梁林兩家的累世情誼。」

「光陰荏苒，世事變遷，梁鴻的人品行事顯然與其父一般無二，但林帆卻漸漸露出邪惡殘忍又貪婪刻薄的本性來。梁老先生退出經營後，梁鴻接過偌大一分家業，並打理得井井有序，而林帆則一心想要驟發橫財，因此時常做些來路不明的生意。於是這邊是梁家蒸蒸日上，那邊林帆卻已將從父親手中繼承來的巨額家產耗去了大半。梁鴻心地仁厚，對妹夫總是傾力照拂，平日裡時常建言獻策不說，還在林帆違約遭人控告時加意回護，甚至借給他好幾筆數目可觀的款子，然而所有這些慷慨義舉，卻只招來了林帆的蔑視與敵意。」

「梁鴻之妻為梁家生了二子一女，林帆夫婦卻一直未有生育。林帆由妒生恨，並視梁家為他失意與不幸的根源。梁鴻襄助越多，林帆對梁鴻反而恨意越深。」

「林帆偶然得窺梁妻玉容，立時對她心生邪念，不巧此時又有一樁冒險生意落了空，難免欠下巨債，情勢十分緊迫。林帆明知梁妻幽嫻貞靜，絕不會行那偷情不軌之事，於是便生出一條一石二鳥的毒計來，預備要將梁鴻的家產與妻室一併據為己有。」

「由於林帆暗地裡從事不法生意，因此與黑道早有往來。梁鴻即將去鄰縣收一筆巨帳，小半歸自家所有，大半則是替廣州城內三家大商行代收的銀錢。林帆得知此事後，立即買通了兩名匪徒埋伏在城外，待梁鴻返回時，在半路將他殺害，並劫去所有金銀。」

狄公略停片刻，面色沉重地環視一下四名親信，接著又道：「就在實施毒計的當天，林帆前去梁宅，道是有要緊的私事須見少夫人一面。梁妻出來彼此見過後，林帆謊稱內兄半路遇襲，金銀已被悉數劫去，人雖受了傷，但尚無性命之虞，如今由家僕暫且安置在北郊的一座廢廟裡，然後又特地叫了林帆前去摒人密談。」

「林帆又道是梁鴻意欲先暫時瞞過眾人，待老父與其妻清點家產，確定有足夠的銀錢可以賠償代收的款項後，再將此事公諸於世，眼下若是走漏消息，則會有損於梁家的聲譽，並冀望其妻隨林帆立即趕赴廟中，以便商議如何騰挪處置家產之事。梁妻聽罷，心覺丈夫向來心思細密、行事謹慎，這一席話聽去確像是他的言語，於是信以為真，趁著四下無人時，與林帆從後門悄悄離家而去。」

「二人一到廢廟，林帆便露出狼子野心來，直言曰前番所述並非全是實情，梁鴻已命喪歹人之手，而自己對梁妻十分愛慕，以後定會照料有加。梁妻聽罷大怒，想要跑出門去告發真相，奈何林帆使力用強，到底在當晚被他玷汙。次日一早，梁妻用銀針刺破手指，取出隨身的手帕，給翁姑寫了一封告罪的血書，然後便解下腰帶，懸梁自盡了。」

「林帆從死者身上搜出血書，只見上面寫道：『林帆誘我至荒僻無人之所，且又汙我清白。奴家既為失節文君，自覺有辱梁氏門楣，此罪唯有一死贖之。』」

「他為了設法遮掩，便將寫有頭一句的右半幅手帕撕去，又燒毀滅跡，只將其餘字

梁鴻遇匪命喪途中

句留下，並塞入死者袖中。」

「這時有路人發現了梁鴻的屍身，並跑去報知官府，凶信已傳至家中。林帆趕回梁宅時，見二位老人正為兒子死於非命且又丟失大筆金銀而悲痛交加，便佯裝戚容勸慰一番，又問候內兄之妻的情形。聽得岳父母說是兒媳不見人影，林帆又故作姿態，猶豫半晌後，方才道出梁妻與人早有私情，且常去一座廢廟中幽會，很可能如今就在彼處。梁老先生聞聽此事，立時趕去那裡，果然發現兒媳已懸梁自盡，看過遺下的血書後，認定她是乍聞丈夫死訊，心中一時突生愧悔才自縊身亡的。梁老先生經不住如此接二連三的打擊，當晚便仰藥自盡了。」

狄公示意洪亮倒茶，呷了幾口，接著敘道：「從此以後，如今住在蒲陽城中的梁老夫人便成為本案的關鍵人物。」

「梁老夫人雖為婦道人家，卻一向頭腦精明、身體健旺，在內外家事上對其夫頗多襄助。她深知兒媳素性純良，疑心其中有詐。當此大難臨頭之際，她一邊盡力變賣家產，用以賠償應付給那三家商行的款項，一邊派了親信家人去廢廟一帶打探。梁妻當日將手帕平鋪在枕頭上寫下血書，枕面上留有些許滲下的血跡，因此隱約可以辨識出被林帆毀去的字句。梁老夫人得知此事後，方才明白原來林帆不僅姦汙了梁妻，還設下毒計害了梁鴻性命，因為當梁鴻的屍身尚未被人發現時，他便已對其妻道出了梁鴻的死訊。」

「於是梁老夫人去廣州府狀告林帆的兩項罪行，奈何林帆剛剛攫奪了一大筆昧心錢，不但在當地官員中四處打點，且又買通他人做偽證，包括一個聲稱自己便是梁妻情人的浪蕩子。結果此案終被駁回。」

馬榮正欲開口，狄公卻抬手止住，接著又道：「就在此時，林帆之妻，即梁鴻之妹也失蹤了，完全下落不明。林帆假裝十分悲痛，但人們紛紛猜測正是他暗中殺妻又藏匿了屍身。他既然痛恨梁家每一個人，自然也包括從未給他生下一男半女的妻室在內。」

「以上均是第一份案卷中所述的情形，日期是二十年之前。」

「如今我再來細述此後發生的事由。梁家遭此大難後，只剩下梁老夫人與兩個孫子、一個孫女。雖然家產經過折變抵債，十停已去了九停，但梁家的清譽卻絲毫不曾受損，且名下的分號仍然生意興隆，加之梁老夫人經營有方，家業迅速恢復，重又興旺發達起來。」

「與此同時，林帆卻為了攫取更多的不義之財，組織起一個龐大的走私網，並漸漸引起了官府的注意。林帆心知走私乃是重罪，一旦被揭破的話，廣州府也做不得主，必須呈報至廣東按察使司裁處，在那裡既無門路，也就無計可施，於是又設下另一樁奸計，既可轉移官府的視線，又可徹底摧毀梁家。」

「林帆買通了主管港口事務的官員，將幾口裝有禁品的箱子悄悄放到梁家的兩艘貨船上，夾雜在其他貨物之中，然後又派人去告發梁老夫人。贓物一經被搜出，梁家的全部家產以及所有分號被官府悉數籍沒。梁老夫人又一次狀告林帆，結果又被駁回，頭一次是廣州府，這一回則是廣東按察使司。」

「梁老夫人深知林帆非得將梁家斬盡殺絕才肯罷休，便領著家人到城外暫避一時，棲身在一個表親名下的田莊裡。那田莊建在一處廢棄不用的要塞上，有一座石頭堡壘仍然完好，如今被農人用於存儲穀物。梁老夫人心想即使林帆僱了歹人前來襲擊，這石堡也足可禦敵，於是就在那裡預先籌劃布置，以防不測。」

「數月之後，林帆果真派了一伙匪徒前來洗劫。梁老夫人與三個孫子孫女，還有老管家以及六名忠僕一起躲入石堡中，裡面事先存有食物與清水。眾匪企圖破門而入，結果由於石門堅厚而未能得逞，然後又燃起乾柴，從釘有橫木的窗縫中投擲進去。」

狄公略停片刻。馬榮聽得雙拳緊握，洪亮也揪著一把山羊鬍氣憤不已。

「如此煙薰火燎之下，裡面的人幾乎不曾嗆死，只好衝將出去。可憐梁老夫人的幼孫與孫女，連同管家並六名家僕，全都慘死於亂刀之下，然而在刀光火影中，梁老夫人與長孫梁科發卻僥倖逃脫了出來。」

「事後那匪首向林帆報曰並未留下一個活口，林帆也以為梁家從此再無一人。這樁事關九條人命的大案驚動了廣州全城。有些商戶熟知梁林兩家的恩怨，認定必是林帆又在背後作惡。」

「不過此時林帆已是全城數一數二的富商，無人敢與之公然作對，且他又佯裝哀慟，並許下重金要探得那伙賊人的下落，私下裡卻與匪首談妥，於是有四名歹人出來頂罪，後來又被砍頭示眾，據說行刑當天觀者如堵，轟動一時。」

「再說梁老夫人，她與其孫梁科發在城中一個遠親家裡匿名躲藏了一陣，又收集了很多林帆的罪證，於五年前再次亮出身分，狀告林帆害死九條人命。」

「由於此案名譟一時，廣州知府不敢十分袒護林帆，街談巷議也多是責他不義。林帆花了好大一筆銀子，才使得此案終被駁回，正欲外出幾年避避風頭，且又聽說新近任命的廣東布政使素以秉性方正而著稱，於是越發打定了主意，將家中事務交託給親信管家，只攜了僕從姬妾數人，悄悄登舟離城而去。」

「梁老夫人四處查訪，用了三年時間，方才探得林帆已移居蒲陽，一得到消息，便決意追蹤至此並報仇雪恨，其孫梁科發也一道同行，古人不也說過殺父之仇不共戴天嗎？於是在兩年前，祖孫二人抵達蒲陽城。」

狄公停下飲了一杯茶，接著敘道：「如今且來看此案的後半部。從梁老夫人於兩年前投到縣衙的狀紙來看，」說著用手指輕敲面前的案卷，「她控告林帆綁去了其孫梁科發，還說梁科發一到此地，便四處打探林帆的行跡，並對她說過手中已掌握了針對林帆的證據，正預備去縣衙投狀告發。」

「只可惜梁科發還未向其祖母詳述究竟，便已失蹤不見。梁老夫人堅稱曰他定是在林宅附近打探消息時被林帆捉了去，然後為了細述此案根由，只得將兩家多年的恩怨和盤托出以做為佐證，卻又並無半點證據能證明林帆與梁科發的失蹤有關。如此說來，前任馮縣令將此案駁回，倒也無可指摘。」

「如今且來說說我有何打算。在去武義和金華的長途中，我已全盤細思過這一疑案，結論是林帆在蒲陽確有不軌行為，這一設想亦被陶干所述的某些事實證明不虛。」

「首先我自問林帆為何要選擇蒲陽這個小城做為藏身之處。如他這般有錢有勢之人，理應去那些富貴繁華之地甚或京師中大隱隱朝市，既能依舊逍遙度日，又便於藏匿行跡。」

「想到林帆曾經做過走私生意，又慮及他那嗜財如命的貪婪本性，於是我便認定他之所以擇此地而居，全是因為蒲陽是個販售私鹽的絕佳地點！」

陶干面露憬悟之色，頻頻點頭。只聽狄公又道：「自漢代以來，食鹽便是由官府專賣而禁止私販的。蒲陽地處大運河邊上，與沿海一帶的鹽廠亦相去不遠，因此林帆之所以住在蒲陽城裡，為的就是要走私食鹽、牟取暴利，這與他貪婪刻薄的本性十分相符，寧可離群索居、暗中賺取不義之財，也不願去京師裡過花天酒地、富足無憂的生活。」

「陶干的一番見聞，更加證實了我的懷疑不虛。林帆之所以買下那所舊宅，正是因為周圍僻靜無人，且又距離水門很近，對祕密販運私鹽十分有利。他在城外購置那一片田地亦是為了此務，要從那裡一路走到林宅，須得繞北門而行，花費不少工夫，但要是查看一下地圖，就會發現如走水路則十分便捷。水門雖可阻止船隻出入，但若是兩船隔著柵欄，彼此遞送小型包裹卻相當容易，然後再將私鹽搬上大船，便可通過運河水道載往各處。」

「如今林帆顯然已經終止了走私活動，並預備要返回原籍去，這一點對我們十分不利，不知是否還能蒐集到有關他的罪證，想來他定已消滅了所有不法生意的痕跡。」

洪亮插話問道：「既然梁科發已發現了林帆販私鹽的證據，並且預備要控告他，我們何不徹查一番此人的下落？沒準林帆仍將他囚禁在某處哩！」

狄公搖搖頭，莊容說道：「恐怕那粱科發已是不在人世了。林帆生性殘忍無情，這一點陶干應是心知肚明。那天林帆以為陶干是粱老夫人派來的探子，二話不說便要取他的性命，幸虧巧遇馬榮才得以幸免，因此據我想來，粱科發定已遭了林帆的毒手。」

「既然事情已過去了兩年，更不可能找到林帆殺人的證據，」洪亮說道，「也就無望將他捉拿歸案了。」

「雖則不幸，奈何卻是實情。」狄公說道，「因此我決意將要如此這般行事。

「林帆一向認為唯有粱老夫人素來與他為敵，且自負深諳應對之法，從沒出過半點紕漏，然而我要教他明白如今又多了一個對頭。我且去嚇唬他一二，不斷攪擾並大力施壓，使得他在驚恐之餘鋌而走險，如此一來，或可露出破綻，我們方才有望反擊。」

「你們幾個仔細聽好了。」

「首先，今日午後，洪都頭你去見林帆一面，遞上我的名帖，並告知曰明日我要前去私下拜會他一遭。屆時我將露出消息來，道是懷疑他與什麼不法勾當有涉，並且明令他不得離開蒲陽城。」

「其次，陶干你須得查明林宅旁邊的院落究竟為何人所有，然後再告知宅主，為了杜絕無賴閒漢們在此處隱匿出沒，縣衙明令要將此廢宅徹底清除，並會擔負其中一半費用。之後你再去尋幾個工匠來，命他們明日一早便開始動工，並帶上兩名衙役親自前去督管。」

「再次，洪都頭你去過林宅後，再徑去軍塞內，將我手寫的指令交給軍塞統領，務必使得東南西北四門守衛加強戒備，對於出入城門的每一個廣州人都要嚴加盤查，並派幾名兵士晝夜守衛在水門左右。」

狄公搓搓兩手，最後欣然說道：「如此一來，定會讓林帆心中七上八下、大費思量！你們還有什麼建議？」

喬泰笑道：「我們還可在他的田莊附近也做些文章！明日我便去城外，就在林家田莊正對面的官田裡紮下一副營帳，在那裡駐留一二日，再去運河邊釣幾回魚，還可密切監視水門邊與田莊裡的活動。如此舉動定會引起林家走狗的注意，然後定會報與林帆知曉，使得他更加擔驚受怕。老爺以為如何？」

「好極了！」狄公讚了一聲，又轉眼去看陶干，見他正捻著頰上的三根長毫若有所思，便問道：「陶干，你可有什麼妙計？」

「林帆是個危險的人物，」陶干說道，「當他覺察到情勢不妙時，很可能會設法加害梁老夫人，只要原告一死，此案也就從此煙消雲散了，因此我想應該派人暗中保護梁老夫人才是。我曾注意到梁宅對面有一爿綢緞莊，如今已廢棄無人，老爺或可派馬榮與一二個衙役前去暗藏在其中，以防梁老夫人發生不測。」

狄公思忖半晌，說道：「林帆自打來到蒲陽，倒是還從未企圖加害過梁老夫人，但我們也不可掉以輕心。馬榮，你今日便去。」

「還有最後一事，我將發一告示給蒲陽境內運河沿岸的所有軍營關卡，命他們嚴查林家名下的所有來往貨船，看是否藏有違禁之物。」

洪亮微笑說道：「不出數日，林帆便會如同熱鍋上的螞蟻一般了！」

狄公點頭說道：「林帆見到這種種舉措，便會覺得已如甕中之鱉。此地離廣州甚遠，他無法呼風喚雨，且又已將大多數爪牙遣走，如今手下幫凶所剩無幾。他尚不知其實我並沒抓到任何確鑿的把柄，或許還會猜測是否梁老夫人對我透露了什麼他所不知的內情，是否我當真發現了他走私的證據，或是從廣州那邊得到了什麼關於他的消息。」

「但願這些疑問會攪得他心煩意亂、焦慮不安，從而倉皇行事，於是露出馬腳來。雖說勝算不大，但卻是唯一可行之法！」

第十五回

出門拜會廣州富商　歸家迎來金華二女

次日午衙過後，狄公換上家常藍袍，頭戴一頂黑便帽，乘轎前往林宅，只帶了兩名衙役同去。

行至大門前時，狄公掀開轎簾一瞧，只見十來個工匠正在清理左邊的瓦礫場，陶干滿面春風坐在一堆磚石上充任監工之職，從那裡正好可將林宅門口的動靜盡收眼底。

衙役上前叩門，雙扇大門立時開啟，官轎逶迤進入中庭。狄公出了轎門，只見一名男子正恭候在通往花廳的階下，看去身材頎長、氣度不凡。

狄公見宅院中果然未有僕從來往，唯獨一個肩寬背闊的矮胖漢子候在一旁，看去似是宅內管家。

那高個男子躬身一揖，語調平板地低聲說道：「小民林帆，向來以經商為業。老爺屈尊駕臨寒舍，榮幸之至。」

二人順階而上，走入花廳。廳內頗為軒敞，陳設得簡約古雅。賓主在烏木雕花椅上入座，管家獻上清茶與廣州特產的蜜餞果脯。

二人先寒暄一回。林帆講得一口流利的北方官話，不過明顯帶有廣東口音。就在言語往還之際，狄公不著痕跡地暗中打量著對方。

林帆看去五十左右年紀，一副清瘦的容長臉面，留著稀疏的髭鬚和一綹花白的山羊鬍，一雙眸子似乎總是定定地凝望著前方，透出古怪的神氣。狄公看在眼裡，心中不覺深為罕異，暗想如果不是這雙不同尋常的眼睛，實難相信面前這個言辭恭謹、器宇軒昂的男子，竟害過十幾條人命。

林帆身著一襲極為簡樸的深色長袍，外罩一件廣州人喜愛的黑綢外褂，頭戴家常黑紗便帽。

「本縣今日前來純是私訪，」狄公開言說道，「並有一樁事由，希望能與林先生隨意談談。」

林帆深深一揖，依然語氣平板地低聲回道：「小民只是一名微不足道的小小商賈，但憑老爺吩咐！」

「幾日之前，」狄公又道，「有個原籍廣州的梁姓老婦人來到縣衙，指名道姓地告你，還絮絮叨叨、纏夾不清地講了一大篇話，聽得本縣一頭霧水。後來有個知情的衙員道是這老婦人本已心神錯亂，怪道如此。她還留下一卷文書，想必不過是些同樣不知所云的拉雜言語，本縣亦無須費神細看。」

「不過本縣既為朝廷命官，凡事總要依律而行，至少也得聽過雙方陳述後，方可將此案駁回，是故專程前來府上造訪，想與林先生私下商議個妥善的法子，既可打發那老婦人滿意離去，也免得大家徒然費時費力，彼此無益。」

「在此須得先言明一點：就本縣的身分而言，如此行事不免有悖常規，只因那老婦人顯然心智昏亂，而林先生無疑是一位品行端方的正人君子，故此覺得這麼處事也未為不可。」

林帆起身離座，對著狄公深深一揖表示謝意，然後再度就座，微微搖頭嘆道：「此事說來不免令人心中淒惻。家父生前曾是梁老先生的至交好友，數十年來，小民亦是竭力維繫護持這分通家之誼，其中苦楚，實在難與人言。」

「老爺明鑑，當小民家業日益興旺之時，那梁家卻逐漸敗落下去，一半是由於一連串無可設法的天災人禍，另一半則是由於梁老先生之子梁鴻不善經營。我曾多次施以援手，奈何老天非得與梁家作對。梁鴻命喪歹人之手後，梁老夫人便接管了家中事務，可惜她在生意上處置不當，以致損失慘重，被債主日夜催逼，情急之下居然販起私貨禁品來，後來事發敗露，全部家產皆被官府籍沒。」

「之後梁老夫人搬去鄉下居住，又遇上一伙匪徒前來田莊放火打劫，殺死了她的兩個孫輩與數名家僕。私運禁品一事被官府查出後，我本應與梁家一刀兩斷，但又念及兩家舊情深厚，終是於心不忍。我自出重金，立下賞格，使得真凶最終落網歸案。」

「然而只可惜梁老夫人遭遇這許多不幸後，心智日漸不明，居然無端臆想出梁家淪落至斯，都是因為我在背後一手作弄的結果。」

「此言甚是荒唐！」狄公插言道，「你明明一向助她最力才是！」

林帆緩緩點頭嘆道：「老爺洞鑑極是，故此也可想見，此事於我真是莫大的困擾。那老夫人不但一力糾纏，還到處造謠中傷，毀我清譽，簡直無所不用其極。」

「小民有一句話，私下裡說與老爺聽聽倒也無妨，我之所以決意離開廣州暫避數年，大半就是因為這梁老夫人始終不肯罷休。老爺想必也能體會得我的難處，無論如何，她終是梁家的一家之主，又是小民的岳母，我總不能公然去官府告她誣陷，但是若對這些子虛烏有的控告緘口不辯的話，在當地的聲名又不免受損。本想著到了蒲陽總可清靜一時，不料她竟又尾隨至此，還告我綁去了她的孫子。多虧馮老爺目光如炬，立時便將此案駁回，想來如今她又將我告到了老爺面前？」

狄公並未立即作答，呷了幾口清茶，又嘗了幾片林宅管家奉上的果脯，方才開口說道：「此案雖純屬空穴來風、徒亂人意，但本縣仍是無法將其即刻駁回，此乃大不幸之事也。雖說並不願添你煩勞，但屆時亦不得不傳你上堂問話，再聽你有何辯詞，當然純屬例行公事而已，然後方可從容駁回。」

林帆聽罷點頭，一雙奇異而不動的眸子定定地望著狄公，「不知老爺打算幾時聽取此案？」

狄公捻著頰鬚思忖半晌，然後答道：「這個恐怕難講。只因眼前另有不少迄待處置的事由，加之前任馮縣令卸任時，還留下幾樁公事未曾了結，並且為了面子上敷衍得過去，縣衙主簿如今正在研讀梁老夫人呈上的案卷，讀罷還須作個節略與我過目，故此一時無法說定。不過林先生敬請放心，本縣自會盡快辦理！」

「小民感激不盡！」林帆說道，「我原本打算明日便動身返回廣州，留下管家在此照料，只因那邊有幾樁要緊事非得我親去裁斷不可。大約六七日前，我已將家中一應僕從先行遣回，正是因為臨行在即，寒舍才會如此冷冷清清，老爺大駕光臨，亦是禮數不周，懇請見諒。」

「本縣定會盡心竭力，早日了結此案。」狄公說道，「不過林先生要離開蒲陽，真乃一大憾事也。如你這般來自南方著名商埠的卓越人物，竟會擇蒲陽而居，實是本地的一大榮耀。如此窮鄉僻壤，比起五羊城內的吃穿用度來，相差何止萬一！本縣不禁想冒昧問一句，林先生為何竟會選擇蒲陽做為暫棲之地？」

「此事倒是不難說明。」林帆答道，「家父生前精力十分充沛，曾經為查看各處分號，乘著自家貨船在大運河上南北往來。」

「當他途經蒲陽時，深為此地的風光景致所吸引，於是決意要修建一座別墅，用作晚歲清養之所，只可惜天不假年，還來不及了此心願，便已英年早逝。身為人子，我想自己無論如何也得在蒲陽為林家置一所宅第。」

「真是純孝可嘉！」狄公讚道。

「沒準日後小民會將此宅改作祠堂，專為紀念家父。這宅子雖然老舊，卻是精工修建而成。小民雖說阮囊羞澀，仍然設法做過多處修繕。不知老爺可否賞光，肯在寒舍中四處走走看看？」

狄公點頭應允，於是林帆引路，帶領狄公穿過二進庭院來到正房，卻是比花廳還要闊大軒敞。

狄公四下一望，只見地上鋪著專為此間定製的厚密地毯，橫梁立柱皆是雕花精美並嵌有螺鈿，家具一色由檀香木製成。窗上貼的並非窗紙或窗紗，而是許多薄而透亮的貝殼[4]，因此室內光線格外柔和。

一路看去，其他居室亦是同樣華麗典雅。行至後院時，林帆微微一笑，說道：「家中女眷皆已離去，小民請老爺看看內宅亦是無妨。」

狄公連忙婉言謝絕，不料林帆卻執意要請老爺看過，於是到底每間每戶走了個遍。狄公心知林帆如此行事，無非是為了表明家中並未藏有不可告人之物。

二人轉罷後返回花廳，狄公又飲了一杯茶，並與主人閒談幾句。林帆在言語中透露出林家商號還做錢莊生意，其主顧皆是京師裡的顯貴要人，林家分號也遍布各個都市大埠。

一時狄公起身告辭，林帆依禮恭送至官轎前。

4 即明瓦，又名「蠡殼窗」或「蚌殼窗」，用磨薄的透亮蠡殼來代替窗紙，是明清時代江南建築的一種特色。清代中葉以後出現了玻璃，明瓦從此消失。

狄公正要上轎，轉頭又信誓旦旦曰定會設法盡早了結梁林兩家的訟案。

回到縣衙後，狄公徑入二堂，立在書案前，隨手翻閱著書辦先前送來的公文，不過心裡卻始終放不下與林帆會面一事。或許這次將要面對一個最危險的對手，既精明老到又財勢俱全。此人是否真會上鉤入套，實在難說得很。

就在狄公思前想後之際，管家忽然走進門來。

「你到衙署裡來做甚？」狄公抬頭驚問道，「家中應是平安無事吧？」

管家面色尷尬，似是不知從何說起。

「到底出了何事，但說無妨！」狄公頗為不耐。

管家這才開口稟道：「回老爺，方才有兩乘轎子到了後院，轎簾遮得嚴嚴實實。頭一乘裡坐著一個中年婦人，說是奉老爺之命將兩位姑娘送來，除此之外，再不肯多說一句。此時大夫人正在歇息，小人不敢前去打攪，於是便與二夫人三夫人商議，但她們都說從未聽聞過此事。小人不得已，只好貿然前來稟告老爺。」

狄公面露喜色，吩咐道：「將那兩名女子先安置在四進庭院中，再派兩個侍女前去分頭服侍。你替我謝過那位送她們來的婦人，告訴她可以走了。其餘的事情，過後我自會料理。」

管家聽罷鬆了口氣，躬身一揖，隨即退下。

狄公又召來主簿與檔房管事，一同商議一樁複雜的遺產分割案，直到晚間，方才返回內宅。

狄公徑去大夫人房中，見她正與管家一同核對家中帳目。

大夫人一見狄公進來，連忙起身。狄公遣去管家，在八仙桌旁落座，示意讓大夫人也坐下。

狄公先詢問兒女們跟著先生讀書可有進步，大夫人一一恭敬答對，卻始終雙目低垂，一看就是心中不快。

狄公思忖半晌，說道：「今日午後家裡來了兩名女子，想必妳已聽說了此事。」

「想來妾身總得親自去走一趟，看看她二人可否被妥帖安置，」大夫人音聲清冷地答道，「過後又派了翠菊與秋菊兩個丫鬟前去服侍。老爺不日便會得知，秋菊的廚藝很是不俗。」

狄公聽罷，滿意地點點頭。過了半晌，大夫人又道：「我去四進院內看過後，有一事怎麼也想不透：老爺若是有意納小，不知為何事先竟一字不提，也不說交給妾身去仔細擇人。」

狄公揚起兩道濃眉：「我選的二女不中妳意，實在令我好生掃興。」

「對於老爺的眼光品味，妾身向來無一微辭。」大夫人冷冷說道，「只是據我想來，家中一向和睦，但那新來的兩名女子顯然素養有缺，與我們幾個似非同道，只恐兩下難合，日後不免生出齟齬。」

狄公起身決然說道：「此事正要託付與妳。我也明白她二人尚需調教，並且越快越好，就交給夫人親自督導，教她們做些刺繡女紅之類的活計，再學學讀書習字。夫人之意我已深知，如今她二人就由妳一手經管，並適時告知我進展如何。」

大夫人起身送狄公出門，又道：「妾身還得提醒老爺一句，眼下的家用並不十分寬裕，再添兩個人，便不夠使花了。」

狄公從袖中取出一錠紋銀來放在桌上：「這些銀兩拿去給她二人購置些衣物，若有其他開銷，也從這裡支出。」

大夫人躬身一拜，狄公出門而去，想到麻煩才剛剛開頭，不由得長嘆一聲。

狄公一路穿廊過戶，走到四進庭院。只見阿杏青玉正在新居內欣喜地四處打量，一見狄公進來，連忙雙雙跪下，稱謝不已。

狄公命二女起來。阿杏恭敬地雙手奉上一隻封好的信袋。狄公打開一看，裡面是二女的主家開具的贖身契，還附有一張措辭恭謹的便箋，由金華駱縣令的管家親手書成。

狄公將便箋納入袖中，又將契紙交還給阿杏，並囑她妥善保管，以備將來主家賴帳時做為憑據，接著說道：「我那大夫人將親自關照妳們兩個，不但教授家中所有規矩，還會買些衣料為妳們做幾件新衣，姑且先在此院中住上十天半月，以後再做計較。」又殷勤問過幾句，隨後返回二堂，吩咐僕從將長榻預備好，今晚就在此處過夜。

是夜狄公思緒萬千，久久不能入眠，焦慮地自問是否真是智短力絀、難以勝此繁劇。林帆有錢有勢，是個危險而無情的對手。外有強敵不說，如今又內起暗潮，狄公分明覺察出大夫人的態度疏遠冷淡。每逢公務纏身、十分疲累時，這美滿和睦的家庭，一向是自己得以稍歇的清靜一隅，如今竟也生出不虞之隙來。

狄公心中七上八下，直到更敲二次後，方才朦朧睡去。

第十六回　赴衙院林帆訪縣令　入街市狄公扮相師

其後的兩日內，關於梁林兩家的案子略無進展。幾名親信按時前來稟報消息，林帆那邊卻不見絲毫動靜，似是連日都在書齋內閉門不出。

陶干主持清理瓦礫場之務，命工匠們將二進庭院內的院牆留下勿拆，又開出一條好走的坡道來，並將牆頭弄得平整，每日怡然端坐於彼處，暖洋洋地晒著太陽俯視林宅。但凡那矮胖管家在庭院中現身，陶干定會衝他怒目而視。

喬泰稟報曰林家田莊內現有三人，要麼在菜園裡幹活，要麼在水邊的貨船上做工。又道是此行不虛，果然從運河中釣出兩尾肥美的鯉魚，皆已送至老爺家的灶間去了。

馬榮帶人潛入梁老夫人家對面的綢莊內，見閣樓很是寬敞，便乘隙教授一個年輕好學的衙役練些拳腳功夫，倒也十分得趣。又道是梁老夫人向來足不出戶，只有老僕婦偶爾出門買菜，且從不見有行跡可疑之人在周圍逡巡走動。

第三日，南門守衛扣住了一個進城的廣州人，聲稱懷疑他與南郊出的一樁竊案有涉。此人隨身攜有厚厚一封書信，正是寫給林帆的。

狄公仔細讀過，發現未有任何可疑之處。此信由林家在外地某城的代理經紀寄出，只是生意往來的詳細帳目，不過其中提及的金額數目之鉅卻令人驚異，僅僅一筆交易便會入帳幾千兩紋銀。

此信被抄錄後又還與來人，並隨即將他放走。當日午後，陶干稟報曰此人果不其然去了林宅。

第四日晚間，喬泰在運河岸邊截住了林宅管家，看情形他定是跳到河裡，又潛游過水門的柵欄而未被守衛發覺。喬泰假扮作劫道的歹人，上前將他打倒在地，並從他身上搜出一封書信，收信人乃是京師裡的一名高官。狄公拆開一看，只見信中隱約其辭地暗示說應將蒲陽縣令即刻遷至別處就任，並且赫然附有一張五百兩黃金的莊票。

第五日清早，林帆遣一家僕給狄公送信，道是本宅總管遇襲遭劫。狄公發告捉拿人犯，並懸賞五十兩紋銀，又將喬泰得來的信件小心藏起，以備日後之用。

首捷過後，不料再無消息，於是又過去了六七日。

洪亮發覺狄公似乎憂心忡忡，性情也變得暴躁易怒，全然不見平日裡沉著鎮定的態度，並對軍情格外留意，時常研讀鄰近諸縣轉發各地的密報，一看就是個把時辰，還親手錄下關於本省西南處發生暴亂的消息。據說那裡有個新興的教派，吸引了眾多百姓入教，這一伙狂熱的信徒居然與匪幫同流合汙，因此惹出事端。如今雖然情勢緊迫，到底相距甚遠，絕無可能波及至蒲陽境內。洪亮見老爺對此事異常關注，不由得大惑不解。

除此之外，狄公還與蒲陽的軍塞統領一力交好，且不說那統領掌管軍務能力如何，其人實在是言語無味、性情沉悶，狄公卻似乎十分得趣，與他大談特談本道中軍兵將士如何分配、各處派駐多少等等，一說就是大半日工夫。

洪亮見老爺舉止有異，且又緘口不言，即使對自己也不作一字解釋，無復以往推心置腹，不免倍感傷懷，後來又覺察到宅內亦起風波，於是越發憂心起來。

狄公偶爾去二夫人或三夫人處就寢，但大多數時候都在二堂的長榻上過夜，清早時也曾去過後院兩遭，與阿杏青玉一道喝茶，略談幾句閒話，過後便又轉回衙院。

光陰倏忽而過，自從狄公拜訪林宅後，轉眼已有半月光景。這天林宅管家來到縣衙，送上林帆的名帖，道是他家主人意欲午後前來拜會縣令老爺。洪亮出來傳話曰狄公深感榮幸。

午後時分，林帆果然乘了一頂遮擋密實的小轎前來，狄公熱誠相迎，引著客人進入衙院花廳內落座，派人送上水果茶點，又殷勤勸進。

林帆客套寒暄了幾句，語調平板如常，面上亦是漠然如故，顯得難以捉摸。

林帆接著問起關於家丁遇襲一事可有線索，說道：「敝宅管家要去田莊內捎個口信，從北門出城後，正走在水門外的河邊時，不意竟被歹人打倒在地。那歹人不但劫去了他的隨身之物，還將他拋進河裡。幸好管家水性頗佳，自行游上岸去，不然早已溺水而亡了。」

「竟有如此心腸歹毒之徒！」狄公憤然說道，「不但動手劫掠財物，還企圖將人淹死！本縣擬將賞格加到一百兩紋銀。」

林帆肅然謝過，又定定地望著狄公，問道：「不知老爺能否抽出空來，以便聽取小民的案子？」

狄公搖頭嘆息道：「衙內主簿仍在忙於研讀那些案卷哩！有些地方還須與梁老夫人覈實，但她又難得頭腦清醒片刻，你亦是心知肚明。不過本縣一向十分關注此事，相信很快便會一切就緒。」

赴衙院林帆訪縣令

林帆深深一揖，「這不過是兩樁小事而已。小民今日前來，卻是另有緣故，非得老爺出面方可解決，否則斷乎不敢貿然攪擾。」

「有話但說無妨！」狄公說道，「本縣樂意效勞！」

林帆慘然一笑，手撫下頜說道：「老爺一向與高官名流們往來，自然深諳朝廷內外事務，然而我等小小商賈，對此卻是茫然無知。老爺可能不會想到，若是對此稍微有些見識的話，則往往可以省卻數千紋銀。」

「小民從在廣州城內的經紀那裡得知，有個生意上的對家，如今攀上了一位官場中人，專為他提供些可靠的消息。小民心想不妨依樣照辦，只可惜有心無路，一個平常商賈，哪裡能與官家搭得上關係。老爺若肯施惠薦舉一二人選的話，小民自是感激不盡。」

狄公拱手一揖，急急說道：「林先生居然屈尊向本縣問計，實在榮幸之至。只可惜我不過是區區一名縣令而已，著實想不出哪位故友足夠精明練達，堪為林家這樣的大商行獻策。」

林帆呷了一口清茶，又徐徐說道：「小民還聽說我那對家抽出一成的贏利來贈予那官員，做為替他出謀劃策的一點酬謝。這一成贏利對於高官來說，自是微不足道，不過據小民估算，每月大概也有五千銀子，總可補貼一點家用。」

狄公手撫長髯，沉吟道：「此事本縣真是愛莫能助，心中好生過意不去，還望林先生體諒。本縣如果不是對林先生如此看重的話，定會引薦一二故交與你結識，只可惜在我看來，即使其中最具才幹之人，仍不足以擔此重任！」

林帆起身說道：「小民出言唐突，還請老爺見諒。小民只想再進一言，即方才隨口說出的數目只是粗略估算而已，實則很可能翻上一倍。沒準老爺日後會想起適宜的人選來也未可知。」

狄公亦起身說道：「本縣深為抱憾，奈何交遊不廣、知己寥寥，一時實在想不出一個夠格的來。」

林帆又躬身一揖，告辭而去，狄公親自送至轎前。

狄公送客歸來後精神大振，對洪亮講述了一番方才情形，最後議論道：「老鼠心知自己落入網中，開始想要咬斷繩子了！」

不料一夜過後，狄公又轉回原先萎靡不振的模樣。陶干前來稟報自己如何一力攪擾那林宅管家，說得興高采烈，狄公聽罷，面上仍不見一絲笑容。

如此又是六七日無話。

❖

這天午衙退堂後，狄公獨自一人坐在二堂內，沒精打採地翻閱一沓公文。從外面走廊上隱約傳來低語聲，卻是兩個衙吏站在那裡閒話。狄公無意中聞得「暴亂」二字，立時從座中躍起，躡手躡腳走到窗前。

只聽一人說道：「——如此說來，不必擔憂這場暴亂會繼續蔓延。不過我剛剛聽說，本道節度使為了謹慎起見，打算在金華附近集結大量兵力，以示軍威哩。」

狄公將耳朵越發貼近窗紙，又聽另一人說道：「難怪如此！與我相識的一個什長也說過，鄰近各縣的所有軍營要塞均收到急令，今晚便要整兵奔赴金華。如果真是實情的話，則官府聯絡須由縣衙處置，並且——」

狄公無心再聽，急忙打開存放重要公文的鐵櫃，取出一隻大包裹與幾張文書來。洪亮走入二堂，忽見老爺像換了個人似的，不免又吃一驚。狄公一掃先前的冷漠倦怠之態，開口命道：「洪亮，我立時便要離開縣衙，去做一樁極其要緊的祕密要務！有幾句話要吩咐你，千萬仔細聽好，時間緊迫不能重述，並且無暇解釋，你只管按我說的去辦，明天自會真相大白。」

狄公交給洪亮四隻信封，「這裡有四份我的名帖，須得送給四位當地名流。他們個個都是品格端方，且又廣受敬重。我是經過深思熟慮才挑選了他們幾位，即使連宅院坐落何處，也都一一考慮過了。」

「這四人分別是現已致仕還家的鮑將軍與萬法曹，金匠行會首領凌掌櫃與木匠行會首領文掌櫃。今晚你就替我去見過他們，並告知曰明早天亮前半個時辰，我有一樁極其要緊的案子需要他們前來作證，且不得將此事洩漏一字出去，請他們屆時在各自宅院內先將坐轎與隨員準備停當。」

「然後你再悄悄召馬榮喬泰陶干三人回來，換上衙役去當班。告訴他們明早天亮前一個時辰在衙院中庭內待命，馬榮喬泰須得全身披掛騎在馬上，並且背弓佩劍！」

「你們四人再將全體衙員悄悄叫醒，包括書吏、衙役與走卒，我的官轎也得在中庭內預備妥當，所有人員須得在各自的地方待命，眾衙役帶好棍棒、鎖鏈和長鞭，留神動靜越小越好，也不要點起燈籠。你務必將我的官服與官帽都放在轎中，由獄卒負責守衛衙院。」

「如今我非走不可了，明早天亮前一個時辰，你我再見！」

狄公不等洪亮開口，便已攜著包裹出了二堂，一路急急走回自家內宅，徑直來到四進庭院中，只見阿杏青玉正在繡一件衣袍。

狄公與二女急急敘話了兩刻鐘，然後打開包裹，裡面是一身算命先生的衣袍與黑方帽，還有一幅大字幌子，上面寫著：

彭祖在世　黃帝真傳

專卜吉凶　靈驗非凡

狄公在二女襄助下換過衣袍，又將幌子捲起納入袖中，凝神注視著阿杏，鄭重說道：「此事就全託賴妳們姊妹了！」

二女聽罷，深深下拜。

狄公從後角門出了宅院。當初他為二女選擇這四進庭院，原本也是深思熟慮過的，此處不但離別院甚遠，且又有這扇角門可以通向衙院背後的園林中去，因此便可掩過眾人耳目悄悄離去。

狄公行至大街上，立即展開幌子，混入人流之中，在城內的僻靜街巷裡四處遊走，消磨了數個時辰，路過飯鋪貨攤時，喝了不知多少茶水下肚。一旦有人前來求卦問卜，他便推辭曰正要趕去一個要緊的人家赴約。

夜幕降臨時，狄公正走到北門附近，在一家平常飯鋪裡吃了頓便飯，心想還有整整一晚需要打發，掏錢付帳時，忽然記起或許應去聖明觀瞧上一瞧，馬榮繪聲繪色講述過的鬼怪故事頗是令人起興。一問夥計，方知聖明觀就離此地不遠。

狄公一路問過數人，終於找到了通往觀門的小巷，憑藉前方閃爍的燈火，在巷中小心地擇路前行，走到道觀門口一看，眼前的景象果然與馬榮所述一般無二。

盛八靠牆坐在原地，幾個手下從旁圍成一圈，正在擲骰子。他們朝狄公上下打量一番，直至看見那幌子，方才打消疑慮。

盛八朝地上啐了一口，怒道：「老兄還是趁早離開此地為妙！回想過去已經夠讓我心中酸苦了，哪裡還禁得起瞻望日後呢。獬豸觸壁也好，飛龍升天也罷，還不都是煙消雲散。依我看來，連你這模樣也好生陰森怕人哩！」

「不知此處可有人名叫盛八？」狄公客客氣氣地問道。

盛八一躍而起，動作敏捷出人意表，兩名漢子也朝狄公森然逼近。只聽盛八喝道：「從沒聽說過此人。你這廝問東問西，想要做甚？」

狄公溫顏答道：「各位少安毋躁。在下適才偶遇一個同業中人，他見我正往這邊來，便給了我兩串銅錢，道是有位丐幫中的朋友託他到聖明觀前，找到一個名叫盛八的人，再將這錢送至他的手中。既然那人不在這裡，我也便就此不提了！」說罷轉身欲走。

「你這奸猾的狗頭！」盛八憤憤叫道，「豎起耳朵聽好了，老子便是盛八。你膽大包天，竟敢捲去本屬丐幫軍師所有的錢財不成！」

狄公忙取出兩串銅錢來，盛八伸手攫去，一五一十地數起來，驗完後方才說道：「適才多有得罪，還望老兄見諒！有勞你跑這一趟腿子，此番好意我心領了。只是近日裡有幾名行跡古怪的人物來過，有一個漢子看似爽直，我想總該助他脫困，不料卻又聽說這人不但滿嘴謊話，竟然還是在縣衙裡做公的。要是連朋友都沒法再相信的話，這還成個什麼世道！與他一起賭彩頭倒真是十分得趣哩！」

「且罷，你既幫我一回，就在此地坐下稍歇片刻。你既能未卜先知，想必與你擲骰子也是贏不來錢的。」

狄公蹲下與眾人閒聊。他曾對黑道頗有研究，講起黑話來也十分流利自如，隨口說了幾段，便贏得一片喝采，接著又講起一則令人毛骨悚然的鬼故事來。

盛八揚手示意，厲聲說道：「老兄暫且打住！這些鬼物正與我等比鄰而居，只要我在這裡，便不許有人對它們妄加評議！」

狄公面露驚異之色，於是盛八又述說一番後面道觀中發生的種種，全是馬榮口中講過的情形。狄公聽罷說道：「說來這些鬼物與我的生計大有關聯，自然從不會講它們半句壞話，並且時常得其相助，還能賺到不少銀子。故此我有時也行些善事，比如在它們時常出沒的犄角旮旯裡供上一碟油糕，可討它們的喜歡哩。」

盛八一拍大腿，叫道：「怪道昨晚我丟了幾塊油糕，原來是被它們拿去了！真是天天都能長見識啊！」

狄公瞥見旁邊一個漢子低頭暗笑，假裝渾然不覺，又道：「我想去觀內仔細瞧上一瞧，不知你可否介意？」

「你既與鬼物打慣了交道，但去無妨！」盛八答道，「你還可以順便告訴它們一聲，就說我等都是正派良民，理應夜裡睡個安穩好覺，不當受到驚擾才是！」

狄公借了一支火把擎在手中，走上通向觀門的臺階。

大門由硬木製成，用一把鐵製廣鎖鎖住。狄公舉起火把一看，只見鎖上貼著長長一條紙片，上書「蒲陽縣衙」字樣，還蓋有馮縣令的大印，日期是兩年以前。

狄公繞著門前空地轉了一圈，找到一扇小門，雖也上了鎖，但門扇的上半部卻是格柵，於是將火把在牆面上摁滅，踮起腳來，朝漆黑一團的觀內張望，悄立半晌，凝神諦聽裡面的動靜。

從後殿中隱約傳來沙沙的腳步聲，不過也可能是蝙蝠飛行時發出的響動，過了半晌便沉寂下去。狄公不能確定自己是否聽得真切，又耐心等待半日，似又聞得隱隱的敲擊聲，隨即戛然而止。

狄公在黑暗中默立良久，到底還是一片死寂，再無響動，不禁搖一搖頭，心想這聖明觀果然值得好好搜查一番。雖說沙沙聲可能自有來歷，但那敲擊聲卻相當可疑。

狄公返回觀前，盛八問道：「你去了這半日，可瞧見什麼不曾？」

「不值一提，」狄公答道，「不過是兩個青面怪，正在那裡擲骰子賭人頭罷了！」

「老天！這算什麼東西！」盛八叫道，「只可惜任誰也不能挑選鄰居！」

狄公告辭而去，復又走回大街上，在僻靜處揀了一家名叫「八仙居」的客店，店面雖小，卻十分整潔，於是租了一間客房過夜。夥計前來送茶時，狄公道是明日一大早城門一開，自己便要動身啟程。

狄公喝過兩盅茶，裹緊衣袍躺倒在床上，闔眼略睡了幾個時辰。

第十七回
天明前眾人闖佛寺　大殿外縣令審淫僧

四更鼓響時，狄公翻身下床，用涼茶漱過口齒，撣撣衣袍出了八仙居。

此時街市上杳無人跡，狄公快步行至縣衙正門前。一個睡眼惺忪的守衛出來，見縣令老爺這身古怪打扮，不禁猛吃一驚，忙不迭的開啟大門。

狄公一言不發徑入中庭，隱約可見一乘官轎停在地上，四周默然肅立著一群漆黑的人影。

洪亮點起一盞紙燈籠，助狄公進入轎內。狄公脫下衣袍，換好官服，又戴上烏紗帽，然後掀開轎簾，示意馬榮喬泰過來。只見二人身披鎧甲，頭戴尖頂鐵盔，左右各佩有兩柄長劍和一張硬弓，箭袋裡滿滿插著羽箭，好不威風凜凜。

狄公對二人低聲命道：「我等先去鮑將軍府，然後是萬法曹府，最後是兩位行會首領的宅院。你們兩個騎馬在前引路。」

馬榮躬身一揖，「回老爺，我們已用稻草將馬蹄裹起，因此斷不會發出響動。」

狄公欣然點頭。一行人馬出了縣衙，悄悄繞過院牆朝西而去，然後又折向北面，直奔鮑將軍府。

洪亮上前叩門，兩扇大門立時敞開。只見一頂軍用大轎已在庭院中備好，另有三十名家僕在周圍待命。

官轎進入院中，狄公出了轎門，與鮑將軍在通往花廳的階腳下會面。只見鮑將軍一身戎裝，雖已過古稀之年，卻仍是雄風不減，身著絳紫繡金長袍，外披金色鎖子甲，腰間佩一柄鑲玉大刀，頭戴一頂曾在西域打勝仗時用過的金盔，上面鑲有五色盔纓。

二人彼此見禮後，狄公開言說道：「如此非常時候攪擾了將軍，本縣深感抱歉，不過為了破獲這起重案，非得將軍親臨現場不可。還請依照信中所述循序行事，以便日後好在公堂上作證。」

鮑將軍對於這場夜襲似乎十分有興，簡短答道：「老爺既為縣令，老夫自是一切聽命，這就上路吧！」

之後眾人又去了萬法曹與二位行會首領的家中，狄公亦是同樣行事。

此時人馬已有五隊，人數亦已過百。行至北門時，狄公在轎中喚馬榮前來，命道：「一出城門，你和喬泰便傳話下去，任何人都不得離隊自去，否則以殺頭論處。你二人務必張弓搭箭、前後巡視，一見有人逃脫，便立即放箭。如今且去前面命令守卒開門！」

兩名兵士迅速將厚重的城門推開，一行人馬急急通過，朝東直奔普慈寺方向。

行至山門殿前，洪亮上前叩了幾下，只見一個睡眼惺忪的守門僧從窺孔中露出頭來。洪亮高聲說道：「我等從縣衙中來，專為捉拿一名潛入貴寺的盜賊，快快開門！」只聽傳來下鑰開鎖之聲，門扇嘎吱吱開啟。馬榮喬泰鬆韁縱馬闖入，趁勢推得山門大開。兩名僧人早已嚇得失了魂魄，旋即便被拿住並關在門房內，又被告知曰膽敢出聲的話，定會人頭落地。一隊人馬悄然入寺，狄公出了官轎，其他四人緊隨其後。

狄公低聲命四人隨他一道進去，其餘隨員則留在原地。陶干在前引路，馬榮喬泰斷後，一行人悄無聲息來到大雄寶殿前。

闊大的平臺上漆黑一團，唯有觀音像前的長明燈發出幾點微光。

狄公舉手示意，眾人靜立不動。過了半晌，只見一個裹著尼姑衣袍的纖細身影從黑暗中走出，行至狄公面前躬身下拜，又接耳低語幾句。

狄公轉頭對陶干命道：「帶路去那住持的寢處！」

陶干走上石階，直朝大殿右邊而去，指向穿廊盡頭一扇緊閉的小門。

狄公對馬榮點頭示意，馬榮上前用肩頭猛然一撞，門扇應聲開啟，然後立在一旁，讓眾人魚貫而入。

只見室內陳設十分華美，明晃晃燃著兩支巨燭，一股濃烈的薰香氣味撲鼻而來。靈德躺在烏木雕花長榻上，蓋著一床繡花錦被，正在呼呼大睡。

「去將那人拿下！」狄公命道，「再用鍊子鎖了！」

馬榮喬泰一把將靈德從榻上拖至地下，不等他全然醒轉，已是雙手反剪、鐵鍊加身。馬榮又將靈德拽起，喝道：「還不快向老爺行禮！」

靈德面如死灰，彷彿突然間墮入了阿鼻地獄，眼前渾身披掛的二將，正是那十殿閻君左右的牛頭馬面。

狄公對鮑將軍等人說道：「還請各位仔細看清這人，尤其留意他的頭頂！」又轉頭對洪亮命道：「趕快跑去對院內的眾衙役傳話，命他們將寺內所有僧人通通拿下，並用鍊子鎖了。如今可以點亮燈火，陶干自會引路去那邊僧房。」

轉眼工夫，普慈寺內一片通明，到處亮起了書有「蒲陽縣衙」字樣的燈籠，四下裡喝令叫嚷不斷，又兼撞門入戶鏈鎖鐺啷。凡有頑抗不從者，衙役們便揮棒揚鞭曉以顏色，一時鬼哭狼嚎之聲不絕於耳，六十名僧人皆被捉來，齊集於庭院內，個個嚇得魂飛魄散。

狄公立在階前默默審視，這時高聲命道：「令他們六人站成一排，面向這邊跪下！」

眾人依令而行後，狄公又道：「去叫所有的人來，繞著庭院三面列隊站好！」又轉頭命陶干引路去後花園，並對裹著尼姑衣袍的女子說道：「青玉，妳去指認阿杏歇宿的亭閣！」

陶干推開花園角門，與青玉各提著一盞燈籠在前照亮，一行人走上蜿蜒小徑。燭光搖曳中，院中景致更顯幽美，恍如天宮仙境一般。

竹林中有一座小巧亭閣，青玉行至門前止步。

狄公示意鮑將軍等四人走上近前，待眾人看清門扇緊鎖、上面貼的封條完好無損後，方才對青玉微微點頭。青玉上來將封條揭下，又摸出鑰匙打開門鎖。

狄公抬手叩門，叫道：「蒲陽縣令在此！」旋即退後兩步。

朱漆門扇緩緩開啟，只見阿杏裹著薄綢長裙，手擎燭臺立在當地，看見眾人都在目前，連忙退後幾步，披上一件斗篷。於是眾人走入閣內，只見牆面上懸著大幅觀音畫像，臥榻上鋪有錦褥繡被，一應器物皆是華美異常。

狄公對著阿杏鄭重一揖，其他幾人也依樣而行，鮑將軍頭上的盔纓飄動，颯颯有聲。

狄公開口問道：「暗門在哪裡？」

阿杏走到朱漆門扇前，將一枚銅釘轉動一下，只見正中窄窄一塊門板赫然開啟。

陶干見狀，不禁舉手加額，失聲叫道：「居然連我都騙過了！我四處都查看過，卻唯獨漏了這就擺在眼皮子底下的一處地方！」

狄公轉頭對阿杏問道：「其他五座亭閣內，是否也都有人歇宿？」見阿杏點頭，又道：「妳與青玉一道去前面的客房內，叫那幾位婦人的夫婿過來，先開門接出各自妻室，然後再獨自去大殿前齊集，待我問案時，還望那幾位夫婿都能從旁聽審。」

阿杏青玉領命而去。狄公又仔細檢查過閣內，指著床榻邊的一張小几，對眾人說道：「請各位留意案上的這只象牙小盒，裡面裝的是胭脂膏子，並記住它放在何處！有請鮑將軍將此盒封存起來，日後好做為證物出以示人。」

陶干倚在門首，仔細查看那扇暗門，原來只要轉動一枚銅製門釘，從內外都可悄然開啟。

一時阿杏回來，稟報曰其他五座亭閣中的女子皆已去了前院，各家夫婿已在大雄寶殿前等候。狄公引著眾人一一看過其他亭閣，這次陶干不費吹灰之力便尋到了每一扇暗門所在。

眾鄉紳闖入普慈寺

狄公對眾人肅然說道：「各位，本縣請你們出於一片善心仁義，大家合力將此事瞞過世人。我預備在審案時，只道是其中兩座亭閣並未裝有暗門，且不會提及具體方位。不知各位意下如何？」

「老爺所慮極是，對百姓真是體貼入微。」萬法曹應道，「老夫十分贊同只將實情暗中錄下，留作以後判案時採用即可。」

狄公與其他幾人紛紛贊同，隨後狄公又道：「我們此刻便去大雄寶殿前，本縣將在那裡先行預審一番。」

一行人來到平臺上，已是破曉時分，微紅的霞光正映在階下六十顆圓圓的禿頭上。

狄公命衙役班頭從齋堂內搬來一張大桌與幾把座椅，布置成臨時公堂的模樣。馬榮將靈德押至案前。

靈德在微涼的晨氣中瑟瑟發抖，一見狄公，便高聲叫罵道：「你這狗官，當日收過我的金銀可怎麼說！」

「只怪你會錯了意，本縣只是借來用用罷了！」狄公冷冷說道，「正是託賴那些銀錢，你才得有今日的下場。」

狄公示意鮑將軍與萬法曹坐在右首，兩位行會首領坐在左首。洪亮搬來兩張矮凳放在案桌一側，讓阿杏青玉坐下，自己立於二女身後。主簿與兩名書辦已在一張小几旁坐定，馬榮喬泰站在平臺左右兩旁。

待眾人各自安定後，狄公環視四周，只見一片寂靜，於是開口威嚴宣道：「本縣在此初審普慈寺一案，案犯為住持靈德，還有尚不知數的一干僧人。罪名共有四項，通姦或強暴良家婦女，玷汙佛門清靜之地，並敲詐勒索財物。」說罷掃了班頭一眼，命道：「帶證人前來！」

阿杏起身離座，行至案桌前跪下。

狄公說道：「在此處設下公堂，實是情非得已，證人無須下跪回話。」

阿杏盈盈立起，將蒙在頭上的斗篷掀開，身姿窈窕，雙目低垂，裹著一襲長袍。狄公看在眼裡，不由得面色稍緩，溫顏說道：「妳且報上姓名，再將事情的前後經過細細道來。」

阿杏顫聲答道：「奴家本姓楊，名叫阿杏，原籍湖南人氏。」主簿從旁振筆疾書。

狄公靠坐在椅背上，命道：「且往下說！」

第十八回
阿杏細述驚人罪狀　狄公詳解往日隱情

阿杏乍一開口時，不免有些羞澀吞吐，後來心中漸定，說話也越發流利從容，眾人默無一語，靜聽她朗聲道來。

「就在昨日午後，奴家和妹子青玉一同來到這普慈寺中會見住持，並懇求他許我參拜觀音寶像並祝禱求子。那住持道是唯有在寺內留宿一夜，並在觀音像前虔心默禱方可靈驗，還要預收房金，於是我便給了他一錠金元寶。」

「到了晚間，那住持引著我們姊妹二人去了後花園的一座亭閣中，吩咐說是奴家須得在那裡過夜，我妹子則另去客房中歇宿。為了免生口舌是非，由我妹子親自鎖了閣門，再用一紙封條貼在鎖上，又加蓋印章，並將鑰匙交給她保管。」

「我獨自一人留在上了鎖的閣內，見牆上果然懸著一幅觀音像，便上前默默祝禱良久，過後不覺生出幾分倦意，於是躺在榻上稍歇，連梳妝檯上燃著的蠟燭也未吹熄。」

「大約二更過後，奴家忽然醒轉過來，卻見那住持赫然立在榻前，道是定能使我如願以償，說罷便一口吹熄了燭火，上來強行摟抱。我早已將妝盒打開並放在枕旁的小几上，趁他不備時，將胭脂膏子塗抹在他的頭頂。事畢之後，那惡僧還說道：『待到妳如願得子之時，可別忘了派人送些謝禮到敝寺中。若是不見謝禮的話，只怕妳那夫君難免會聽到些令他不快的閒言碎語哩！』說罷不知怎的便消失了蹤影。」

人群中發出一陣騷動和低語聲。只聽阿杏接著敘道：「奴家心中悲苦莫名，正在黑暗中伏榻哭泣時，忽然又鑽進來一個賊禿，嬉笑道：『情郎來也，小娘子何必悲傷！』我一力撐拒哀求，奈何仍是被他玷汙了去。儘管身心受創，我還是在他頭頂上也做下了同樣的記號。」

「我暗自決意要報仇雪恨，又見那賊禿面相蠢笨，便假裝對他情意綿綿，從茶爐裡撿了一塊尚未燃盡的炭火點燃蠟燭，時而言語調笑，時而媚態逢迎，到底哄得他指給我看過那暗門裝在何處。」

「這僧去後，又進來了一個，我推說身上不爽快，將他打發出去，不過推搡之際，仍將胭脂抹在了他的禿頭上。」

亭閣內住持驚女客

「半個時辰前，我妹子前來叩門，道是縣令老爺已經駕臨，奴家便讓她立刻轉告老爺，說我願意作證告發這起淫僧。」

狄公威嚴命道：「本縣有請各位證人，驗過頭一名被控人犯頭頂的印記。」鮑將軍與其他三人立時起身。此時晨色越明，只見靈德圓圓的光頭上，果然有一片鮮紅的掌印。

狄公又命衙役班頭再去查看那些跪在地上的眾僧，凡是頭上有類似紅印之人，全都帶上前來。

班頭旋即帶回兩名僧人，並按在靈德身旁跪倒。眾目睽睽之下，三顆禿頭上的鮮紅印記十分觸目。

狄公宣道：「這三名人犯罪行確鑿，並無疑義。原告可暫退一旁。本縣擬在今日午衙開堂時再細審此案，屆時將重述所有人證物證，並用刑審問寺中所有僧人，以證實可否涉罪。」

就在這時，忽見一個跪在前排的老邁僧人抬起頭來，顫聲叫道：「請老爺聽貧僧說一句話！」

狄公示意班頭帶那老僧到近前來。

「老爺在上，」老僧顫巍巍地說道，「貧僧法名了悟，是這普慈寺原先的住持。那個現以住持自居的賊人，不僅來路不明，而且從未正式受戒。數年前他來到此地，逼迫我讓出住持之位。後來又假借觀音送子而犯下穢行，貧僧對此持有異議，他便將我囚禁在後院的地窖中，直到剛才老爺的手下打開牢門，這才得以重見天日。」

狄公抬頭對班頭命道：「將詳情報來！」

「回老爺的話，」班頭應道，「這老和尚當真是關在後面一間小室中，外面上鎖加閂，門上還有一個小小的窺孔。我聽見裡面傳出有氣無力的呼救聲，便叫人將門撞開。他被我們捉住後，只說要到老爺面前講幾句話。」

狄公緩緩點頭，對那老僧命道：「你且說下去！」

「貧僧原有兩名徒弟，一名本來與我同在寺內，只因威脅要去本派長老面前告發那賊人，竟被下毒害死了。還有一名如今也跪在這裡。他以前佯裝叛師附賊，實則暗中窺探寺內一干淫僧的舉動，再趁隙悄悄給我通風報信，只可惜他沒能找到任何證據。後來查得在寺中作惡的只是靈德及其親信，其他人並不知情。我命那徒兒暫且忍耐一時，若是貿然前去報官，只會使靈德殺我二人滅口，而揭露其穢行的一線希望也便從此斷絕。如今他可為老爺指出哪些僧人是靈德的黨羽。」

「至於其他僧眾，或是虔心修道，或是憊懶無行，只為貪圖寺內香火旺盛、金銀富足而不捨離去。此間種種情形，貧僧但請老爺定奪裁斷。」

狄公遞個眼色，衙役將老僧身上的鎖鏈除去。老僧又引著班頭，走到一個年長僧人面前，由那人逐一指認出十七名年輕和尚，隨即被悉數帶到案桌前。

這一干人跪下後，立時七嘴八舌叫罵起來，有的道是被靈德威逼脅迫才犯下淫行，有的求老爺開恩，還有的大聲叫嚷著要自供實情。

「肅靜！」狄公喝道。

衙役們上前動起手來，棍棒長鞭紛紛落在眾僧的頭上或肩上，於是喧譁平息，只聽得一片吃痛不禁的低聲哀吟。

狄公待堂下重又恢復肅靜，方才宣道：「其他僧人除去鎖鏈，即刻恢復寺內正常法事，一切聽從了悟法師的安排。」

這時聽審者越來越多，多是住在北郊的百姓聞得消息後趕來圍觀。當所有清白僧眾皆被遣走後，百姓們湧向階前，對著十幾名淫僧唾罵不已。

「眾人姑且退後，先聽本縣說話！」狄公高聲喝道。

「當此清平世界，不意竟有奸人暗中作祟，穢亂綱紀，直犯下禍國殃民之罪。孔聖

狄縣令當眾審淫僧

先師說過人倫乃是家國之本，多少良家婦女，出於對家門聲譽和香火血脈的責任，前來虔心拜佛，略無防備之意，不料卻橫遭這起淫賊的欺凌汙辱。」

「所幸這些賊人尚未膽大妄為到在所有亭閣中全都做下手腳。本縣經過勘查，發現其中兩座亭閣不曾裝有暗門，唯有多謝老天暗中護佑。故此本縣可以斷言，曾在寺中歇宿過的婦人後來誕育的子女，並非全是淫賊留下的孽種。」

「本縣返回蒲陽城後，將在午衙開堂時再仔細審訊這一干淫僧，屆時人犯自可坦承罪行。」

狄公又轉頭對班頭說道：「縣衙大牢監舍狹小，容不下這許多人，你可將他們暫時羈押在衙院東牆外的圍欄內，此刻便解送上路！」

靈德被帶走時，衝著狄公叫道：「你這狗官還蒙在鼓裡！不出幾日，你我便會易位，輪到你披枷帶鎖由我擺布了！」

狄公聞聽此語，只是冷冷一笑。

眾衙役將這二十名僧人分作兩列，每列十人，拿鐵鍊鎖成一串，用棍棒驅趕著上路回城。

狄公吩咐洪亮帶阿杏青玉去前院，再用自家官轎送她二人回宅，又對喬泰命道：

「此事一旦傳遍蒲陽全城，怕是會有暴民前來洩憤滋事。你且快馬加鞭趕去軍塞，讓那統領即刻派一隊兵士荷戟持弓趕去衙院外，排成兩列護衛在圍欄前。軍塞離衙院不遠，因此兵士們可在人犯抵達前先到一步。」

喬泰領命匆匆而去，這時鮑將軍開言道：「老爺所慮甚是周到！」

「各位，本縣怕是還得耽擱你們一些工夫。」狄公對四位證人說道，「普慈寺內頗富金銀，須得與各位一道將各色財物封存起來，然後再返回城去。日後上憲必會下令將寺內所有財物沒收充公，屆時縣衙也需呈上一份清單細目。」

「既然寺內財物須得造冊登記，想必總要花上個把時辰方能點算明白，不如我等先去用些早膳為好。」

狄公派了一名衙役跑去灶間傳令，然後眾人行至天王殿旁的齋堂內。圍觀的百姓亦紛紛散去，人人口中兀自恨罵不休。

狄公意欲趁著吃飯時向幾名親信面授機宜，於是對鮑將軍諸人告罪失陪。

當鮑將軍等人正在為了誰坐首席而雍容揖讓時，狄公已揀了幾步開外的一張桌子，與洪亮馬榮陶干團團坐下。

兩名小僧送上米粥和醃菜，眾人默默用起飯來。待小僧走遠後，狄公方才苦笑道：

「我這一向想必是舉止乖張、不近人情，以洪都頭受害尤烈。此時方可對你們道出其中緣由。」

狄公吃完米粥，將小勺放在桌上，開言敘道：「洪都頭，那天靈德派人公然行賄，你眼看著我竟收下了三金三銀共六錠元寶，心裡一定十分氣苦吧！其實那時我胸中尚無定見，只想著這些金銀遲早會派上用場。你們皆知我除了官俸之外，別無其他財路，若是從縣衙銀庫中支取銀兩，又怕被靈德安插在衙內的耳目探得消息，從而發覺我將要對他不利。」

「恰如後事所證，這些賄銀正好用來布下陷阱，其中為阿杏青玉贖身花去兩枚金錠，還有一錠我交給阿杏，囑她送給靈德，好獲准在寺內過夜。至於那三錠銀子，一錠贈予金華縣令府上的管家，算是酬謝他為此事奔走效力並送二女前來蒲陽；一錠交與賤內，為阿杏姊妹二人採買衣物；還有一錠則為她倆購置斗篷，並租了兩乘上等軟轎前來這普慈寺中。洪都頭如今總可疑慮盡消了吧。」

狄公見三人面上皆是如釋重負的表情，微微一笑又道：「我之所以在金華選中這姊妹二人，正是看準了她們雖然淪落風塵，卻依舊心地純良，農人之所以能成為支撐我大唐的脊梁，正是由於這分淳厚的天性。我深信若是她們肯助我一臂之力的話，定能大功告成。」

「然而家中內眷卻誤以為我買下她們是為了要充作姬妾，甚至二女本人也是同樣的想頭。我不敢向任何人吐露一字，即使對賤內也是如此。正如方才所言，靈德那廝很可能在衙院內布下了眼線耳目，我萬萬不可走漏一絲風聲，因此只得耐心等候，待二女已然慣熟了官家眷屬的生活，方可假扮成大家侍妾與貼身婢女的模樣依計而行。」

「多虧了賤內的悉心調教，阿杏這塊璞玉才能迅速琢磨成器，於是昨日我終於決意動手。」

狄公伸箸夾起幾片菜葉，又道：「昨日與洪都頭告別後，我一路徑入後宅，對二女道是疑心這普慈寺內大有隱情，問阿杏可否願意假扮成大家姬妾前去打探，此事全由她自行定奪，絕無勉強之意，我還另外設下一計，無須勞動她二人亦可施行。不料阿杏聽罷立時應允，慨然答道如果明明可以幫助其他女子免遭淫僧荼毒卻袖手旁觀的話，定會自恨終生。」

「於是我吩咐她們穿上賤內為之預備下的上好衣裙，又各自裹了一件帶風帽的尼姑僧袍，從後門悄悄溜出宅院，在街市中僱了兩乘頭等軟轎趕到普慈寺。阿杏對靈德道是從京師慕名而來，夫家聲名顯赫不便透露，自己身為侍妾，既遭正房妒恨，又恐夫婿有朝一日疼愛不再，便會慘遭拋棄，只因其夫尚無子嗣，故此特來求菩薩保佑能誕下麟兒，方可確保終身無虞。」

狄公略停片刻，幾名親隨聽得入迷，連碗筷幾乎都不曾動過。

「這一番說辭聽去倒還入情入理，」狄公又道，「但我深知靈德那廝狡獪異常，擔心他會因為阿杏連真名實姓都不肯吐露便一口回絕，又叮囑阿杏既要滿足靈德的貪心，又要勾起他的色欲，不但塞給他一錠金元寶，且又示之以俏麗姿容，言語舉止中，分明顯出對這相貌堂堂的和尚十分傾慕。」

「最後我又囑她在亭閣內過夜時應如何行事。既然當日陶干親自出馬也沒能找到暗門機關，我就更不能斷言那觀音像的法力到底是實是虛。」

陶干面色尷尬，連忙端起碗來埋頭吃粥。狄公微微一笑，接著又道：「於是我對阿杏說，若是神仙當真下降顯靈，便跪地恭迎並道出所有實情，這欺瞞上仙的罪過，全由我這縣令一人承擔；若是有生人鑽進屋來，就試圖尋出暗道之所在，全憑隨機應變，還交給她一隻妝盒，裡面盛有胭脂膏子，專為用來塗抹在非禮她的淫賊頭上。」

「及至四更鼓響時，青玉須得悄悄溜出客房，走到阿杏歇宿的亭閣前，叩門兩下。如果聽到裡面敲四下做為回應，則說明並無隱情，如果敲三下，則表示確有淫穢邪行。」

「至於其後發生之事，你們皆已耳聞目睹過了。」

馬榮陶干聽罷拊掌稱快，洪亮卻面露憂色，猶豫半晌後開口說道：「記得老爺曾經說過普慈寺一事不許再提，那一席話令我甚為擔憂。老爺還說即使已有確鑿的證據在手，並且一干淫僧也已供認不諱的話，那佛徒中的身居高位者亦會介入此事、暗中回護，不等案子具結，便已保得他們逍遙法外。這又該如何應對？」

狄公緊皺濃眉，手捋長髯沉吟不語。

就在此時，只聽一陣馬蹄聲由遠及近，喬泰大步流星奔入室內，四下迅速一望，直朝這邊跑來，滿頭大汗，喘著粗氣說道：「啟稟老爺，我奉命去軍塞傳令，沒料想那裡只剩下三四個小兵留守，由於本道節度使大人下令急召，大隊人馬已於昨日趕赴金華而去！回來的路上，我正好經過衙院外的圍欄，看見一大群怒氣沖沖的百姓正衝將過去，足足有三四百人之多。衙役們嚇得一哄而散，全都躲進衙院內去了！」

「這可真是不巧得很！」狄公吃驚說道，「我們即刻回城！」又連忙對鮑將軍道明了突發狀況，請他留在寺中主持一應事務，由金匠行首凌掌櫃從旁襄助，然後又請萬法曹與木匠行首文掌櫃與自己同行。

狄公與洪亮同乘鮑將軍的大轎，萬法曹與文掌櫃也坐入各自轎中，馬榮喬泰躍上坐騎，眾人一路趕回蒲陽城。

城內大街上萬頭攢動，群情鼎沸，一見狄公乘著敞轎而來，左右兩旁爆發出一片歡呼，口中叫著「縣令老爺萬歲」或「狄老爺萬壽無疆」等語。

一隊人馬行至縣衙外，此處倒是清冷了許多，繞過院牆的東北角，眼前赫然出現一片駭人的景象。

圍欄有好幾處已被撞斷，二十名僧人的殘屍七零八落散了一地，明顯可見被磚石擊打和腳步踩踏過的痕跡，周遭一片死寂，遍地血汙狼藉。

第十九回

發嚴令警示眾鄉民　生疑心潛入舊道觀

狄公四下一望，只見到處散落著沾滿血跡與塵土的斷肢殘軀，一看即知已是回天乏術，於是並未下轎，傳令徑去縣衙正門。

守衛推開門扇，幾乘轎子魚貫進入中庭。

八名衙役嚇得魂飛魄散，齊齊排在狄公的坐轎一側，跪在地上磕頭如搗蒜，其中一人剛念了幾句早已預備好的告罪之詞，就被狄公斷然喝止：「你等無須請罪。以你們區區八人，又如何抵擋得了數百之眾。本縣已傳令讓軍營兵士前來護衛，只可惜他們因故未能趕到。」

狄公等人紛紛下了轎子，相將步入二堂。書案上放著一摞公文，正是狄公外出時送來的。

狄公上前拿起一隻大號信封，上面蓋有江南東道節度使的大印，對萬法曹說道：「這定是關於調遣軍兵的官文了。還請你拆封驗證！」

萬法曹撕開封印，取出信紙瀏覽一遍，不禁連連點頭，又交還給狄公。

「這信必是昨晚送到的，」狄公沉思道，「那時我已離開縣衙，微服出行祕密查訪，又在城北一家叫『八仙居』的小客店裡歇宿了一夜。今日一早，我回到衙院時尚未天亮，立即又帶人趕去普慈寺，情急之下，既顧不上更衣，也未曾踏入過二堂一步。」

「若是萬法曹與凌掌櫃[5]願意依例行事，親自查問過內宅僕從、八仙居的掌櫃和前來送信的官兵，本縣將感激不盡，並且還會將二位的證詞錄入案報之中，免得日後落下把柄，被人說是由於本縣一時疏忽，而致使那伙淫僧意外暴死。」

萬法曹點頭答道：「前日老夫也曾收到一封書信，乃是一位家在京師的故友寄來的，信中亦曾言及佛徒們如今在官場中氣焰熏天，想來其中身居高位者，定會細細琢磨推敲有關普慈寺的案報，直如研讀佛經一般用心哩。若是給他們抓到一絲紕漏，定會藉此大做文章，並竭力詆毀老爺的官聲。」

「老爺此番捕獲淫僧，對蒲陽而言真是一大幸事，」凌掌櫃也說道，「敢說百姓們無不感激涕零，只可惜為了洩憤，竟然聚眾滋事、目無法紀，小民在此代為謝罪！」

狄公稱謝過後，二人道是這就依照老爺之命去各處查證，於是告退離去。狄公隨即提筆，迅速草成一份措辭嚴厲的告蒲陽百姓書，嚴譴聚眾群毆僧人致死的行徑，並申明懲處罪犯乃是官府獨有的權力，若是有人膽敢再度犯下暴行，定會就地正法、嚴懲不貸。

由於衙內一應書辦衙吏仍在普慈寺內造冊，狄公便命陶干抄寫五份，自己亦抄出五份來，一一蓋過縣衙大印後，讓洪亮派人去貼在衙院門口與城內各處，再將那二十名僧人的遺骸妥善收入竹籃中，以備日後焚化。

洪亮領命去後，狄公又對馬榮喬泰說道：「暴易生暴，如果我們不趁早設法，只怕還會出亂子。適逢軍塞中空虛乏人，膽大妄為之徒不定會乘機劫掠店鋪，局面一旦失控便不堪設想。不如我這就乘了鮑將軍的坐轎出去，在城內四處走動震懾一番，你二人騎馬跟隨左右，並佩好弓箭，見有歹人滋事，便當場放箭。」

於是狄公乘轎，馬榮喬泰騎馬護衛左右，另有兩名衙役一前一後，直奔城隍廟而去。狄公身著全副官服坐在敞轎上，十分醒目惹眼，百姓們恭敬地讓出道來，口中未再歡呼，似是為先前犯下的暴戾行徑頗覺愧悔。

5 此處姓氏有誤，應為文掌櫃，下文同。

狄公在廟裡上了一炷香，又在神像前虔心祝禱，為鄉人們請罪致歉，並懇求神仙寬宥原諒。據說城隍不喜所轄之處被血汙沾染，因此處決人犯的法場通常設於城外。出了城隍廟後，狄公一路朝西再去孔廟，在孔聖人及其門徒的牌位前一一拜過，隨後又朝北而行，經過衙院北牆外的園林，走入關帝廟內再次進香。

街市上百姓異常安靜，看過告示後並無騷動跡象。隨著一干淫僧的橫死，眾人的狂怒業而煙消雲散。

狄公見時局平穩、無須擔憂，心中大慰，於是率眾返回縣衙。

過不多久，鮑將軍帶著所有衙員從普慈寺歸來，將收繳財物的清單交與狄公，道是所有錢財與貴重之物都已存入寺中的珍寶閣裡，包括一應純金法器在內，閣門也已貼上封條，並自作主張留下二十名家丁與十名衙役守衛寺院，還從自家的兵器庫裡取來若干長矛刀劍授與眾人。老將軍看去神采奕奕、興致盎然，想來致仕還家後一向平靜無事，此番打破常規之舉，倒是令人十分得趣。

萬法曹與凌掌櫃返回衙院。二人經過一番查訪，已證實調遣軍隊的官文先行送到，而狄公因故未曾看過。

狄公見眾人齊集，便引路進入花廳。只見點心果茶等物已經擺好，衙役們又搬來幾張桌椅，眾人紛紛落座，在狄公的指示下，開始草擬一份有關今日發生之事的詳細呈文。

由於書辦必須錄下特殊的證詞，於是又將阿杏青玉從內宅召來，重又詳述一番前後經過，並在紙上按過指印。狄公還特意加上一筆，道是毆死淫僧的鄉民有數百人之多，因此無法一一捉拿歸案，念及民憤極大，且又未有後續暴亂發生，恭請上憲對蒲陽百姓免予追究懲辦。

夜幕降臨時，呈文及所有附文終於悉數完成，狄公又邀請鮑將軍萬法曹諸人留下共進晚宴。

鮑將軍猶自興致不減，正要恭敬不如從命，不料萬法曹與其他二人推辭曰奔忙了整整一日，此時頗覺疲累，不便繼續叨擾云云，沒奈何只得隨眾告辭而去。

狄公親自將四人送至轎前，又再次謝過此番鼎力協助，然後才換過家常衣袍，一路走回內宅。

內宅的大廳裡，大夫人正在主持家宴，二夫人三夫人從旁襄助，阿杏青玉也一同在座。眾女見狄公進來，齊齊起身相迎。狄公坐了首席，一邊品嘗美酒佳肴，一邊享受著暌違已久的家中和悅氣氛。

殘席撤去後，管家送上清茶。狄公對阿杏青玉說道：「今日午後，我在關於普慈寺一案的上報呈文中加註一筆，提議從所繳財物中撥出四錠黃金來賞予妳們姐妹，算是協助官府辦案的一點小小酬勞。」

「等待批覆尚須時日，在此期間，我將派信差送一份公文到妳二人的原籍去，請求當地縣令幫忙查訪妳們的家人。但願老天保佑令尊令堂都還健在，如果已經不幸故去，亦會找到其他親屬來接應照料。一旦打聽到軍中派人前去湖南，定會叫他們護送妳二人一路同行。」

狄公略停片刻，又微微笑道：「屆時我將另外修書一封給當地官府，託付他們好生看顧妳們姐妹。這筆謝金可用來購置田地，或是開一爿店鋪，家人無疑還會為妳們選擇佳偶、雙雙婚配。」

阿杏青玉聽罷，跪地叩頭拜謝。

狄公起身離去，留下女眷們仍在廳內。

狄公一路踱回衙院，走上通向內宅大門的敞廊時，忽聽背後有足音輕響，轉頭一看，只見阿杏獨自立在那邊，雙目低垂，躬身一拜，卻不曾開口出聲。

「阿杏，妳可是心中有事？」狄公溫顏說道，「只要是我力所能及，但說無妨！」

「回老爺，」阿杏柔聲答道，「心向故土雖是人之常情，但我們姐妹有幸蒙受老爺庇護保全，如今已對這裡心生眷戀，著實不忍離去，並且大夫人也說過，她很是樂意讓老爺──」

狄公抬手示意一下，微微笑道：「有聚便終有一散，此乃世間常理[6]！妳很快便會曉得，重回家鄉故里，再嫁與誠實本分的農人為妻，遠比做個縣令的四房或五房小妾更為舒心快意。此案了結尚須時日，妳們姐妹只管安心住在這裡。」說罷拱手一揖，依稀瞧見阿杏面上似有淚光閃爍，心中自解曰大概只是月影浮動的緣故。

狄公走回衙院中庭，只見公廨內燈火通明，書辦衙吏們仍在忙於謄錄午後草創出的上報呈文，四名親信正在二堂內聽班頭的稟報，道是已奉了洪都頭之命，在林宅附近布下眼線日夜巡視，但這一陣依然毫無動靜。

狄公命班頭退下，在書案後落座，翻看了一回公文，將三封書信揀出來擱在一旁，對洪亮說道：「這三封信皆從運河沿岸的軍營關卡中寄來，道是截住了幾艘林家的貨船，查看過後，發現全是不折不扣的正經貨物。看來我們想要拿住林帆走私的證據，如今為時已晚。」

6　此句似是出自李清照〈金石錄後序〉中的「然有有必有無，有聚必有散，理之常」。高羅佩先生在《中國古代房內考》一書中第八章最末關於李清照一節中曾引用過此句。

狄公又處理過其他公文，提起朱筆在頁邊空白處給書辦寫下批語，然後飲了一杯清茶，靠坐在椅中，對馬榮說道：「昨日晚間，我喬裝改扮前去聖明觀，會過你那好友盛八，還仔細看了一回廢棄的道觀，裡面似乎頗有古怪，還不時發出可疑的響動。」

馬榮猶猶豫豫瞥了洪亮一眼，喬泰面上緊繃，陶干緩緩捻著頰上的三根長毫，並無一人開腔答言。

雖則四人反應平平，狄公卻不為所動，又道：「那聖明觀著實令我生疑。既然今早我們已在佛寺內大動干戈，晚上再去道觀中查個究竟如何？」

馬榮嘿嘿一笑，用兩只大手摩挲著膝頭，開口說道：「回老爺，若論單打獨鬥，天下哪個我都不怕，不過要說與陰曹地府裡的鬼怪打交道嗎——」

「我並非疑神疑鬼之人，」狄公斷然說道，「也從未斷言過魑魅魍魎一定不會在人間現形。不過，我亦確信清白正直之人無須懼怕鬼怪，因為無論陰間還是陽界，皆由正義統攝一切。」

「各位既是我的心腹，就不當有意隱瞞。須得說聖明觀一事始終令我耿耿於懷，無論今日出奇制勝之時，抑或先前焦灼等待之際，亦是揮之不去。唯願前去查訪一番，然後方可安心。」

洪亮捋著山羊鬍，沉思道：「若是我等前去聖明觀，合當掩人耳目祕密行事，而盛八那一伙人日夜盤踞在那裡，又該如何對付？」

「這一層我已想過，」狄公答道，「陶干，你此刻便去找那城北里長，叫他去聖明觀前傳話，命盛八立即離開此地。那一伙無賴最怕見官府差人，想必不等聽完便會立時作鳥獸散。不過還是命班頭帶著十名衙役同去，以備里長需要人手協助。」

「等陶干一回來，你我就換上尋常百姓的衣袍，再坐一乘小轎前去，只有你們四人隨行，切記備好四盞燈籠與足夠的火燭！」

陶干先獨去班房，命班頭召集起十名衙役。

班頭緊緊腰帶，得意地咧嘴一笑，對眾衙役說道：「縣令老爺近來忽然變得如此識竅，倒也不足為怪，皆因手下有如我這般精明老到的班頭哩！諸位且看，狄老爺剛一駕臨，三拳兩腳便辦完了半月街一案，卻是一個銅板也未撈到，轉頭便打起了普慈寺的主意，誰不知道那正是本地的財神爺！等到上頭發文批示後，我倒是很樂意去普慈寺內辦差幾回。」

「依小的看來，」一名衙役不懷好意地說道，「長官午後巡查林宅時，也沒有空手而歸吧！」

「那不過是正人君子之間彼此行個方便罷了！」班頭厲聲斥道，「只因我一向以禮相待，故此林宅管家略表謝意。」

「那管家話裡話外的，可沒少聽見銀錢叮噹響哩。」另一名衙役附和道。

班頭嘆了口氣，從腰間摸出一枚銀錠來，隨手一拋，被那衙役接個正著。

「我從不是那小肚雞腸之人，這錠銀子你們幾個拿去分了便是。」班頭說道，「你這廝既能眼觀六路，想必也能耳聽八方。那管家塞給我幾錠銀子，求我明日可否幫他帶封書信給一個朋友，我答應若是明日去的話一定效勞，不過話說回來，我要是沒去呢，自然也就無能為力。如此一來，我既不曾違抗狄老爺的命令，也沒有回絕那人一番好意而使得他顏面有傷，且我向來以誠待人、操守嚴謹，這次亦未破例。」

眾衙役紛紛讚曰如此行事真是合情合理、無懈可擊，然後出了班房去與陶干匯合。

第二十回 觀內空寂屢現怪象 庭中清冷暗藏屍骸

二更鼓響時，陶干方才回來。狄公飲過清茶，換上一身平常的藍布衣袍，頭戴一頂黑方帽，帶著四名親信從衙院角門出去。

眾人走到街中，僱了幾乘肩輿，命腳夫抬到離聖明觀不遠的路口處，付過轎金後徒步前去。

聖明觀前的空地上，一片漆黑寂靜，盛八一伙人早已不見蹤影，自是里長與眾衙役依令行事的結果。

狄公對陶干低聲命道：「在正門左邊有一扇角門，你去把那門上的鎖撬開，動靜越小越好！」

陶干蹲身下去，摘下項巾裹住燈籠，然後打火點亮，雖只透出一點微光，卻也足夠照亮引路。

陶干尋到上了鎖的角門，舉起燈籠細細查看。當日在普慈寺內未能找出暗門機關，這一疏漏始終令他耿耿於懷，此時決意非得三下兩下打開此鎖挽回些顏面不可。只見他從袖中取出細細幾枚鐵鉤來，撬了幾下便大功告成，放下門閂輕輕一推，門扇立時開啟，可見裡面並未另設一道門閂，於是急忙奔去報信。

眾人邁步登上石階。狄公立在門首，駐足諦聽裡面的動靜，卻是一片死寂，隨即率先入內，其他四人躡手躡腳跟在後面。

狄公低聲命洪亮點燈，待他高高舉起四下一照，這才看清原來身處三清殿中，右手邊是殿門背面，上有粗大的門閂。看來欲入此殿的話，除了破正門而入，唯有走角門這一條途徑了。

左手邊立有神壇香案，大約十尺來高，上面供奉著鍍金的三清聖像，光照所及之處只能瞧見舉起的兩手，肩部以上仍是沒於黑暗之中。

狄公彎腰細看，只見鑲木地板上積了厚厚一層塵土，上面唯有野鼠踩過時留下的細小爪印。

狄公示意幾名親信繞過神壇，背後卻是一條漆黑的長廊。洪亮舉起燈籠一照，馬榮立時叫罵出聲。只見光暈中赫然現出一顆女人頭顱，面目扭曲，鮮血淋漓，被一隻利爪樣的手揪住頭髮提在半空中。

陶干喬泰一見之下，亦是駭立當地、動彈不得。狄公沉著說道：「無須這般驚惶！此乃閻羅十殿，道觀裡通常都有，兩邊皆是泥塑木胎，專為嚇唬人用的，你我理應畏懼防範的該是活人才對！」

惜哉這一番勸解未能十分奏效，幾名親信猶自嚇得心膽俱裂。原來長廊兩側皆是真人大小的彩繪木雕，描摹惡徒墮入陰曹地府後所受的種種酷刑折磨，青面獠牙的鬼怪將人或是鋸為幾段，或是用刀劍刺穿，或是拿釘耙掏出五臟，或是扔進油鍋烹炸，或是放出鷹隼等猛禽將雙目啄出，端的是陰森可怖。

好不容易步步挨過，狄公輕推長廊盡頭的門扇，外面便是前院，此時雲破月出，清輝遍灑，庭內花園早已荒蕪，一座鐘樓立於園子中央，旁邊還有一片蓮池。鐘樓大約兩丈見方，築在離地五六尺高的石頭平臺上，四根朱漆大柱撐起碧瓦鋪就的攢尖樓頂，本應懸於梁下的一口大銅鐘如今卻擱在平臺上。據說廟宇道觀中人去樓空之前，常會如此處置，免得大鐘日後受損。此鐘約有十尺高，外面刻有精美繁複的紋樣。

狄公默然顧視這寧靜的景象，與四名親信沿著環繞庭院的敞廊一路走入。

敝廊旁邊築有一排小室，俱是空空蕩蕩，地面上亦是蒙塵已久。昔日聖明觀內香火鼎盛時，此處當是做為客房和誦經室之用。

敝廊盡頭的門扇通向後院，眾人推門走入，只見院內除了道士們居住的群房，最深處還有一間很大的膳堂，走到此處，聖明觀各處俱已查遍。

狄公留意到膳堂旁邊還有一扇小門：「想來這應是觀內的後角門了，且設法打開來，看看觀外究竟是何處。」說罷回頭示意，陶干疾步上前，迅速打開繫在門閂上的掛鎖，已是鏽跡斑斑。

眾人驚異地發現門後居然又是一進院落，比前院大了一倍左右，一色青磚鋪地，四圍皆是高大的二層房舍，空曠幽靜，闃其無人，然而石板縫中不見一葉雜草，房舍亦是修葺完好、未見損毀，當是不久前還有人在此間居住盤桓。

「此處古怪得很！」洪亮叫道，「這庭院大而無當，委實不必，不知道士們究竟用來做甚？」

眾人正在議論時，忽又行雲遮月，周遭墮入黑暗之中。

洪亮陶干連忙再次點亮燈籠，萬籟俱寂之中，突然聽得一聲響動，庭院盡頭似有門扇關閉之聲。

狄公一把抓過洪亮手中的燈籠疾步跑去，果然見有一扇沉重的木門，鉸鏈處油跡潤澤，因此推開時略無聲息。狄公舉起燈籠，只見門後是一條狹窄的走廊，還隱隱聽見遠去的腳步聲，然後又是關門聲。

狄公循聲追去，卻被一扇鐵門擋住去路，正在上下查看時，陶干也趕過來，立在後面觀望。狄公站直說道：「這扇門倒是簇新，不但未見裝鎖，且沒有門環把手可以開啟。陶干，還是你來仔細看看！」

陶干上下摩挲查看著光滑的鐵門，連門柱也未放過，卻沒能找到任何開啟的機關。「老爺，我們要是不撞開此門的話，」馬榮叫道，「就沒法知道到底是誰在暗處窺探！此時不捉，那歹人定得腳底抹油溜走了不可！」

狄公抬手輕叩鐵門，緩緩搖頭說道：「門後要是上了重木門的話，我們幾人決然無法撞開，且去查看一下那邊的房舍再說！」

眾人走過長廊，返回環繞庭院的屋舍前。狄公隨手輕推一扇房門，發現並未上鎖，裡面卻是一間空空蕩蕩的大屋，只鋪了一地的草席。狄公環顧四周，見靠牆處立著一架高梯，便趨至近前，登梯而上，推開鑲在天花板上的暗門，又登高幾步，走入寬敞的閣樓之中。

四名親信跟著上來。眾人好奇地四下打量，這閣樓實為一間長方大廳，粗大的木柱支撐起高聳的屋頂。

狄公訝然叫道：「你們以前可曾見過寺廟道觀裡竟有如此格局？」

洪亮慢慢捋著灰白的山羊鬍，沉吟道：「這裡以前許是觀內的藏經閣，專門存放經籍圖書等物。」

「若是那樣，總該留下書架之類的東西。」陶干插言道，「依我看來，這閣樓更像是儲藏食物的倉房。」

馬榮搖頭說道：「道觀裡要倉房何用？瞧這些鋪在地上的草席，依我看是個兵械庫，這些草席則是用來演練刀劍長矛時用的，喬泰定會贊同我的說法。」

喬泰盯著牆面出神良久，此時點頭應道：「瞧這些牆上的鐵鉤，定是拿來擱放長矛用的！老爺，據我看來，這裡曾是個祕密幫會的總堂，幫中成員可在此處操練武藝而不會引起外人注意，那些牛鼻子想必也脫不了干係，不過披上道袍裝個幌子罷了！」

「你這一席話大有道理，」狄公沉思道，「顯見得觀內道士散去後，確實有人在此間祕密行事，僅在數日前方才離去。這閣樓剛剛徹底清掃過，連草席上也不見一絲灰塵。」又揪揪頰鬚，懊惱說道：「他們定是留下少數幾人斷後，其中就有那一直在暗中窺伺我們的歹人！可惜出行之前，我未曾看過蒲陽全圖，全然不知那鐵門背後究竟通往何處！」

「我們可以設法爬上屋頂，」馬榮說道，「看看道觀背後是何情形。」

馬榮喬泰打開窗上的遮板，一齊朝外張望，可惜高大院牆將後面的房舍擋得嚴嚴實實，牆頭上還豎著一排長釘，縱使伸長脖頸，也只能看見一溜房檐而已。

喬泰抽身回來，悻悻說道：「不中用！至少得有幾架雲梯才能爬得上去！」

狄公聳聳肩頭，惱怒說道：「既然如此，我們在此處一時再無可為，如今只知聖明觀的後院曾用來做過某種祕密勾當。若是白蓮教再次興風作浪，我們豈不又得經歷一番初到漢源時的遭遇[7]，但願不至於此！且罷，待明日天光大亮時，你我帶上些傢伙再來，非得裡裡外外徹查一遍不可！」說罷順梯而下，四名親隨跟在後面。

離開庭院前，狄公對陶干低聲命道：「你去那鐵門上貼一紙條，明日再來時，至少可知是否有人曾經開啟過！」

陶干點頭領命，從袖中取出窄窄兩條薄紙，用舌尖濡溼後，一高一低貼在門縫處。

7 見《湖濱案》——原注。該書中講述狄公任漢源縣令時，白蓮教企圖謀反之事。

眾人沿原路返回前院。狄公行至閻羅殿門前時，駐足朝廢園中凝望，只見月光正照在青銅大鐘上，鐘面刻鏤的奇異紋飾在銀輝中熠熠閃光，忽然心裡一動，莫名覺得似有危險正在迫近，寧靜安詳的夜色中，分明隱藏著某種邪惡之物，不禁緩捋長髯，凝神思量這古怪的不祥之感究竟從何而來。

狄公見洪亮面有疑色，沉思說道：「以前有些聳人聽聞的故事，道是寺廟內的大鐘常用來藏匿罪證。既然我們身在此處，何不查看一下這口銅鐘下面到底有無可疑之物。」

眾人正待走向鐘樓，馬榮說道：「這些大鐘常常鑄得有好幾寸厚，要想抬起，非用撬槓不可。」

「前面大殿內有幾桿鐵槍和鐵叉，原是道士們伏妖降魔用的，」狄公說道，「你二人前去拿來，或可一用。」

馬榮喬泰領命而去，狄公與洪亮陶干在灌木叢生的園中努力開出一條路來，終於行至平臺前的石階處。原來銅鐘幾乎已將整個平臺占滿，三人只得在狹小的四邊勉強立足。陶干指著樓頂說道：「那些牛鼻子老道離開觀內時，將升降大鐘的滑車也帶走了。老爺適才說過借用長槍一試，沒準可以撬起。」

狄公若有所思地點點頭，心中卻越發不安起來。

此時馬榮喬泰各持一柄鐵槍攀上平臺，先脫去外袍，再使力將槍尖插入銅鐘下沿，將槍柄擔在肩上，發力一扛，大鐘居然真被抬起了寸把高。

「你去找些石塊來墊上！」馬榮喘著粗氣對陶干說道。待陶干塞了兩塊石頭在下面，馬榮喬泰又將槍柄插入鐘下更深，這次連狄公陶干也一齊上來相助，眼看已撬起了二三尺高。狄公對洪亮說道：「將那石頭鼓凳挪過來！」

洪亮忙將立在平臺一角的石鼓凳扳倒在地，一路推著骨碌碌滾來，可惜差了幾寸放不進去。狄公撂下長槍，脫去外袍，復又上去出力肩扛。

四人齊齊發一聲狠，馬榮喬泰壯碩的脖頸上青筋暴起，這次洪亮終於將鼓凳推到了銅鐘下面。

狄公等人將長槍撂下，揩揩面上的溼汗。此時明月又被烏雲遮蔽，洪亮忙從袖中摸出蠟燭點亮，舉到銅鐘下一瞧，不禁倒吸一口涼氣。

狄公疾步上前，俯身察看，只見銅鐘下的地面上蒙著厚厚一層塵土，一具人骨直挺挺躺在中央。

狄公從喬泰手裡抓過燈籠，小腹貼地爬入鐘內，馬榮喬泰洪亮紛紛依樣而行。陶干也想進去，狄公喝道：「裡面人已站滿，你且留在外頭觀望！」

鐘內四人團團圍坐在屍骨旁。只見蟲蟻早將筋肉嚙食殆盡，只剩下一副森森白骨，手腕與腳腕處曾經繫有粗重的鐵鍊，如今已然鏽爛。

狄公上下查驗一番，著意細看頭骨，卻是未有傷痕，唯見左肱骨有曾經斷裂過的痕跡，並且接合得殊為草草。

狄公看著幾名親信，慘然說道：「這人好生可憐，居然被關在此處活活餓死了！」

洪亮伸手在厚厚的積塵中摩挲，忽然指著一件亮閃閃的圓形物事叫道：「快看！似是一片金鎖！」

狄公小心撿起，果然是一枚圓形鎖片，用衣袖揩擦乾淨後舉到燈籠前，樣式頗為簡樸，正中只刻有一個「林」字。

「看來殺人凶手必是林帆那廝無疑！」馬榮叫道，「這金鎖一定是他將死者推到鐘下時不慎掉落的！」

「如此說來，這死者便是梁科發了！」洪亮一字一頓地說道。

陶干聽到這石破天驚的消息，也俯身爬入鐘內。五人團團立在傾斜的鐘身下，低頭望著地上的屍骨。

「不錯，正是林帆犯下這殺人害命之罪。」狄公肅然說道，「聖明觀與林宅相去不

銅鐘內驚現陳屍骨

遠，若是僅有一牆之隔，通過那扇鐵門便可往來出入。」

「林帆定是將那後面的宅院用來存儲私鹽，」陶干接著說道，「此舉應是在祕密幫會與道士們離去之後！」

狄公聞言點頭，「我們已找到了極重要的證據，明日開堂，便可立案提審林帆。」

就在這時，墊在鐘下的石頭鼓凳突然滑脫出去。隨著一聲悶響，五人被齊齊罩在銅鐘下面。

第二十一回

困鐘下合力終脫險　闖宅中聯手捉疑凶

眾人驚呼一聲。馬榮喬泰恨罵連連，伸手在銅鐘內壁四處摸索，卻是滑不留手。陶干後悔不迭，不禁失聲自責。

「住嘴！」狄公喝道，「時間緊迫，你們都聽仔細了！我等從裡面萬難將此鐘抬起，唯一可行的法子是合力將它推動，一旦推出平臺邊沿，自有缺口可以爬出去。」

「要是被柱子擋住，卻又如何是好？」馬榮啞聲問道。

「我也不知該如何是好。」狄公斷然說道，「不過一旦有了缺口，起碼可以透一口氣而不致悶死。先將燈籠吹滅，這裡空氣本就稀少，閒話休說，脫了衣服快快動手！」

狄公摘了帽子拋在地上，又三下兩下除去身上衣物，右足在地上觸到石板接縫處，站穩腳步，彎腰猛推銅鐘，其他四人連忙依樣而行。

鐘內很快變得十分悶塞，人人只覺呼吸艱難。銅鐘緩緩挪動了一寸左右，眾人見行之有效，自是更加賣力。

誰也不知在這銅牆鐵壁的死牢中苦撐多久方能逃脫，眾人個個赤身裸體、汗流浹背，大聲喘著粗氣，胸中似有火燒。

銅鐘向著平臺邊緣被推出幾寸後，洪亮頭一個用盡了氣力，昏倒在地。

此時腳下終於露出一線新月狀的罅隙，一股清氣飄入悶罐似的鐵牢中。

狄公將洪亮移至缺口處，好讓他吸幾口新鮮空氣，然後四人傾力再推。

眼看鐘沿下的空隙越來越大，但仍不足以讓一個幼童出入。眾人使盡餘力再四推去，卻是紋絲不動，顯見得銅鐘果然被一根柱子擋住。

陶干忽然蹲身下去，將兩腿從缺口處伸出，奮力一掙想要脫出，雖則後背被平臺邊緣的粗糲石稜劃出長長一道口子，卻兀自不肯罷休，到底將雙肩擠了出去，整個人「撲通」一聲跌落在灌木叢中。

片刻過後，一柄長槍從空隙處遞入，馬榮喬泰藉此將大鐘撬得稍稍偏向一側，從此缺口迅速顯豁起來，先是送洪亮出去，接著其餘三人依次跳下，悉數落在灌木叢中，個個筋疲力竭。

狄公稍歇片刻，頭一個翻身立起，先去看視仍舊躺在地上的洪亮，上前摸摸心口，對馬榮喬泰命道：「你二人將洪都頭扶去蓮池邊，拿些水將他面上和胸前濡溼，除非體力完全恢復，否則千萬不可讓他起身！」

狄公轉過身來，卻見陶干長跪在地，連連磕頭。

「你且起來！」狄公命道，「吃一塹，長一智，但願你能以此為戒，切記不依我的命令行事會有何等結果！如今且隨我一起回鐘樓去，查看那藏在暗處的凶手到底是如何將鼓凳撬脫的。」說罷只繫著纏腰布攀上平臺，陶干依頭順腦跟在後面。

二人一看情形，便知那歹人是取了一柄扔在地上的長槍插入鼓凳後方，又將槍桿推至最近的立柱邊架穩，用力將鼓凳撬得滑脫出去。

狄公與陶干看過後，又提起燈籠走到後院，行至鐵門前，見陶干適才貼在門邊的紙條果然已斷作兩截。

「以此足證林帆必是凶手無疑。」狄公說道，「他從裡面打開這扇鐵門，一路悄悄尾隨至前院，暗中窺伺我們幾個如何將大鐘撬起，又如何悉數鑽入鐘下，於是心中陡生毒計，意欲趁此良機將我等一併除去。」瞥了陶干一眼，又道，「且罷，你我回去看看洪都頭如今怎樣了。」

此時洪亮已然清醒過來，看見狄公便欲起身，狄公連忙命他好生躺著不要動彈，又上前切腕把脈，溫顏說道：「洪都頭只管放心歇息，眼下並無要緊事非得勞動你不可，等衙役們趕來再說！」又轉頭對陶干命道：「你快去找城北里長，叫他帶幾名手下前來，並派人騎馬去縣衙傳我的命令，召二十名衙役，再帶上兩乘肩輿，火速前來聖明觀。傳過話後，你便就近找個藥店醫館速去療傷，不意竟弄得渾身是血。」

陶干領命，速速離去。這時馬榮從銅鐘底下撿了狄公的衣帽出來，抖落塵土後請老爺穿上。

不料狄公竟搖頭不納，令馬榮十分驚異。卻見狄公只套上貼身衣袍，捲起袖口，露出筋肉結實的前臂，接著將衣服下襬掖入腰間，又將一把美髯分作兩綹，繞到頸後打成一個結。

馬榮從旁審視半晌，心中暗想老爺雖說身上有些許贅肉，但若是單打獨鬥起來，怕也輕易對付不了。

狄公拿出手巾將頭髮繫住，算是收拾停當，才對馬榮說道：「我並非睚眥必報之人，但是不想林帆竟使出這等卑鄙的手段，企圖一舉害了我們五人性命。若不是僥倖將大鐘推出平臺一側，蒲陽城內又會傳出一樁離奇的失蹤案了。我定要親手捉住林帆這廝，以解心頭之恨，最好他不肯乖乖束手就擒，動一場拳腳方才痛快！」

狄公又轉頭對喬泰說道：「你留在此地照顧洪都頭。等衙役一來，就叫他們將大鐘吊起掛回原位，並將下面的屍骨小心收在一隻木匣中。你再用篩子將周圍的塵土細細篩過，看看還有什麼線索不曾。」說罷與馬榮一道出了角門，離開聖明觀。

二人穿過幾條窄巷，馬榮尋到林宅正門，只見四名睡眼惺忪的衙役正守在那裡。

狄公停在距離大門數步開外，馬榮獨自上前，與那最年長的衙役接耳低語一陣。

衙役聽罷連連點頭，接著抬手叩門，待窺孔打開後，對看門人高聲叫道：「你這懶鬼，還不快快開門！適才有個夜賊鑽入你家院內，要不是我等小心戒備的話，你們丟了金銀還在做夢哩！趁著那賊人尚未得手，趕緊把門打開！」

看門人剛剛打開門扇，馬榮跳上前去，一手扼住那人的喉嚨，另一手摀住嘴巴，讓衙役們將他捆得結結實實，又用油膏布封住口。

狄公與馬榮疾步衝入院內。庭院中一片死寂，並無一人出來攔阻。

到了三進庭院，林宅管家忽地從暗地裡冒出。狄公喝道：「本縣命你立時就擒，不得頑抗！」

只見寒光一閃，那管家伸手從腰間抽出一把長刀來。

馬榮正要跳上前去，不料狄公出手更快，揮拳猛擊在那人胸口處，待對方朝後倒去時，又飛起一腳，不偏不倚正中其下頷，於是林宅管家仰面摔倒在地，一動也不動了。「好個手法！」馬榮暗讚一聲，俯身去撿掉在地上的長刀時，狄公卻已率先奔入內宅。一片漆黑之中，唯見一扇窗內閃著微黃的光亮。狄公抬腳踹開門扇，馬榮也疾步趕了上來。

二人四下一望，卻是一間小巧精緻的臥房，烏木雕花几案上放著一盞點亮的紗燈，右邊擺著一副烏木床架，左邊則是一張精美的梳妝檯，上面還燃著兩支蠟燭。

林帆身著薄薄的白綢睡袍，背朝門口，正坐在梳妝檯前。

狄公上前一把揪住林帆，拽得他猛一轉身。

林帆望著狄公驚駭無語，並無一點反抗的舉動，面色蒼白憔悴，前額有一道深深的創痕，剛剛塗抹過藥膏，裸露的左肩處亦有幾片青紫瘀傷。

狄公見林帆竟然全不動手，不禁大失所望，便厲聲喝道：「林帆，你已被我拿住，還不快快起來，本縣這就命人將你帶去縣衙！」

林帆一言不發，從座椅中緩緩站起，立於臥房中央的馬榮從腰間解下一條細鐵鍊來，預備上前捆縛。

不料林帆忽然伸出右手，猛拽梳妝檯左側的一根線繩。狄公迅疾出拳，猛擊在林帆下頷處。林帆全身朝後撞在牆上，右手卻未曾鬆開，因此人雖倒在地上昏死過去，卻也順勢將線繩拽出老長一段。

狄公忽聽背後一聲大叫，轉頭看去，只見馬榮踉蹌倒地，一扇暗門機關已在他腳下打開，趕緊上前一把揪住馬榮的衣領，將他拖拽上來，差一步便會墜入黑漆漆的洞口內。

暗門大約四尺見方，開口處可見一道陡峭的石階，直通向黑暗深處。

「總算你運氣不壞，」狄公說道，「要是碰巧站在這暗門正中，管保已在那石階上摔折了兩腿！」

狄公查看過梳妝檯，見右邊還有一根線繩，便伸手一拽，只見暗門緩緩闔上，隨著「啪嗒」一聲輕響，地面平整如常，看不出一絲異樣。

「我本不想對一個受傷之人出此重手，」狄公指著不省人事的林帆說道，「但若是不將他打倒的話，誰知他還會使出什麼花招來！」

「老爺那一拳真是乾淨俐落。」馬榮由衷讚道，「我正納悶他頭上肩上如何弄下了那些傷口，分明今日曾與人動過拳腳。」

「我們很快便會查個水落石出。」狄公說道，「如今你且將林帆連同管家仔細捆好，然後從前門召那幾名衙役進來，徹查整個宅院，如果發現其他家人僕從，也一併捉拿並解去衙院。我再去探探那條暗道。」

馬榮俯身給林帆上綁，狄公再次牽繩打開機關，從梳妝檯上取了一支點燃的蠟燭，順階而下。

狄公朝下走了十來步，進入一條狹窄的地道中，舉起蠟燭一照，只見左邊是一座石頭平臺，低矮的拱壁下，暗黑的水流正汩汩漫過最低處的兩級石階，右邊的地道盡頭是一扇大鐵門，門上掛著一把大鎖，樣式看去頗不尋常。

狄公重又順著石階返回，直走到頭肩伸出暗門，對馬榮叫道：「底下有扇上了鎖的門，定是我們原先試圖打開的那一扇！這伙歹人將成包的私鹽從聖明觀後院倉房中一路搬來，再通過地下水道送出去，那水道必與城裡的河流相連，並且通往水門附近。你去林帆的外袍內搜一搜鑰匙，我好將門打開！」

馬榮見床邊搭著一件繡花長袍，抓起來裡外一摸，果然摸出兩把形制奇特的鑰匙來，上前遞與狄公。

狄公再次順階而下，直走到鐵門前，將鑰匙插入鎖中一轉，鐵門應聲開啟，外面分明便是沐浴在銀光下的聖明觀後院了。

狄公朝馬榮招呼一聲，然後穿門而出，夜涼如水，清爽宜人，只聽得前面隱隱傳來眾衙役的喧譁聲。

第二十二回　老管事細述道觀史　狄縣令詳析三罪行

狄公緩步走向前院。

只見十來盞上書「蒲陽縣衙」的碩大燈籠，將庭院內照得一片通明。在洪亮喬泰的督管下，眾衙役正在鐘樓的橫梁上安裝滑車。

洪亮一見狄公回來，連忙上前詢問林宅那邊情形如何。

狄公見洪亮歷險後看去安然無恙，心中大慰，於是講述一番如何捉住林帆，又如何發現了貫通林宅與聖明觀之間的密道。

洪亮助狄公穿上衣袍時，狄公又對喬泰命道：「你即刻帶上五名衙役去林家田莊，那邊另有四人亦可供你差遣，將莊內所有人統統捉住，若有貨船泊在碼頭邊，連船上的水手也一併拿下。你已是辛苦了整整一夜，但務必再跑一趟，將林帆所有的爪牙悉數捉拿歸案！」

喬泰興沖沖答曰自己專愛辦這涉險刺激的差使，然後便去挑選精壯衙役。

狄公行至鐘樓前，見滑車已經裝好，銅鐘被粗繩緩緩吊起復歸原位，直升到離地三尺來高。

狄公低頭注視著鐘下狼藉的地面。在那性命攸關的一二刻裡，五人被困在銅牆鐵壁的死牢中，拚命掙扎著想要逃脫出去，屍骨早已被踩踏得凌亂不堪。

「想必喬泰已跟你傳過本縣的命令，」狄公對班頭說道，「如今再重述一遍，將骸骨收起後，務必再將地上的塵土仔細篩過，看看可有什麼重要的線索不曾，料理完之後，你轉去林家四處搜查一番，最後再派四名衙役在宅院內看守，明日一早便來回話！」說罷與洪亮一道離開聖明觀，兩乘肩輿已經備好，二人坐上回衙不提。

次日一早，天朗氣清，微風拂面，好一個涼爽宜人的秋日。

狄公先命檔房管事去尋那聖明觀與林宅一帶的詳圖，隨後在二堂後面的花園中用了早膳，洪亮從旁侍奉，飯畢後返回室內重又坐定，衙吏剛送上熱茶，只見馬榮喬泰走入。

狄公命衙吏給他二人也各沏一杯茶，對馬榮問道：「捉拿林家走卒時，你可遇到什麼麻煩不曾？」

「回老爺的話，事事都很順利。」馬榮笑道，「我去料理那林宅管家時，見他吃過老爺拳腳後，仍是一動不動躺在原地，於是將主僕二人都交與衙役看管，然後又搜遍了整個宅院，只尋出一個大漢來。那廝身強力壯，居然拉開架勢上來動手，不過很快便吃了些教訓，到底結結實實被捆成粽子一般。說起來一共捉到四個，即林帆、林宅管家、打手還有看門人。」

「啟稟老爺，我也帶回一名人犯。」喬泰接著說道，「田莊裡只有三人，全是無知無識的廣東鄉民。在駁船上另有五人，即一名船主與四名船工。船工們十分粗笨，但那船主一看便是個心狠手辣的歹人。這幾名農夫與船工現已羈押在班房內，船主則被我送進了大牢。」

狄公點頭稱許，對衙吏命道：「你叫那衙役班頭進來！再去梁老夫人宅中傳話，就說本縣請她立即來縣衙一趟。」

班頭進來向狄公請安施禮，恭敬地立在地上，面上雖有幾分疲憊，卻掩不住喜孜孜的得意之色，故作鄭重地稟道：「我等依照老爺吩咐，已將梁科發的屍骨妥善收在一隻竹籃裡並帶回縣衙，又將鐘下的塵土細細篩過，未曾發現任何東西。然後我又帶人徹查了整個林宅，所有房屋皆已上了封條，末了還親自去查看過暗門下的水道。

「我見有一隻平底小船泊在拱門下，便舉著一支火把駕船順流行去。原來那水道一直延伸至河岸邊，正好在水門外面，出口也是一道拱門，被灌木叢擋住，十分隱蔽，而且拱頂十分低矮，連船也撐不過去，不過船上的人要是跳入河中，輕易便可涉水而過。」

狄公捻著頰鬚，嘲諷地瞥了班頭一眼，「沒承想你深更半夜做起公事來，倒是起勁得很哩！你在水道內辛苦跑了一趟卻空手而歸，實在可惜煞人，不過想必在林宅裡總會搜到些許細軟之物，並順手塞入了自家腰包。奉勸你好自為之，免得有朝一日惹禍上身，下去吧！」

班頭唯唯領命，倉皇而去。

「這廝雖則貪得無厭，倒也算查明了一樁事由，」狄公對幾名親信說道，「即林宅管家前些天到底是如何瞞過水門守衛溜出城去的，顯見得他正是通過那條水道涉過拱門，然後潛入運河之中。」

這時檔房管事走入，恭敬一揖，將一卷文書呈給狄公，開口稟道：「小人遵照老爺今早的吩咐，在魚鱗圖冊[8]中找到了這些與林家宅院有關的記錄。」

「這頭一份錄於五年前，載明林帆購置宅院、道觀與田莊，這三處地產原屬本地一家姓馬的富戶所有，此人現居於蒲陽城東門外。」

「聖明觀原是一個道教祕密支派的祖庭，後來被官府下了禁令。馬先生的母親篤信道教法術，供養了六名道士在觀內，專為其先夫打醮作法以超渡亡靈，或在深夜裡扶乩請仙，召喚逝者亡魂，並通過乩板與之天人互通，為了方便往來行走，還特意在宅院與道觀之間修了一條過道。」

「六年前，馬老夫人過世後，馬先生鎖了宅院，不過准許那些道士仍住在原地，從此可替人作法事或是售賣符籙以維持生計，但須得保證殿堂房舍完好無損。」

檔房管事略停片刻，清清喉嚨，接著敘道：「五年前，林帆在蒲陽城西北角一帶四處打探，不久便出高價買下了整座宅院以及道觀田莊。這張便是地契，並附有詳圖，請老爺過目。」

狄公瀏覽過契紙後，又打開地圖，並召幾名親信過來案邊同看，說道：「對於林帆的走私生意來說，這片房產真是再合適不過，難怪他肯花費大筆銀子統統買下！」又伸出修長的手指劃過地圖，「當初交易時，宅院與道觀之間的通道只是一段露天敞廊，至於大鐵門與暗門機關，皆是林帆後來補加的。不過這裡並未標出地下水道，還得再找更

8　即中國古代的一種土地登記簿冊，將房屋、山林、池塘、田地等依照次序繪出，並標明相應的名稱。由於田圖狀似魚鱗，故此得名，亦稱「魚鱗冊」、「魚鱗簿」或「丈量冊」。

古舊的地圖來看。」

「這第二份，則是兩年前林帆親自署名後送交縣衙的願書，」檔房管事又道，「報曰業已察覺聖明觀內的道士不但不守戒律、行事荒唐，還一味飲酒賭博，因此將他們從觀內悉數趕出，並請求官府將道觀查封。」

「此事定是出在林帆發覺梁老夫人盯上他之後。」狄公沉思道，「我猜想為了讓一眾道士離去，林帆定是給了他們不少好處。可惜那些道士如今星散四方、無跡可尋，故此無法知曉他們在林帆的走私生意中究竟扮演何種角色，以及對鐘下藏屍之事是否知情。」又轉頭對檔房管事說道：「這些文書我先留下，你再去找找大約一百年前的蒲陽舊圖來。」

檔房管事領命而去，這時一名衙吏進來，將一封書信恭敬呈上，道是軍塞統領派人送來的。

狄公撕開封印，匆匆瀏覽一遍，轉手遞給洪亮，說道：「此乃官府通告，軍營將士今早便會班師回城，並執役如故。」說罷朝椅背上一靠，命人另沏一壺熱茶，又道：「去喚陶干前來，此刻正想與你們幾個共議林帆一案。」

陶干進門後，眾人各自捧茶啜飲。狄公剛將茶杯置於案上，班頭進來報曰梁老夫人已到。

狄公掃了幾名親信一眼，低語道：「此次會面殊非易事！」

比起上次見面時，梁老夫人似乎氣色大好，髮髻梳得十分平整，眼中卻頗有幾分戒備之意。

洪亮請梁老夫人在書案前的一把圈椅上坐下，狄公莊容說道：「老夫人，本縣終於找到了林帆的罪證，並且查出他在蒲陽還犯下另一樁殺人案。」

「老爺可是找到了梁科發的屍身？」梁老夫人驚叫道。

「尚且無法斷定到底是不是令孫，」狄公說道，「我們只找到一具骸骨，因此無從驗證。」

「一定就是他了！」梁老夫人叫道，「林帆一得知我祖孫二人追蹤到蒲陽，便設下毒計要害他性命！當日土匪洗劫田莊時，堡壘起火，屋上的一根橫梁落下，砸中了梁科發的左臂。我二人逃脫出來後，立即找人接骨，可惜斷裂之處再也沒能恢復原狀。」

狄公注視著梁老夫人，緩捋長髯沉思半晌，方才開口說道：「老夫人，本縣不得不說，那具屍骨的左臂肱骨上確有錯位的痕跡。」

「我就知道必是林帆害死了我的孫兒！」梁老夫人痛哭失聲，渾身不住顫抖，淚水從凹陷的面頰上滾滾落下。洪亮連忙遞上一杯熱茶。

狄公待她稍稍恢復自持，又開口說道：「老夫人只管放心，這椿命案必會昭雪。本縣雖不願勾起妳的痛楚，但有幾件事卻不得不問。妳送來的訴狀裡道是與梁科發從田莊逃脫後，曾在一個遠親家裡落腳暫避，不知可否詳述一下當日是如何從刀光火影中逃脫出來，又是如何設法尋到妳那遠親的？」

梁老夫人兩眼空洞地望向狄公，忽然渾身顫慄，泣不成聲地說道：「那……那真是太可怕了！我不……不願再想起那些事來……我——」語聲漸低下去。

狄公遞個眼色，洪亮上前扶著梁老夫人的肩頭送她出去。

「到底無濟於事！」狄公無奈嘆道。

陶干捻著頰上的三根長毫，開口問道：「老爺為何非要追問梁老夫人如何從田莊脫險的細枝末節？」

「有幾處細節令我始終不解，不過日後再論不遲。」狄公答道，「如今先商議如何對付林帆，這廝極其奸詐卑劣，給他定罪時，我們必須十分小心謹慎才是。」

「依我看來，不如就告他謀害梁科發。」洪亮說道，「殺人害命可是頭等重罪，若能以此定案，便無須再追究暗害我們幾人或是販運私鹽了！」

馬榮喬泰陶干紛紛點頭稱是，狄公卻不置一辭，沉思半晌後說道：「林帆有的是時間將販運私鹽的罪證統統銷去，因此我們很難蒐集到足夠的證據來以此定罪，並且即使能取得口供，他也仍可設法逃脫，因為身為縣令，我並無權裁判走私罪，唯有移交州府方可定讞。如此一來，林帆便有了可乘之機，必會令其親友上下奔走並四處行賄。」

「至於他撬脫鼓凳將我等罩在大鐘底下，如此行徑顯然有害人性命的企圖，況且還有朝廷命官在內！我得去仔細查閱一下刑典條文，如果沒有記錯的話，這理應被視為謀反罪之一款，或許比較合用。」

狄公說罷，捋著長髯沉吟不語。

「以謀殺梁科發之罪控告林帆，豈不是更好些？」陶干發問道。

狄公緩緩搖頭說道：「然而我們找到的證據仍是不足。關於他到底在何時殺人，又是如何殺人，都無法探出究竟。官錄裡既說林帆由於道士們行止不端而關了聖明觀，因此他大可編出一套說辭來為自己開脫，諸如梁科發在跟蹤他時偶然結識了觀中道士，不定是一起賭錢時發生爭執，因而被害身亡，過後道士們又將屍身藏匿於鐘下。」

馬榮面露不悅之色，不耐煩地說道：「既然明知林帆這廝數罪在身，還糾纏這些刑名細事作甚！索性來個大刑伺候，看他招是不招！」

「你別忘了林帆已是上了年紀之人，」狄公說道，「如果動刑拷問，只怕會命喪當堂，後果便不堪設想。如今唯一的指望是獲取更多鐵證。午衙開堂時，我會先提審林帆的管家與那船主，他二人倒是身強力壯，或可用刑一二。」

「馬榮，你此刻便與洪亮陶干一道再去林宅，細細搜查一番，看看可有與罪案相關的文書或其他物事，並且——」

這時大門突然開啟，只見獄吏直奔進來，面色驚惶，跪倒在書案前，對著狄公連連磕頭。

「到底出了何事？快快講來！」狄公怒道。

「都是小的該死！」獄吏帶著哭腔說道，「今日一早，林家管事與小人的手下套話，不料那蠢貨竟信口道出林帆不但被擒，還打算告他犯下殺人罪。小的剛剛去查獄時，卻見那管家已經沒命了。」

狄公拍案怒喝道：「你這狗頭！難道你收監之前，沒有搜過人犯身上是否藏有毒藥，或是沒有將其腰帶抽走？」

「回老爺，依例都搜過了！」獄吏叫道，「那人是咬斷舌頭、血流不止而死的！」

狄公長嘆一聲，語調稍稍和緩，「既然如此，倒也怪不得你。那歹人心腸狠硬，若是決意自裁的話，旁人怕也防他不住。你且回去將那船主的手腳都用鍊子繫在牆上，口中塞入一塊軟木。再死一個證人的話，我可是擔待不起！」

獄吏剛剛退下，檔房管事又走進來，在書案上展開長長一軸卷冊，紙面已然年久泛黃，卻是一百五十年前的蒲陽全圖。

狄公指著圖中西北一帶，滿意地說道：「這裡果然標有水道！那時還是一條地面上的河道，直注入一處人工開挖的小湖中，這湖正是如今聖明觀所在之地。後來河道上加蓋了石拱壁，從此隱而不現，拱壁之上又修建宅院。林帆定是意外發現了這條地下水道，於是對這宅子越發中意了！」

狄公將地圖捲起，對幾名親信肅然說道：「你們幾個趕緊上路！但願能在林宅中找出要緊的線索來！」

洪亮馬榮陶干一齊告退離去，唯獨喬泰端坐未動。方才眾人議論時，他始終未發一語，卻聽得十分仔細，此刻手捻髭鬚，開口說道：「恕我直言一句，依我看來，老爺似乎不願細究這梁科發被害一案。」

狄公瞥了喬泰一眼，徐徐答道：「喬泰，你說得一點不錯！我以為研究此案為時過早。雖然心中已有一套想法，卻是離奇得連自己都難以置信。以後自會講與你們幾個聽聽，但不是眼前。」說罷從案上拿起一份文書來作勢欲讀。喬泰見狀，連忙起身退下。

一旦四下無人，狄公立時將手中的文書拋在桌上，轉而從抽屜裡取出厚厚一冊卷札，正是梁林兩家官司的案卷，緊鎖眉頭重讀起來。

第二十三回
入書齋徹查無線索　進飯鋪巧遇得證人

洪亮馬榮陶干三人一到林宅，便徑直去往書齋。這書齋在二進庭院中，窗外便是園中美景，十分清幽雅致。

陶干快步奔到窗邊的烏木雕花書案前，光亮的桌面上陳設有文房四寶，細看皆是價值不菲。馬榮意欲拉開中間的抽斗，雖不見有明鎖，卻硬是打不開。

「賢弟且慢！」陶干說道，「我曾在廣州居住多年，對這些家什器物上的小小機關倒是略知一二。」

陶干用指尖順著抽斗前板上雕刻的紋飾一路摩挲，不消片刻便找到了裝在暗處的彈簧，拉開抽斗一看，裡面滿滿塞著信札等物，於是將所有文書統統取出堆在書案上，興沖沖說道：「洪都頭，有勞你過目一二！」

洪亮在一把鋪有軟墊的圈椅上坐定。陶干又與馬榮合力將長榻從牆邊推開，先細細查看過整個牆面，又從高大的書架上搬下所有書冊來一一檢視。

三人各自忙碌了大半日，除了馬榮間或咕噥著罵幾句娘，房內只聞得翻動紙頁的沙沙聲。

洪亮終於看罷，朝後靠坐在椅背上，廢然說道：「全是些生意往來的書信而已！我們不妨全部帶回縣衙去，再仔細查閱一番，沒準兒會有信中隱約提到走私生意也未可知。你二人那邊情形如何？」

陶干搖頭悻悻說道：「也是一無所獲！如今再去那廝的臥房裡看看！」

三人一路行至後院，走入裝有暗門機關的臥房內。

陶干很快發現床後的牆面上有塊活板，打開看時，裡面卻是一隻鐵製銀櫃，櫃門上掛了一把極盡複雜的鎖子。陶干搗鼓了大半日，只得無奈罷手，聳聳肩頭說道：「這銀櫃只有問過林帆後方能開啟。我們且去查看一下穿廊與聖明觀的後院，囤放私鹽的地方許是會留下些須痕跡。」

白日重遊此地，比暗夜中看得更加分明，果然四處打掃得乾乾淨淨，草席全被洗刷一新，穿廊上的石板地也用硬尾掃帚仔細掃過，磚縫內連塵土尚且不見一星，哪裡來得鹽粒。

午時將近，三人只覺又餓又乏。陶干說道：「六七日前，我曾在此監視林家，聽衙役道是魚市附近有一家小飯館，用切碎的蟹肉加上豬肉香蔥做成餡料，填入蟹殼內，然後上鍋蒸熟，據說是一道十分美味的本地菜肴哩！」

「被你說得我口水直流！」馬榮叫道，「大家快走！」

原來這飯館是一幢二層小樓，名字倒是頗為動聽，叫做「翠羽閣」。只見房檐上懸著長長一條紅布酒幌，用大字標明店內有南北各色好酒供應。

三人拉開槅扇門，一股濃重的大蔥炒肉氣味撲鼻而來。館內店面並不算大，一個裸著上身的肥胖漢子手持一把長柄竹杓，立在大鐵鍋後方，鍋內放著竹製籠屜，籠中蒸的正是填餡蟹殼，旁邊另有一個後生在大砧板上忙著剁肉。

胖掌櫃咧嘴笑道：「幾位客官請樓上坐！小人這就前來侍候！」

洪亮要了三籠填餡蟹殼並三壺好酒，一行人順階而上。

馬榮走到半路時，聽得上面響動頗大，轉頭對洪亮說道：「樓上似是有人正在大宴賓客哩！」

三人上去一看，偌大的房內，只有一個大漢背對門首臨窗而坐，身穿一件黑綢外褂，正埋頭大力吮著蟹殼，口中嘖嘖有聲。

馬榮示意洪亮陶干留在原地，獨個兒走上前去，伸手一拍那大漢的肩頭，粗聲粗氣地說道：「老兄，好久不見！」

那人連忙轉頭回顧，露出一張碩大的圓臉膛，一副濃密油膩的鬍鬚將下半個臉面遮得嚴嚴實實。只見他恨恨地瞥了馬榮一眼，便又扭過頭去，一邊用手指撥弄桌上的空蟹殼，一邊搖頭嘆道：「正是因為你老兄，使得我從此不敢再輕易相信朋友。我當日待你總也不薄，後來卻聽說竟是個衙門裡的公人。我與手下一班兄弟在聖明觀外一向住得逍遙快活，如今卻被掃地出門，許是拜你所賜也未可知哩。你且捫心自問，自己的所作所為可曾對得起天地良心。」

「何必這般牢騷滿腹！」馬榮說道，「世人各安天命，我不過碰巧認得了狄老爺，並為他跑腿效力掙口飯吃而已。」

「如此說來，傳言果然不虛了！」盛八痛心疾首地說道，「那也不中用，你已令我心灰意冷，如今只想在這骯髒小店裡，將那黑心掌櫃炮製出的幾口吃食專心受用了便罷，還請高抬貴手，放我這老實人一馬。」

「說起幾口吃食來，不知你可有意再來一籠。」馬榮笑道，「若是老兄肯賞臉與我等共用，我這幾位朋友定會十分歡喜。」

盛八伸出手指，一根一根在鬍鬚上慢慢揩過，方才說道：「也罷，我可不想被人說成是小肚雞腸、斤斤計較之輩。能夠結識你的朋友，我也面上有光。」說罷站起身來。

馬榮為盛八引見過洪亮陶干後，另挑了一張八仙桌，並執意要盛八坐了靠牆的尊位，洪亮陶干左右打橫，自己坐在對面，又衝樓下高聲叫著要添酒添菜。

夥計上前斟酒布菜，過後下樓而去。四人飲過一巡，馬榮說道：「看見老兄到底弄了件體面的褂子，著實替你快慰！如此上乘的衣袍，絕無可能是被人丟棄，價格也自然不菲，你老兄定是發了一筆橫財，居然如此闊綽起來！」

盛八聞言色變，口中咕噥幾句冬節將至云云，復又埋頭喝起酒來。

馬榮突然一躍而起，出掌打落了盛八手中的酒杯，又將八仙桌朝牆裡猛然一推，叫道：「你這廝快說實話！這褂子究竟從何處得來？」

盛八一看眼前的情勢，前面被飯桌頂在便便大腹上動彈不得，左右兩邊又有洪亮陶干，當真是無路可逃，只得長嘆一聲，將外褂從身上慢慢脫下，憤然說道：「我早該想到你這衙門裡的走狗沒安好心，怎會叫我來安穩吃飯！只管將這勞什子拿去就是！我這窮鬼活該凍死在冰天雪地裡，反正你們也渾不在意！」

馬榮見盛八竟如此馴順，便重又坐下，另斟了一杯酒推到他面前，說道：「我根本無意為難你老兄，只是非得知道這褂子的來歷不可。」

盛八滿面疑雲，只管抓撓著毛茸茸的胸脯，半晌無語。洪亮插話說道：「閣下精明練達，且又見多識廣，自然深知與衙門交好實為明智之舉，又何樂而不為呢？身為丐幫軍師，你亦有責統管全城，我直是將你視作同行一般哩！」

盛八舉杯一飲而盡，陶干立時又替他斟滿。只見盛八悻悻說道：「好一個軟硬兼施，叫我這耳軟心活之人如何招架得住，說不得只好和盤托出了。」又喝乾一杯，然後敘道：「就在昨晚，里長忽然走來，命我們兄弟即刻離開聖明觀，究竟有何緣故，卻是一字不提！不過我等向來奉公守法，自是二話不說聽命照辦。只因我在牆角處藏有幾貫應急的救命錢，心想萬不可留在那裡被旁人拿去，於是過了約半個時辰，便又悄悄折回。」

「我對那片地方早已了如指掌，因此根本無須火燭，摸著黑也照樣來去。我剛剛將錢串子塞入腰間，就看見有個人從角門裡出來，心想定是匪盜一類無疑，哪裡有什麼正經人會在大半夜裡鬼鬼祟祟地四處亂走呢！」

盛八環顧眾人，似有所待，卻不見有誰搭腔附和，沒奈何只得接著敘道：「那人正下臺階時，我從旁使了個絆子，誰承想遇見的竟是個下三濫之徒。只見他從地上翻身爬起，居然掏出刀子就要傷人！我為了保全自家性命，不得不出手將他打倒。你們以為我會剝去他身上所有衣物，再劫去他囊中所有錢財嗎？沒有的事！我胸中自有分寸，只拿走了他一件外褂便離觀而去，打算午後便帶去給里長過目，並報上受襲一事，滿心期望官府會明察秋毫，讓那惡棍終得報應。這便是全部實情，敢說句句是真！」

洪亮點頭說道：「你果然奉公守法，所作所為甚是正派有理！至於衣袋內可有銀兩姑且不論，你我既為君子之交，如此細瑣之事自然不值一提，不過其中可有什麼私人物件不曾？」

盛八轉手將外褂交與洪亮，慨然應道：「但凡你能找到的，只管拿去就是！」

洪亮先探探兩只衣袖，皆是空空如也，又沿著衣褶一路摸去，不意觸到一件微物，伸手進去掏出，卻是小小一方翡翠印章，連忙拿給馬榮陶干同看，只見上面刻有「林帆私印」四字。

洪亮將印章納入袖中，又將外褂還與盛八，說道：「你好生收起這褂子，方才一番言語果然不差，這褂子的主人確是凶犯無疑，煩你跟我們同去縣衙做個證人，千萬勿要害怕。來來，趁著蟹肉尚未放冷，大家抓緊受用了才是！」

四人一陣風捲殘雲，轉眼間桌上便只剩下一堆空空的蟹殼。

酒足飯飽後，洪亮掏錢付帳，盛八硬是說動掌櫃打了一成的折扣。依照行規，凡是經營飯鋪酒館者，常常得給丐幫頭目一些好處，否則便會冒出一群衣衫襤褸、臭氣熏天的叫花子堵在門口，人人見了避之唯恐不及，哪裡還會有生意上門。

回到衙院後，三人帶著盛八徑去二堂。

狄公正端坐於書案後方，盛八一見，不由驚得札手舞腳，駭然叫道：「老天保佑蒲陽城！如今居然派了個算命先生來作父母官了！」

洪亮忙向盛八說明原委。盛八聽過後，趕緊在書案前跪下。

洪亮將得來的印章呈給狄公，又稟明來龍去脈，狄公聽罷大喜過望，對陶干低聲說道：「原來林帆竟是因此而受傷！他將我們五人壓在鐘下，不料一出門卻遭到這胖子的暗算！」又轉頭對盛八說道：「如今你可是大有用處！仔細聽好，今日午衙升堂時，你必得在場，本縣將要帶一個人出來與你當面對質，如果就是昨晚交過手的那廝，你如實指認即可，此刻且去三班房內稍歇一時。」

盛八被送走後，狄公對幾名親信說道：「如今有了這新出的人證物證，我想林帆定然難逃法網！不過此人十分危險，我們須得千方百計一力制住他不可。林帆向來養尊處優，若是被視為普通人犯的話，定會按捺不住，而我們偏要如此對待他！如果他惱怒失態，敢說定會掉入我設下的局中！」

洪亮不解地問道：「先設法打開他臥房內的銀櫃豈不是更好些？再說理應首先審問那駁船上的主事才是。」

狄公搖頭說道：「我心中自然有數。午衙開堂時，我只需聖明觀後院閣樓上的六張草席即可。洪都頭，你這就傳話下去，叫衙役班頭即刻抬來！」

三名親信面面相覷，大為驚異，但狄公卻緘口不言，未作一字解釋，一時尷尬冷場。陶干又開口說道：「敢問老爺，還有那殺人罪又該如何處置？在銅鐘底下找到的金鎖，分明就是林帆之物，用來指控他豈不正好。」

狄公面色一沉，緊皺兩道濃眉，沉思半晌，方才緩緩答道：「實不相瞞，我也委實不知該拿這金鎖如何處置，姑且拭目以待提審林帆時會出現什麼情形。」說罷展開案上的一卷文書，埋頭讀了起來。

洪亮見狀，對馬榮陶干使個眼色，三人悄悄退出二堂。

第二十四回

施巧計惡人落法網　赴晚宴群臣論案情

午衙開堂時，大堂內擠滿了前來聽審的百姓。昨夜聖明觀內一番騷動以及廣州富商鋃鐺入獄的消息不脛而走，人人急欲得知究竟。

狄公升堂就座後，先清點過一眾衙員，然後發籤命獄吏提人。不一時林帆被兩名衙役帶上堂來，額頭處貼著一片膏藥。

林帆兀自傲立，對著狄公怒目而視，正欲開言時，頭上卻已吃了班頭一棍，隨即又被兩名衙役強行按倒跪下。

「報上你的姓名、生業！」狄公命道。

「我先要知道——」林帆剛說了半句，班頭又揮起長鞭的手柄，朝他面上猛擊一下，口中喝道：「你這狗頭小心回話！老爺問什麼就答什麼！」

林帆額上的膏藥被扯下半幅，鮮血自傷處汨汨流出。他只得強壓怒火，高聲應道：「小民姓林名帆，原籍廣州，以經商為業，還望告知為何無故被捉。」

班頭復又舉起長鞭，狄公搖頭示意不可，接著冷冷說道：「等一下便與你說個明白，先告訴本縣，以前可否見過這樣東西。」說著將在銅鐘下發現的那片金鎖抬手一拋，只聽「當啷」一聲，正落在林帆面前的青石板地上。

林帆漫不經心瞥了一眼，忽地一把攫住金鎖，捧在手心仔細端詳，又緊緊貼在胸前，失聲叫道：「這原是——」吐了半句卻又止住，決然說道，「這原是我的東西！你從何人手中得來？」

「公堂之上，只有本縣才有權發問。」狄公說著遞個眼色，於是班頭從林帆手中一把奪去金鎖，重又送回案桌上。

林帆一怒之下面色煞白，霍然立起，大聲叫道：「還給我！」

「跪下，林帆！」狄公怒斥道，「本縣這就答覆你頭一個問題。」見林帆再度緩緩跪下，接著說道：「你為何被捉，仔細聽好，是因為你違反禁令、販運私鹽。」

林帆看去似已恢復自持，冷冷說道：「全是扯謊！」

「大膽刁民，竟敢藐視公堂！」狄公喝道，「來人，給我打十記重鞭！」

兩名衙役上前扯下林帆的外袍，又將他臉面朝下按倒在地，皮鞭呼嘯著甩了過來。林帆哪裡受過這等皮肉之苦，不由得慘叫出聲，待到班頭將他拽起時，已是面色灰白、氣喘吁吁。

狄公待林帆呻吟稍定，方才說道：「林帆聽著，本縣自有一名可靠的證人，足可證實你犯下走私之罪。雖然叫他開口並非易事，但是吃上幾鞭，自會通通招認！」

林帆兩眼通紅望向狄公，似是全神未定、半昏半醒。洪亮面帶疑色瞥了馬榮喬泰一眼，他二人也只是搖頭，全然不知老爺葫蘆裡究竟賣的什麼藥，就連陶干亦是一頭霧水、目瞪口呆。

狄公遞個眼色，班頭立即帶了兩名衙役下堂而去。

大堂內一片寂靜，眾目睽睽盡皆盯住那三人適才出去的側門。

不一時，只見班頭挾著一卷黑油布轉回，兩名衙役跟在後面，吃力地抬著一大卷草席。堂下立時響起一片驚訝的低語聲。

班頭先將油布在案桌前的地上鋪平，兩名衙役再將草席展開，擺在油布之上，見狄公點頭示意，三人揮動長鞭，對著草席猛力抽打起來。

狄公緩捋長髯，端坐靜觀，半晌後方才示意住手，於是三人收起鞭子，用衣袖揩擦著額上的溼汗。

「這幾張草席皆從林宅後院搜來，原是鋪在祕密倉房的地板上。」狄公宣道，「且來看看它們的呈堂證供！」

班頭走上前去，重又將草席捲好，然後提起油布的一端，示意衙役拿住另一端，三人來回抖動幾下，油布中央便聚起一小堆灰色屑末。班頭用刀尖剜了一點，送到案上呈給狄公。

狄公用濡溼的手指蘸了一蘸，送入口中，滿意地點頭說道：「林帆聽著，你自以為將罪證全部銷去，做得天衣無縫，卻沒料到這草席無論怎樣洗刷，仍是會有些須鹽粒留在縫隙中。眼前這小小的一撮，便是你犯罪的鐵證！」

堂下百姓聽到此處，立時歡聲雷動。

「肅靜！」狄公斷喝一聲，又對林帆說道：「你還犯下另一樁罪行。昨天夜裡，本縣與幾名隨從在聖明觀內查案時，你居然從旁暗算、企圖加害，還不快快招來！」

「小民昨夜在家中行走，因為庭院內一片漆黑，不慎跌了一跤，」林帆陰沉答道，「於是又自行敷藥醫傷。老爺所說之事一概不知！」

「帶證人盛八上堂！」狄公對班頭喝道。

盛八被兩名衙役推出，一步一挪小心翼翼地走上公堂。

林帆一見盛八身上穿的黑綢外褂，立時轉過臉去。

「你可認得此人？」狄公對盛八問道。

盛八捻著油膩的鬍鬚，上下打量林帆幾眼，甕聲甕氣地答道：「回老爺的話，這人正是昨夜在聖明觀前動手打我的那個狗賊。」

「全是胡扯！」林帆怒道，「分明是你這無賴率先出手傷人！」

「昨晚證人藏在聖明觀的庭院內，」狄公正色說道，「親眼看到你如何暗中窺視本縣與幾名親信，又如何趁我等鑽入鐘下時，取了長槍將石鼓凳撬脫出去。」

狄公示意班頭帶盛八下堂，又靠坐在椅背上，徐徐說道：「林帆，暗害本縣一事你休想抵賴。待了結此案後，再將你押解至州府，去審那販運私鹽之罪！」

林帆聽到最末處，眼中閃過一絲狡獪的凶光，吮著脣邊滲出的血跡，沉思半晌，終於長吁一口氣，低聲說道：「老爺在上，如今小民深知再要抵賴也是無益。要說暗中撬脫鼓凳一事，只是小民一時頑心大起，開個玩笑而已，並無惡意，在此懇請老爺見諒。只因近來官府諸般行事，似是專與小民為難，令我著實惶恐不安。昨夜聽到聖明觀內傳出響動，小民便跑去查看，正好撞見老爺與幾名隨從鑽入銅鐘下，心中忽然閃出一念，想要教老爺吃些苦頭，於是才上前撬脫鼓凳。小民本想跑回自家宅院去喚家丁來抬起大鐘，並預備下一套賠罪的說辭，只道是誤將老爺及其隨從認作一群盜賊。不料行至鐵門前，卻駭然發現門已緊閉，打開不得，又唯恐老爺在鐘下日久氣悶，於是連忙朝聖明觀前門跑去，預備繞過街巷轉回敝宅，不意剛走下臺階時，忽然被人絆倒。待我清醒過來後，急急奔回家中，先命管家立即去救老爺出來，自己稍稍喘息片刻，又自行敷藥療傷。沒承想過不多時，老爺居然從天而降，突然出現在小民的臥房中，並且渾身上下……穿戴得不同尋常，乍一看還以為又是什麼賊人闖進門來。以上所述俱是實情。」

「小民皆因一時興起而行此惡作劇，不意幾乎釀成大禍，在此深表歉意，並甘願依律受罰。」

「如此甚好，」狄公淡淡說道，「你總算肯自行認罪，令本縣十分高興，如今且聽書辦念過供狀。」

書辦大聲誦讀一遍林帆的口供。狄公只管靠坐在椅背上，漫不經心地捻著頰鬚，似是興味索然、聽而不聞。

待書辦念完後，狄公例行發問道：「你可承認所有供述全是實情？」

「小民承認句句是實！」林帆堅定地回答道，於是班頭將供狀遞過，林帆在上面按印畫押。

狄公猛然坐起，傾身向前，聲色俱厲地叫道：「林帆，林帆！多年來你一直逍遙法外，今日終於死罪難逃！你剛剛親手簽下的，便是自家的必死文書！」

「你滿以為暗算他人所受的刑罰只是八十大板，心想賄賂過衙役，便可輕挨幾下，過了這一關後，再被解送至州府，那時你所結交的名流權貴自會替你設法奔走，想來花上一筆重金，自可再度脫罪。」

「本縣在此正告你，你不但絕無可能前去州府，而且將會在蒲陽城南門外的法場上被砍頭示眾！」

林帆抬頭盯著狄公，雙目圓睜，似是無法置信。

「依照大唐律法，」狄公接著宣道，「凡是犯有謀反、惡逆與謀叛罪者，將被處以極刑並從重發落。你且聽好這『謀反』二字！刑典中又另有條款，道是加害正在做公的朝廷命官，亦可等同於謀反罪。雖說當初制訂刑典時，未必一定有意將這兩處聯繫在一起，但對於此案，本縣決意非要如此詮釋不可。」

「鑑於謀反屬於十惡不赦之罪，因此須得直接呈報京師大理寺。如此一來，再也無人能為你奔走說情，天網恢恢，疏而不漏，你罪有應得，死有餘辜。」

狄公一拍驚堂木，「林帆，由於你自行供出暗害本縣一事，本縣在此判你犯下謀反罪，並將處以極刑！」

林帆搖搖晃晃地從地上站起，班頭疾步上前替他曳起長袍，遮掩住血跡斑斑的後背。對於被判死罪之人，總得稍稍善待一二。

就在此時，忽然聽見高臺一側有人說話，語聲雖輕柔，卻甚是明晰：「林帆，你看我是誰！」

狄公傾身向前。只見梁老夫人直挺挺立在那邊，身上似是卸下了多年重負，彷彿忽然之間減了幾歲年紀。

林帆渾身一顫，抬手拭去面上的血跡，一雙凝視不動的眸子睜得老大，嘴唇翕動半日，卻終究未發一語。

梁老夫人緩緩舉起手臂，恨恨地指向林帆，開口說道：「你殺死了……你殺死了你的——」聲音忽然轉低，並垂下頭去，絞著兩手語不成聲，「你殺死了你的——」又緩緩搖一搖頭，抬起淚水橫流的臉面，對著林帆注視良久，腳底打起晃來。

林帆朝梁老夫人那邊奔去，不料班頭動作極快，一把擒住他的雙手反剪在背後，兩名衙役上前將他拖了出去，梁老夫人也已昏厥倒地。

狄公一拍驚堂木，宣布午衙退堂。

❖

話說十天過後，當朝宰相在京師相府中設下晚宴，請了三位賓客小聚。時值秋末冬初，賓主落座於軒敞的大廳內，三扇大門齊開，園中景致盡收眼底，月下的蓮池波光粼粼，煞是幽美。宴桌旁放著幾隻大銅盆，裡面滿是紅熱的炭火。

座中四人皆是年逾花甲，都已經歷過大半生宦海沉浮，此時團團圍坐在一張烏木雕花桌案旁，桌上擺滿珍饈美味，杯盤碗碟亦是一色上等精細瓷器，十來個僕從服侍左右，另有宅中主事從旁小心督管，但見杯中酒盡，便立時命人重又斟滿。

宰相請大理寺卿坐了首席，此人體格魁梧、器宇軒昂，長長的頰鬚已顯灰白；另一側是禮部尚書，身材瘦削，腰背微微佝僂，皆因在禮部供職多年所致。坐在宰相對面的則是御史大夫，鬍鬚花白，眼神凌厲。此人向來鐵面無私、剛直不阿，故此朝野上下人人敬畏。

晚宴已近尾聲，四人正在細品最後一盅美酒，宰相欲與賓客商討之諸般公事皆已議畢，轉而漫語閒談起來。

宰相捋著一把銀鬚，對大理寺卿說道：「聖上得知蒲陽縣佛寺內淫僧一案後，深為震動。這三四日內，雖則就任國師的白馬寺住持為了同教中人天天跟聖上求情，卻是終究未果。」

「老夫在此不妨預先告知諸位，明日聖上便會降下一道御旨，將白馬寺住持從內閣中逐出，同時撤銷對佛寺免徵賦稅的恩典。此事不但確鑿無疑，而且可視為佛門勢力從此不得干預朝政的一大徵兆！」

大理寺卿點頭說道：「即使一個風塵俗吏，有時也會由於因緣際會，而在無意中成就一樁造福社稷的莫大功業。蒲陽縣令狄某人出其不意，突然查封了富甲一方的當地大寺，若是依今之勢，整個佛門勢力定會全力反撲，那狄縣令等不到官司了結便已自身難保。可巧就在當天，駐守蒲陽的軍兵被緊急調遣離城，於是眾鄉民出於一時暴怒，群起毆斃了所有淫僧。那狄某人大概不會想到，這一機緣巧合即使不至救了他的性命，起碼也救了他的前程。」

「聽大人提及狄縣令，倒是讓老夫想起一事。」御史大夫開言道，「我這裡另有兩件案報，亦是由此人主持辦理，一樁是無賴遊民做下的姦殺案，案情簡單無須多言，另一樁卻是涉及一名廣州富商，狄某人在裁斷此案時，居然利用律法條文，使出刑名伎倆，令我十分不以為然。不過既然大人與座下同僚皆已准了原判，想來其中必有緣故。如能惠示一二，老夫感激不盡。」

大理寺卿放下酒杯，微笑道：「此事說來話長！多年前我曾外放廣東，任按察副使一職。當時的上峰臬臺姓方，後來因盜用官府資財而被明正典刑，落得個身敗名裂的下場。那名富商當年在廣州買凶殺人，又通過大肆行賄而逃脫法網，後來還做下幾樁大案，其中包括一舉害死九條人命，凡此種種，皆是我當日親歷之見聞，至今猶記。」

「蒲陽縣令定是深知此人不但家資甚巨，而且在官場上結交甚廣，因此必得盡快了結此案。於是他並未著力於查勘重罪，而是誘使案犯招認了一項輕罪，然而依據刑律，此罪卻可等同於謀反。我與同僚盡皆認為，一個逍遙法外二十餘年的惡徒最終落入刑名陷阱之中，真可謂是得其所哉，故此一致贊同原判。」

「原來如此，大人一席話令我豁然開朗。」御史大夫說道，「明早頭一件公事，便是簽發批覆准此案報。」

禮部尚書饒有興致地從旁傾聽良久，此時開言說道：「老夫雖對刑名之事不甚在行，卻也聽得出這狄縣令辦了兩樁要緊的大案，一是打擊了佛門勢力，二是教訓了目中無人的廣州富商，令他們對官府有所忌憚。此人既然才幹優長，何不就此擢升要職、委以重任？」

宰相緩緩搖頭，「想來這狄縣令應是未逾不惑，仕途漫漫，來日方長，以後有的是機會足證長才。升遷若是來得太遲，自不免中心酸澀，若是來得太早，卻又會於望甚奢。古人云『過猶不及』，是以二者皆不足取，處事還當力求中正，方可保天下太平、社稷安定。」

「我也正是此意。」大理寺卿說道，「不過對那狄縣令，不妨略施頒賚以資嘉勉，還望尚書大人不吝賜教一二。」

禮部尚書捻著鬍鬚，沉吟半晌後說道：「此案既已直達天聽，且聖上亦是加恩首肯，老夫明日上朝時，便恭請聖上以御匾賜予狄縣令以示嘉許。當然並非御筆親題，只是選取合用的字句，製成一方匾額而已。」

「此舉最是合宜不過！」宰相大聲讚道，「大人不愧深諳此道，實在高明得很！」

禮部尚書破例微微一笑，「禮法儀制能使人人各司其職，處處各得其正，是以上下協同，諸事順遂。老夫多年致力於陟罰臧否之道，如同金匠稱量黃金一般再四斟酌，須知毫釐之差，便足致偏頗失衡，敢不小心謹慎哉。」

眾人起身離席。宰相在先引路，賓主降階而下，去往蓮池邊漫步繞行。

第二十五回
法場上二犯受極刑　御匾下縣令長跪禱

足足半月過後，關於三案的批覆方才從京師送至蒲陽。

自從那場轟動全城的堂審過後，狄公不知為何變得鬱鬱寡歡，終日獨自悶坐苦想，幾名親信只能暗中猜測，卻始終不明就裡。以往每逢人犯招供後，狄公總會與他們幾個從頭至尾談笑議論一番，這次卻僅對四人的出力襄助略謝一語，旋即又埋頭公事，令洪亮等人鬱悶不解，唯有坐等煎熬，日子過得好不難耐。

差官到達蒲陽時已是午後。陶干正在公廨內核對縣衙帳目，忽見送來一隻沉甸甸的信袋，簽收之後，便立即捧至二堂給老爺過目。

此時洪亮手中亦有幾份公文急需狄公批覆，正在二堂中坐等，馬榮喬泰也在一旁。

陶干一見眾人，特意將信封上的京師大理寺印章給他們瞧過，然後往書案上一擲，興沖沖地說道：「各位，這定是關於那三樁案子的批文，總算能讓老爺高興高興！」

「依我看來，」洪亮說道，「老爺似非為了此事而憂心忡忡。他心裡到底在盤算什麼，對我也從未吐露一字，但我確信那是一樁非常私密之事，他兀自苦苦琢磨，卻仍是無果。」

「我可知道老爺一旦宣判的話，」馬榮插話說道，「有人定會立時精神大振，那便是梁老夫人！戶部自會收去林帆的萬貫家財，梁老夫人即使不能全得，有個幾成也足可富甲天下了！」

「那本是她應得之分！」喬泰說道，「當日見她終於報仇雪恨時，卻昏倒在大堂上，著實令人心中不忍！想來定是喜極難抑，聽說這半月來一直臥床不起哩！」

這時狄公走入，四人連忙立起。狄公只是草草招呼一聲，接過洪亮遞上的信袋，開封瀏覽後說道：「朝廷已經准了這三樁案子的原判。林帆將會身遭酷刑。依我之見，只要砍頭即可，不過如今只能依令行事。」

狄公又看過其中蓋有禮部大印的附文，轉手遞給洪亮，整肅衣袍朝著京師長安方向行禮如儀，然後說道：「聖上賜了一方御匾下來，乃是臨摹御筆刻製而成，蒲陽縣不日便會承此殊榮。洪都頭，御匾一旦送到，你務必派人立即懸在縣衙大堂上！」

四名親信聞聽此訊，紛紛上前道賀，狄公卻只是淡淡相對，又道：「明日我將宣布關於三案的判決，照例在天亮前一個時辰提早升堂。洪都頭，你去吩咐衙內一應人員，再傳話給軍營統領，就說我需要一隊兵士屆時押送犯人前去法場。」說罷捋著長髯沉思半晌，到底嘆了口氣，打開洪亮放在案上的待批公文。

陶干拽拽洪亮的衣袖，馬榮喬泰也從旁示意慫恿，於是洪亮清清喉嚨說道：「我們幾個仍在尋思林帆謀害梁科發一事。既然明日一早便會結案，不知老爺可否能為我等解說一二？」

狄公抬頭簡短說道：「且等明日處決了人犯之後再議。」說罷復又埋頭看起公文來。

次日一早，離升堂尚有一半個時辰，大批蒲陽百姓便已摸黑離家、直奔縣衙，齊聚在此靜候開門。

衙役終於將兩扇大門推開，眾人魚貫湧入。只見大堂內沿牆點起十來支巨燭用以照亮，除了一應衙員，班頭身後還立著一個彪形大漢，肩上扛一柄鬼頭刀。眾人看在眼裡，自是心領神會，彼此交頭接耳、議論紛紛。

來者中大多是急於知道城裡出的三樁大案到底如何裁決，但也有少數老者心中惴惴，深知官府一向將聚眾暴亂視為大忌，唯恐對群起毆斃僧人一事也作如是觀，並會予以嚴懲。

這時三聲銅鑼敲響，低沉的鑼聲響徹衙院內外。只見高臺後方的帷幕一動，狄公邁步走出，四名親信緊隨其後。狄公肩上披了一條猩紅綬帶，預示有人將會被判死罪。

狄公落座後，先清點過一眾衙員，然後命人帶黃三上堂。黃三在獄中住了這些日子，膝傷已然大越，早起後受用過最後一頓有酒有肉的上路飯，看去一副聽天由命的模樣。

待黃三在案桌前跪定，狄公展開一卷文書，高聲宣道：「人犯黃三，將被處以俱五刑，押至法場砍頭示眾，然後屍身切成幾段扔去餵狗，人頭將在城門上懸掛三日，以儆效尤。」

衙役將黃三的兩臂捆縛於身後，又在後背正中插了一塊犯由牌，上面用大字寫著人犯的姓名、罪狀以及所受刑罰，隨即帶他下堂而去。

主簿呈上另一份文書，狄公展開後，對班頭命道：「傳了悟法師與楊氏姊妹上堂！」班頭很快帶了一名老僧轉回。只見那老僧身著明黃鑲邊的紫羅袈裟，足顯身分尊貴，拄著一根朱漆手杖走到堂前，先將手杖置於地上，然後緩緩跪下。

那邊阿杏青玉由狄府管家帶上堂來。二女身著一色淡綠衣裙，長袖飄搖，烏髮用繡花彩緞束成閨中少女的髮式。眾人見這一對姐妹姿容秀美、光彩照人，不禁嘖嘖稱羨。

狄公開言道：「本縣將宣讀對普慈寺一案的裁決。」

「普慈寺所有財物沒收充公。除了大殿與一座側殿之外，其餘房舍樓閣一律夷為平地，自即日起，將在七天內完工。」

「了悟法師仍可在普慈寺內供奉觀世音菩薩，手下僧眾不可多於四人。」

「由於勘案時查明寺內六座亭閣中有兩座並未裝有暗門機關，因此可以斷定，曾在寺內留宿並過後誕育的婦人，確是託賴觀音大士的無邊法力而如願得子，切不可無端懷疑其所生子女為他人骨血。」

「特從收繳的普慈寺財物中撥出四錠黃金，賜予楊氏姊妹做為獎賞，其家鄉原籍的地方官員也已接到指令，將在戶籍簿冊中為楊家註明曰『於國有功』，並免徵楊家五十年賦稅。」

狄公略停片刻，手捋長髯環視堂下眾人，又一字一字地宣道：「蒲陽民眾目無國法，肆意妄為，竟然群起毆斃二十名僧人，有礙官府執法做公，朝廷得知後大為不悅。蒲陽全城對此暴亂皆是責無旁貸，朝廷本欲嚴加懲處，但又念及此案非同尋常，加之蒲陽縣令力求寬大為懷、網開一面，故此決定於法度之上格外破例開恩，只加以嚴厲警誡。」

堂下響起一片欣喜感激的低聲議論，有人開始領頭歡呼縣令老爺福壽綿長等語。

「肅靜！」狄公斷喝一聲，然後緩緩捲起文書。了悟法師與阿杏青玉叩頭謝恩，隨即下堂而去。

狄公向班頭遞個眼色，兩名衙役帶了林帆進來。

經過這一向牢獄之災，林帆看去蒼老了許多，雙目凹陷，面容憔悴，抬頭望見狄公肩上披的猩紅綬帶和森然兀立一旁的劊子手，更是渾身顫抖、無力自持，全靠衙役從旁掖扶，方才勉強跪下。

狄公將兩手籠在袖中，端然正坐，緩緩宣道：「人犯林帆，犯下謀反大罪，依律將被處以車裂。」

林帆嘶啞地驚叫一聲，立時昏倒在地，班頭取來熱醋置於他的鼻下。狄公接著宣道：「林家所有房屋、田地、商號以及全部財物，悉數籍沒入官，其中一半將歸還梁歐陽氏，做為梁家因遭林賊荼毒而蒙冤受屈的補償。」說罷環視堂下，卻未見梁老夫人的身影。

「以上便是有關林帆謀反一案的判決，」狄公最後說道，「鑑於人犯將被處死，且梁家已得賠償，因此梁林兩家訟案亦就此了結。」說罷一拍驚堂木，宣布退堂。

狄公剛一走回二堂，堂下眾人便歡呼稱頌起來，隨即紛紛奔出衙院，為的是能跟隨押送犯人的囚車一路去往法場。

木籠囚車已在正門前備好，一隊執戟佩劍的兵士團團圍在四周。八名衙役押著林帆與黃三出來，令二人並排立於車中。

「讓開！讓開！」守衛喝道。

一隊排成四列的衙役首先走出，狄公的官轎緊隨其後，接著又是一隊衙役，再後便是由兵士護衛的囚車，一行人直往南門而去。

到達法場後，狄公下了官轎，全身披掛的軍營統領上前相迎，又引路來到連夜搭建而成的臨時公堂前。狄公在案桌後坐定，四名親信分立左右。

兩名行刑副手將林帆與黃三從囚車上帶下，眾兵士也紛紛下馬，環繞四周布成警戒線，手中所持的長戟在微紅的晨色中閃出凜凜青光。

大批百姓洶湧而至。眾人眼見旁邊有四頭健碩的耕牛，正安然咀嚼著老農投餵的草料，不由生出幾分寒意。

狄公舉手示意，兩名副手按著黃三跪下，拔去插在背後的犯由牌，又替他鬆開領口。

劊子手提起沉甸甸的法刀，抬頭望向狄公，一見老爺點頭，便朝著黃三的脖頸揮刀直砍下去。

黃三合仆在地，不知是因為其頸骨異常粗硬，還是因為這一刀的手法不甚精準，頭顱只斷了一半。

人群中響起一片議論，馬榮亦對洪亮[9]低聲說道：「這廝果然說得不差！可憐死到臨頭仍是渾不走運！」

只見兩名副手將黃三提起，劊子手使出猛力又補一刀，人頭直飛到半空中，又骨碌碌滾出數尺開外。

劊子手提起人頭呈至案上，待狄公用朱筆在前額畫過記號後，隨即拋入竹籃中，留待過後釘於城門之上。

輪到林帆被帶至法場中央，兩名副手將縛在他手上的繩索割斷。林帆一見四頭耕牛，立時高聲叫喊，並與二人撕扯扭打起來，卻被劊子手上前一把擒住脖頸扔在地上，兩名副手捉住他的手腕腳腕，開始捆縛粗繩。

劊子手朝立在一旁的老農示意，老農徐徐將牛群牽至中央。狄公俯身與那軍營統領耳語幾句，只聽統領喝令一聲，兵士們挪動幾步，密密圍成方陣，擋住了眾百姓的視線，使其看不到將要出現的血腥一幕，眾目睽睽，盡皆盯在端坐高臺的狄公身上。
法場內外一片沉寂，此時從遠處的田莊裡隱隱傳來報曉的雞鳴。
狄公點頭示意。
林帆突然大叫一聲，繼而轉為漸低的傷吟。
老農輕輕吹著口哨召喚耕牛，這哨聲本應使人想起一派寧靜祥和的田園景象，如今卻令看客們嚇得兩股顫顫。
林帆再度慘叫出聲，並夾雜著幾近瘋癲的狂笑。又聞得「嘩啦」一聲響，聽去猶如枯木開裂一般。
兵士們立在原地未動，圍觀者只能看見劊子手將林帆的人頭從殘軀上砍下，又提到案上，狄公照樣用朱筆在前額畫過記號，過後將與黃三的人頭一起被懸在城門口。
劊子手掏出一錠紋銀，給那老農做為酬謝。雖說種田下地之人平日裡難得能有銀子到手，但如此晦氣不祥的賞錢，還是被老農一口回絕了。
此時銅鑼敲響，兵士們執戟敬禮，狄公走下高臺。幾名親信見老爺面色灰白，饒是

9 在荷文本中，此處為馬榮對喬泰說。

清早寒氣迫人，額頭上卻兀自汗水涔涔。
狄公坐轎回城，先去城隍廟中拈香祝禱，然後返回衙院。
狄公步入二堂，見四名親隨已齊集等候，默默抬手示意一下，洪亮連忙端上一杯熱茶。狄公慢慢呷了幾口，忽見班頭推門闖入，急急說道：「啟稟老爺，梁老夫人服毒自盡了！」
洪亮等人齊齊發出一聲驚呼，唯獨狄公面不改色，命班頭帶了仵作速去梁宅，並交代仵作在填寫屍格時，註明梁老夫人由於頭腦昏亂而自盡身亡，隨後朝椅背上一靠，木然說道：「梁林兩家一案，今日總算徹底了結。林家最後一人死於法場，梁家最後一人也已服毒自盡。這一場冤冤相報的世仇，延續了將近三十年從未稍歇，經過一連串的殺人放火、姦淫欺詐後，人人皆死於非命，如今終於一了百了。」說罷兩眼出神望著前方。
幾名親信聽得目瞪口呆，無一人敢貿然出聲。
狄公驀地回過神來，將兩手籠在袖中，徐徐說道：「當日我研究此案時，立時便注意到一樁怪事：林帆生性殘忍無情，梁老夫人一向與其為敵，林帆也曾使出各種手段來想要除掉她，但卻只是發生在梁老夫人來到蒲陽之前，為何在本地從未對她有所舉動？要知道就在不久前，林宅內外還有許多家丁爪牙，輕易便可取她性命，然後再偽裝成意外身亡。林帆在蒲陽殺死梁科發倒是毫不猶豫，企圖謀害我們幾個時也未見絲毫躊躇，但自從梁老夫人來到蒲陽後，卻始終不敢動她一根寒毛，到底是何緣故？我對此百思不解，直到在銅鐘下發現那片金鎖後，方才得到一絲線索。」

「你們見金鎖上鐫著一個『林』字，便都以為必為林帆所有，但這種金鎖常是掛在脖子上的貼身佩戴之物，即使線繩斷開，鎖片也會落入衣襟內，因此不可能是林帆所遺失。由於鎖片被發現時就在屍骨的頸部附近，我便推定實為死者所佩之物。林帆並未見過這金鎖，因為死者將它戴在衣服裡面，只有當所有衣物與線繩皆被蟲蟻啃噬精光後，才會暴露出來。故此我懷疑那死者並非梁科發，而是另外一個同樣姓林之人。」

狄公略停片刻，將茶水一口喝乾，接著敘道：「我重又細讀自己為此案所作的筆錄，結果又發現一處疑點，亦可證明死者另有其人。梁科發初到蒲陽時，應是三十左右年紀，梁老夫人在戶籍登記簿冊上亦是註明三十歲，但是高里長卻對陶干道是梁科發看去更像是個二十出頭的青年後生。」

「於是我開始懷疑梁老夫人的身分，懷疑她可能是冒名頂替的另一個女人，且對梁林兩家的恩怨了如指掌。她與梁老夫人一樣對林帆恨之入骨，但林帆卻始終不願或是不敢加害於她。我又翻閱了一遍梁老夫人呈上的案卷，試圖找到可能扮作梁老夫人祖孫的老少二人，不意竟萌生出一個離奇的念頭，起初連自己也覺得太過荒謬，不料卻被後來發生的一系列事件逐漸證明確是實情。」

「你們想必記得案卷中有錄林帆姦淫了梁鴻之妻後，他自己的妻室很快便失蹤不見，雖然據說是遭了林帆毒手，卻未有任何證據，且屍身也從未被發現過。如今我才明白，林帆並沒有殺害其妻，而是她自行離家出走。她一直深愛著自己的丈夫，甚至對於丈夫害死自己父兄的行徑亦可隱忍原諒，因為女子嫁後便須從夫。但是當林帆對她的嫂子心生情意時，她的愛便化作了恨，且是一個遭人鄙夷、淪為笑柄的女子所生出的刻骨仇恨。」

「既然她決意要離開丈夫並施行報復，那麼暗地裡與其母梁老夫人有了來往，並情願一道對付林帆便是意料中事。她的離家出走，對於林帆已是沉重的一擊，或許你們聽了覺得奇怪，但林帆確實深愛著她，對於梁鴻之妻的淫慾不過是一時邪念突發，卻並未因此而減損對其妻的摯愛——據我所知，這大概是能夠收束住如此心腸狠硬之徒的唯一一根韁索。」

「林帆失去愛妻後，心中的惡毒本性急劇爆發，對梁家的迫害也越發變本加厲，終於買通土匪，將他們全部殺死在石堡之中，其中亦包括梁老夫人與其孫梁科發。」

陶干聽到此處意欲開口，狄公抬手止住，接著敘道：「林梁氏從此代替了她母親的位置。由於她深得其母信任，且對梁家的所有情事十分稔熟，因此扮成梁老夫人並無難處。據我猜想，她們母女二人容貌本就有幾分相像，只須裝扮得更為老態即可。梁老夫人生時定是意欲再度對付林帆，並在去田莊避禍之前，已將所有相關文書都交託給女兒收藏保管。」

「就在土匪洗劫過田莊不久，林梁氏定是在林帆面前亮出了身分。這一打擊對林帆比上次更甚，因為他的妻室不但尚在人世，而且棄他於不顧，甚至還要與他不共戴天。但是林帆又不能去官府告發她冒名頂替，但凡一個尚有自尊的男子，誰肯承認竟與其妻反目成仇呢？加之他對其妻的愛意從未稍減，因此只得離開廣州躲到蒲陽。當林梁氏也一路追蹤到此地時，林帆便打算再覓別處暫避。」

「林梁氏雖對林帆明白道出自己的意圖，卻獨獨瞞過了一樁事，即與她同來的青年後生的真實身分，只對林帆道是他名叫梁科發。在這場濃黑而悲涼的長劇中，我以為這才是其中最為慘絕人寰且難以置信的一齣，比起林帆的暴戾凶狠來，林梁氏暗藏的殘酷用心實是更勝一籌，這刻意欺瞞正是其鬼蜮伎倆的一部分，因為那年輕後生非是別個，正是她與林帆的親生兒子。」

聽到此處，四名親信終於忍不住衝口議論起來，被狄公再度示意後方才收聲。

「當年林帆姦汙梁鴻之妻時，並不知道其妻在經歷多年不育的折磨後，終於有了身孕。我不敢說自己能猜度得中一個女子心底最深處的隱祕，但是試想正當林梁氏認為他們夫妻的情愛終於開花結果、臻於完滿時，林帆卻轉而移情別戀，敢說這一變故激起她的狂怒，以至於泯滅了天良人性。我之所以說她泯滅人性，是因為她為了報復丈夫，竟不惜犧牲自己的親生兒子，為的就是有朝一日能夠親口對林帆說出，其實他殺死了自己的兒子，從而給予他最致命的一擊。」

「林梁氏必曾設法使那後生相信自己便是梁科發，不定說過為了保護他不受林帆迫害，故此自幼便隱姓埋名云云，但仍將林帆在新婚時相贈的那片家傳金鎖戴在他身上。」

「以上種種全是我的推測猜想，直到當堂審問林帆時，方才得到確證，是以今日才可將這一可怖的故事講與你們幾個來聽。頭一個證據是我將金鎖拿給林帆看時，他幾乎衝口道出這原是其妻所有之物。還有一個證據，則是他們夫妻二人在堂上相見時那短暫而悲傷的一幕。對於林梁氏而言，終於等到了這夢寐以求的一刻，多年的苦心經營終於有了結果，林帆終於身敗名裂，並且將要命喪法場，如今便是再給他致命一擊從而使他腸斷心碎的絕好機會。於是她抬手指著林帆恨恨地說：『你殺死了你的——』，但卻無論如何也說不出最後幾個字來，不能澈底道出那可怕的真相：『你殺死了你的親生兒子』。她看見林帆面帶血跡立在那邊，終於一敗塗地、無可挽回，心中所有的仇恨立時化為烏有，眼前之人非是別個，分明只是她曾經摯愛過的丈夫，一時五內俱焚、支撐不住。林帆朝她奔去，並非如班頭等人所想的意欲動手襲人，我清清楚楚看見他眼中真情流露，只是想搶上前去伸手攙扶，免得她倒地摔傷。」

「此案的來龍去脈便是如此，如今你們總該明白為何我會在審問林帆之前十分為難。我不但捉住了他，還得迅速了結此案，且又不能判他殺死親子之罪，那樣一來，便得花費數月工夫來證明林梁氏的真實身分，故此我才決意設下圈套，誘使林帆供認暗害朝廷命官之罪。」

「然而他即使招供，也不能令我擺脫困境。朝廷自然會將林家一部分財物歸還給冒名頂替的梁老夫人，我絕不願讓她得到這筆本應歸公的財產。當日我向她詢問有關土匪血洗田莊的細節時，她定會意識到我已窺知真相。我一直等待她主動前來，但卻遲遲不見出現，我還尋思要不要動用官家權柄傳她到衙，如今總算一了百了。她早已決意自裁，之所以等待至今，只是為了要與其夫在同日同時雙雙離世。如今，公正的上天自會對她做出裁斷。」

二堂中一片靜默。

狄公渾身一竦，將身上的衣袍裹緊，又道：「冬日將近，天氣越發冷了。洪都頭，你出去命衙吏備起一個火盆來。」

四名親信告退後，狄公起身走到放置鏡匣的條几前，只見鏡中映出一張疲憊不堪的臉容，面色憔悴，神情慘淡。

狄公摘下烏紗帽，摺起後放入鏡面下的抽斗中，換上一頂家常便帽，反剪著兩手在室內來回踱步，努力試圖整頓全神，奈何終是無濟於事。剛剛將思緒從適才議論過的家族慘劇上轉至別處，眼前便會浮現出普慈寺眾僧肢體零落的駭人景象，耳邊復又回響起林帆受刑時發出的狂笑聲，不禁悲從中來，絕望地自問上天何以會操弄出如此可怖的痛苦遭際，如此血腥的暴虐橫死。

這種種疑慮困惑，折磨得狄公心緒難平，不禁舉手掩面，立在書案前久久未動。

狄公終於垂下兩手，眼光落到禮部發來的公文上，想起須得查看一番衙吏們是否已將御匾掛好，不由苦嘆一聲。

狄公掀開帷幕，步入大堂，繞過高臺行至堂下，轉身緩緩朝上望去。只見鋪著猩紅錦緞的案桌，無人就座的圈椅，後牆上繡有獬豸圖樣象徵明察秋毫的帷幕，一方御匾正

御匾下縣令長跪禱

掛在最高處。

狄公看到匾上的字跡，立時五內撼動、感慨萬千，禁不住屈膝跪倒在冰涼的青石板地上，獨自於空曠清冷的大堂內衷心默禱良久。

此時晨光從窗外射入，正照在御匾之上，「義重於生」四個筆法蒼勁、完美無瑕的鎏金大字熠熠閃光。

後記

中國古代探案小說有一大共同特色，即總是由案件發生地的縣令充當偵探的角色。縣令負責主管轄區內的行政事務，通常包括城牆圍繞的縣城和方圓大約二百里的鄉下，並負有多種職責，不但全權管理收稅、出生死亡婚姻的登記、田地即時註冊，還要維持治安、主持斷案、緝拿並懲罰罪犯、聽取所有民事及刑事案件。由於縣令實際掌管著百姓日常生活的方方面面，因此通常被稱為「父母官」。

縣令向來公務繁重、十分勞碌。他與家人同住在縣衙大院內一處分割開來的獨立院落中，依例每天須將所有時間都用於辦理公務。

在中國古代官僚政治系統中，地方縣令處於這一龐大金字塔的最底層。他必須向主管二十多個縣的刺史匯報，刺史又向主管十來個州的本道觀察使或節度使匯報，觀察使或節度使再向位於京城的中央部門匯報，皇帝則居於最高地位。

任何平民，無論出身是貧是富、家世背景如何，都可參加科舉考試，一旦通過便可步入仕途，成為一名地方縣令。就這一方面而言，當歐洲尚在封建制度下時，中國的政治系統已經具有了相當民主的一面。

縣令的任期一般為三年，之後將改任其他地方，直至被擢升為刺史。這一升遷是有選擇性的，完全依其實際政績而定，因此資質平庸者通常做縣令的時間會更長。

縣令在履行日常職責時，有縣衙內的一班永久人員輔助，比如衙役、書辦、獄吏、仵作、守衛及走卒。但是這些人只辦理例行公務，並不涉及辦案。

辦案由縣令親自主持，並有三四名親信輔助。這些親信常是縣令初入仕途時便挑選出來並一路追隨的，其地位高於縣衙其他人員，並且在當地無親無故，因此在辦理公務時更少為私人考慮所影響和左右。出於同樣原因，本鄉本土之人不能被任命為當地縣令便成為一條定例。

本書提供了中國古代法庭的基本規程，第四回的插圖中展示了縣衙大堂的格局。每逢開堂時，縣令在案桌後就坐，親信與書辦分立左右。案桌很高，桌面上鋪有一幅垂至地面的紅布。

案桌上通常陳設有以下物品：一方朱墨二色硯臺，兩支毛筆，一隻盛有多枚細竹片的圓形籤筒，這些竹片常在犯人受刑挨打時用來計數。比如衙役要打十棍，縣令便會掣出十枚竹籤來擲於地上，每打一下，衙役班頭便會將一枚竹籤取過放在一旁。

案桌上還擺有縣衙大印與驚堂木，後者的形狀與西方法庭內常用的木槌不同，是一塊長方形硬木，長度大約一尺左右，用於震懾公堂。

衙役們在高臺前排成左右兩列，彼此相向而立。在整個訟告過程中，原告被告都必須跪在光禿禿的石板地上，夾在兩列衙役中間，並無律師從旁協助，也可能沒有證人，其處境很難令人歆羨。整個程序實則是為了對平民百姓形成威嚇作用，造成一旦牽涉法律便後果嚴重的印象。縣衙每天依例開堂三次，分別在早晨、正午和午後。

中國法律有一條基本原則，即任何人在自行招供罪行之前，不得被判有罪。有些頑固死硬的罪犯即使面對鐵證仍會拒絕認罪，並藉此逃避懲罰。為了避免發生此種情形，法律允許用刑，比如用鞭子或竹板抽打，枷手或枷踝。除了這些法定許可的刑罰之外，縣令常會使用更加嚴酷的手段。但是，如果被告受到永久的身體傷害或是死於酷刑之下，縣令及其整個衙內人員都將受到極其嚴厲的懲處。因此，絕大多數縣令更依賴其精明的心理洞察力和下屬的知識來辦案，而並非一味使用酷刑。

總而言之，中國古代的政治體系運行相當良好。上層的嚴格管束避免了越軌不法行為，公眾評議則是約束邪惡或瀆職縣令的另一種方式。死刑須得皇帝批准，任何被告都可向更高一級的法律系統提出申訴，最高可訴至皇帝面前。縣令不可私下審問被告，包括初審在內的所有聽審都必須在縣衙大堂上公開進行，一切過程都將被詳細記錄下來，並呈報給上一級官員以供檢查。

至於書辦如何能不用速記法而準確記下審案過程，讀者可能會對此有所疑問，答案在於中國的文言文本身就是一種速記法，僅用四字便可記下口語中需要二三十字的語句，並且還有多種快速書寫方式，筆畫多達十幾劃的漢字，可以簡化到一筆完成。筆者在中國任職時，中方雇員常會為一些內容複雜的談話做筆錄，他們記錄的精確程度著實令人驚嘆。

筆者過去曾提到過中國古文在書寫時不使用標點符號，字體也並無大小寫之分。本書第十四回中有偽造遺書一節，如果使用任何一種羅馬字母系統的文字，這種情形則根本無從發生。

狄公是中國古代著名判官之一，歷史上實有其人，其全名為狄仁傑，生於公元六三〇年，卒於公元七〇〇年，是唐代的著名政治家，早年曾歷任地方縣令，由於勘破了許多疑難案件而贏得聲譽。正是由於他享有斷案如神的名聲，在後來許多公案小說中，他被塑造成一位英雄人物。當然這些小說的內容大多並無史實基礎，純屬虛構而成。

狄仁傑後來官至宰相，對於國家政事有過許多良好建議，起到了有益的影響。當時大權在握的武后意欲將王位傳給自己喜愛而並非合法的繼承人，正是由於狄仁傑的強烈反對而打消了這一念頭。

在所有中國公案小說中，縣令總是同時辦理三樁或者更多完全不同的案件，筆者在這部小說中，也沿用了這種饒有趣味的特色，將三個案件組織成一個連續的故事。依我看來，在這一點上，中國公案小說比西方偵探小說要更加符合實際。在一個有著眾多人口的地區內，主管者必須同時辦理多個案件才是唯一合理的方式。

筆者遵循中國小說傳統，在將近終篇時，加入了中立旁觀者調查案情的情節（見第二十三回），並描寫了行刑過程。中國人的正義觀念要求對於罪犯受刑須得做詳盡描述，同時中國讀者通常希望在結尾處，會看到精明能幹的官員得到擢升，並且所有出力協助之人都受到獎賞，筆者對此亦作了較為含蓄低調的再現，即狄公獲賜御匾做為嘉獎，楊氏姐妹則得到一筆賞金。

筆者借用了中國明代小說中所描寫的風俗，即十六世紀時的風土民情，而本書背景實則是在幾百年之前。書中的插圖也同樣借用了明代的服飾習俗而並非是唐代。敬請讀者注意那時的中國人並不吸食菸草或是鴉片，也不留辮子——這是公元一六四四年滿族人入主中原後才強加於漢人的習俗。男子留長髮並盤成頂髻，無論室內還是室外都必須頭戴冠帽。

本書第十三回中提到的冥婚現象，在中國相當普遍，經常出現在指腹為婚中。兩位知交好友約定他們的子女長大成人後將結為夫妻，如果其中一個孩童在婚齡前夭亡，通常會與尚且在世的另一個舉行冥婚。如果長大成人的是男方，冥婚就僅僅是個形式而已，一夫多妻的婚姻制度允許他自可另娶妾室，但在族譜上仍須註明早夭的少女乃是其唯一的正妻。

本書中對佛教僧人頗多貶抑之詞。在這一點上，筆者亦是遵循中國傳統。由於中國古代小說常是由文人學士撰寫而成，而這些文人多是正統儒生，對佛教抱有偏見。在許多中國古代小說中，和尚常是做為反派惡徒的形象出現。

筆者還參照中國公案小說傳統，在開篇時用一個簡短的楔子做為引文，在其中暗伏了後面正文中的某些情節，並用一組對句做為每一章節的回目。

半月街姦殺案取材於包公辦理過的著名案件之一。包公本名包拯，是宋代著名政治家，生於公元九九九年，卒於一〇六二年。在明代時，一個無名作者將傳說中包公所斷之案蒐集整理後，編寫了《龍圖公案》一書，又稱《包公案》，此節為書中第一則〈阿彌陀佛講和〉，情節簡單近於梗概。包公之所以能破解此案，是因為命手下隨從扮作陰間厲鬼，從而使得人犯招供，這一方式雖然頗為勉強，卻在中國公案小說中屢見不鮮。筆者更樂於採用另一種更為合情合理的勘案方式，藉此表現狄公的卓越才能。

普慈寺淫僧案取材於《醒世恆言》第三十九回〈汪大尹火焚寶蓮寺〉，此書由明代文人馮夢龍編纂而成。馮夢龍一生著述頗豐，除了俗稱「三言」的白話小說集，還創作了相當數量的雜劇、小說和文論。筆者借用了原作中所有主要情節，包括利用兩名妓女扮作良家婦女入寺打探。原作的結局是汪大尹下令焚毀寺廟，並將眾僧就地斬決，如此操切從事實則為中國古代刑律所不容，因此筆者改為更加微妙複雜的處理方式，並且借用了佛教勢力企圖凌駕於官府之上的歷史背景——這種情形確實在唐代一度出現過，並造成了社會與政治等諸多方面的問題。據史料記載，狄仁傑在其仕途生涯中，確實曾下令拆毀過許多藏奸納垢、行事不端的寺院，因此安排他做為本書的主要角色，亦非不當。

銅鐘藏屍一案的主線來自中國著名小說《九命奇冤》[10]，原書取材於一七二五年前

10 作者為吳趼人，又名沃堯，清代小說家，其代表作是晚清「四大譴責小說」之一《二十年目睹之怪現狀》。

後發生在廣東的一樁涉及九條人命的案件，結局依例是在公堂上結案，但筆者改寫得更為驚心動魄，並借用了在明清斷案小說中時常出現的銅鐘題材。

本書第二十四回中鞭打草席一節，出自以下這段逸事：北魏時，李惠任雍州刺史，有一負鹽者與一負薪者為了一張羊皮而起訟，都說是自己披在背上之物。李惠對一名手下命道：「嚴刑拷打羊皮，即可得知物主是誰。」一應吏員聽罷，無不目瞪口呆。李惠命人將羊皮鋪在一張席子上，然後再用大棒擊打，只見有些許鹽粒落下，以此出示二人，負薪者不得不低頭認罪。[11]（見《棠陰比事》卷十，高羅佩譯，萊頓，一九五六年）

在筆者看來，西方讀者或許會對本書第十三回[12]中寫到的兩家世仇頗感興味。就本性而言，中國人相當寬容忍讓，大多數爭議都可在公堂之外協商解決，但偶爾也會在家庭或宗族之間產生深仇大恨，於是冤冤相報，越演越烈，直至悲劇收場，梁林兩家一案便是一個典型的例子。類似事件在海外的華裔社區中也時有發生，比如在美國的幫會械鬥，以及十九世紀末二十世紀初在荷屬東印度群島[13]的「公司」，即華人會黨裡發生的內訌式爭鬥。

高羅佩

11 四部叢刊續編本《棠陰比事》，商務印書館，一九三四年八月。其中有〈李惠擊鹽〉，原文如下：後魏李惠，仕為雍州刺史。有負鹽負薪者爭一羊皮，各言籍背之物。惠謂州吏曰：此皮可拷。群下嘿然。惠因令置皮於席上，以杖擊之，見少許鹽屑，使爭者視之。負薪者伏辜。

12 此處有誤，應為第十四回。

13 即如今的印度尼西亞。

譯後記

一九四一年十二月，太平洋戰爭爆發。一九四二年七月，荷蘭公使館成員撤離東京。高羅佩先生在臨行時，隨手拿了幾本中文書籍做為讀物，其中便有十八世紀出版的中國公案小說《武則天四大奇案》，正是此書導引了後來狄公案系列偵探小說的創作[14]。關於《銅鐘案》的創作過程，高羅佩先生在自傳稿中寫道：「（一九四九年）當我發現書市上有大量的日本年輕作家寫的關於芝加哥和紐約的三等偵探小說時，我決定發表我的《狄公案》英譯本，以向那些作家展示古代中國偵探小說中有非常多的好題材。我自己出錢出版了那本書，結果它非常暢銷，在六個月內已經把成本撈回來了，而且還賺到了可觀的利潤。中國和日本的作家們很喜歡看那本書，但並不覺得自己必須寫那樣的小說。他們坦誠地說，對他們來說，那個主題缺乏『異國情趣』。因此我決定做為一種試

14 巴克曼、德弗里斯著，施輝業譯，《大漢學家高羅佩傳》，海南出版社，二〇一一年，第八十一頁。

驗來繼續寫那種小說，於是我接著寫了《銅鐘案》。……我是在軍隊醫院做了很大的手術後寫《銅鐘案》的一部分[15]，在描述嚴刑拷打的情景時，我覺得深有同感，寫得比較逼真，因為在手術後的那個階段裡我的傷口非常痛！當我把文稿拿給一個日本出版商時，他說他喜歡這類作品，但不能出版它，因為它對佛教徒有消極的描述，而佛教當時在日本社會仍然很受歡迎。」此書於一九五〇年三月十六日完成[16]。直到一九五八年，本書的荷文版由荷蘭梵胡維出版社（W. van Hoeve Ltd.）出版，書名為 *Klokken van Kao-yang*，似為「高陽鐘」；英文版由英國麥可・約瑟夫出版社（Michael Joseph Ltd.）出版，書名為 *The Chinese Bell Murders*。

本書中的半月街姦殺案，取材於明代公案小說《龍圖公案》之第一則〈阿彌陀佛講和〉，原作中人名為蕭輔漢、蕭淑玉、許獻忠，因此譯者亦參照或沿用。《說文解字》中有「淑，清湛也」，可見作者選定的英文名 Pure Jade 正是「淑玉」的意譯。高羅佩先生在另一部著作《書畫鑑賞匯編》中，曾詳細介紹過書畫裝裱技術與部件名稱，提及天杆在韓語中被稱為「半月」（panwol），猜測或為半月街之由來。

一九三五年，高羅佩先生來到東京，在荷蘭駐日本使館工作，其上司荷蘭公使帕布斯特（Jean Charles Pabst）將軍雖然能幹，但是生性嚴厲、脾氣暴躁。高羅佩先生在自傳稿裡寫道，二人初見時，「他凶狠地向我叫喊，雖然我的確是個東方文學博士，但我對日本政治或經濟一竅不通，所以就安排我整理公使館的帳簿，只有這樣我才會成為有用的人。萬一帳目有缺口，就要從我的工資中扣。」[17]這一幕與本書第三回中狄公首次升堂理事的情形似乎不無相似之處。另外，高羅佩與帕布斯特雖然素不相能，做為使館人員，二人卻住在同一個院子裡。高羅佩曾請來一個日本法師「淨化」，即給家中驅鬼，因為他認為以前的居住者中有些人死於暴力，「我希望帕布斯特家開窗戶，魔鬼就能夠進入他家。」[18]這一細節亦可從本書的楔子中找到類似內容。

關於第八回中提到的「尤物」一詞，在此稍加說明。文中《春秋》的英譯名為 *Annals of Spring and Autumn*，應是無誤，然而「尤物」的英文為 that fey creature，雖然其出處確為「春秋三傳」之一的《春秋左氏傳》，但是否能作此解，譯者當初曾頗為惴惴，後來在高羅佩先生的《中國古代房內考》一書中看到引用《左傳》中的一段話，英文為「Woman is a sinister creature, capable of perverting man's heart」[19]，推測應是「夫

---

15 一九五〇年二月二十八日，高羅佩先生做了膽囊和盲腸切除手術。
16 《大漢學家高羅佩傳》，第一五五、一五六頁。
17 《大漢學家高羅佩傳》，第三十一頁。
18 《大漢學家高羅佩傳》，第五十頁。

有尤物，足以移人」。近日又在高羅佩先生的另一部著作《書畫鑑賞匯編》中看到一段註解，由於此書尚無中譯本，現自譯如下：「『尤物』通常用來特指女人，出自《左傳》中的著名片段：『昭公二十八年初，叔向欲取申公巫臣氏。其母……曰：女何以為哉。夫有尤物，足以移人。苟非德義，則必有禍。』」此處不但有英文譯釋，還附有中文原文，其中「夫有尤物，足以移人」一句對應的英文是「Those strange beings are capable of changing the heart of men」。以上三種英譯，雖然用詞有所不同，然而從其涵義判斷，基本可以斷定應是「尤物」。

本書第二十二回中，狄公召見梁老夫人，道是發現了一具屍骨，梁老夫人張口便說死者定是梁科發，並主動道出左臂曾經骨折一事，這種力證其死的做法，實在有悖常情、頗可思量。譯者在《棠陰比事》中曾讀到〈張升窺井〉一則，其中人物的心理或有相類之處。原文如下：

> 張丞相知潤州。有婦人，夫出數日不歸，忽聞菜園井中有死人，即往哭之，曰：吾夫也。以聞於官。升命吏屬集鄰里就驗是其夫否，皆言井深不可辨。升曰：衆不可辨，而婦人獨知其為夫，何耶？收付所司訊問，乃奸人殺之，而婦人與聞其謀也。

關於本書後記中提到荷屬東印度群島的華人會黨，在此順便說明一下，高羅佩先生童年時曾在印度尼西亞生活過八年，從此對東方文化產生了濃厚的興趣，並且早在讀大學的時候，他與荷蘭的（荷屬東印度）華人社群便有著廣泛的連繫[20]。

本書中提到的金華與武義，皆在如今的浙江省，而且金華附近又有浦江縣，在唐朝天寶年間曾名為浦陽。然而高羅佩先生在前言中說狄公任職在江蘇，地名乃是虛構，故此根據書中地圖上所註的漢字，用「蒲陽」一名。

《銅鐘案》雖是高羅佩先生創作的第一部小說，然而在情節構思安排、行文表述與故事進展節奏的把握上，卻自始便顯示出相當成熟的風格特色，令人讚嘆敬服，並且這些長處在後來的作品中也始終保留，使得整個系列小說的每一部都保持著較高的水準。在本書中，不但主要人物狄公及其四名親隨悉數出場，個個生動鮮活，而且某些在其他書中將會再度出現的人物也初次亮相，比如丐幫軍師盛八與金華駱縣令，可見作者自始便有著極其明確的人物設定，對各人的性格特徵、命運遭際早早便有通盤考慮，從後來的作品中，足證確實達到了預定的文學效果。

---

19 高羅佩著，李零、郭曉惠、李曉晨、張進京譯，《中國古代房內考》，商務印書館，二〇〇七年，二十頁。

20 《大漢學家高羅佩傳》，第一四七頁。

本書的楔子篇幅較長，情節亦是曲折離奇、頗可玩味，其中提到發生奇事的八月九日，正是高羅佩先生本人的生辰。第九回中，狄公遠赴武義與金華拜會同僚的兩段經歷，寫得一簡一繁、各具其妙，尤其是風流放誕的金華縣令，甫一出場便給人留下了深刻的印象，高羅佩先生善於運用白描手法，只用對話和動作來表現人物性格，以形寫神，文字簡練樸素，突出個性特徵，獨具匠心，頗多妙筆，也是譯者尤為用心用力的章節。第十五回和十六回中，有狄公拜訪林帆與林帆到縣衙回訪的兩段敘述，二人互相小心試探，出言含蓄有禮，卻又暗藏機鋒，讀來別有滋味。第二十四回中，狄公審案結束後，場景忽而從蒲陽移到京師長安，通過幾個當朝重臣的議論敘說，曲折而隱晦地透露出朝廷上下的複雜情勢，手法新穎別緻，並且在其他作品裡未再運用過。第二十五回中法場行刑的殘酷場面，著墨不多卻驚心動魄，以聲寫靜，通過類似「蟬噪林越靜，鳥鳴山更幽」的反襯，渲染出肅殺悲涼的氣氛，結尾更是深沉有力、餘韻悠長，為全書做了完美的收束。凡此種種，足見高羅佩先生在寫作上的卓越才能與雄厚功力。

張凌

二〇一八年九月

國家圖書館出版品預行編目(CIP)資料

大唐狄公案 : 蒲陽冤骨・銅鐘案 / 高羅佩 (Robert van Gulik) 著 ; 張凌譯 .-- 初版 . -- 臺北市 : 英屬蓋曼群島商網路與書股份有限公司臺灣分公司出版 : 大塊文化出版股份有限公司發行 , 2024.02

328 面 ; 14.8 x 20 公分 . -- (黃金之葉 ; 30)

譯自 : The Chinese bell murders : klokken van Kao-yang.

ISBN 978-626-7063-58-3(平裝)

881.657 112021650

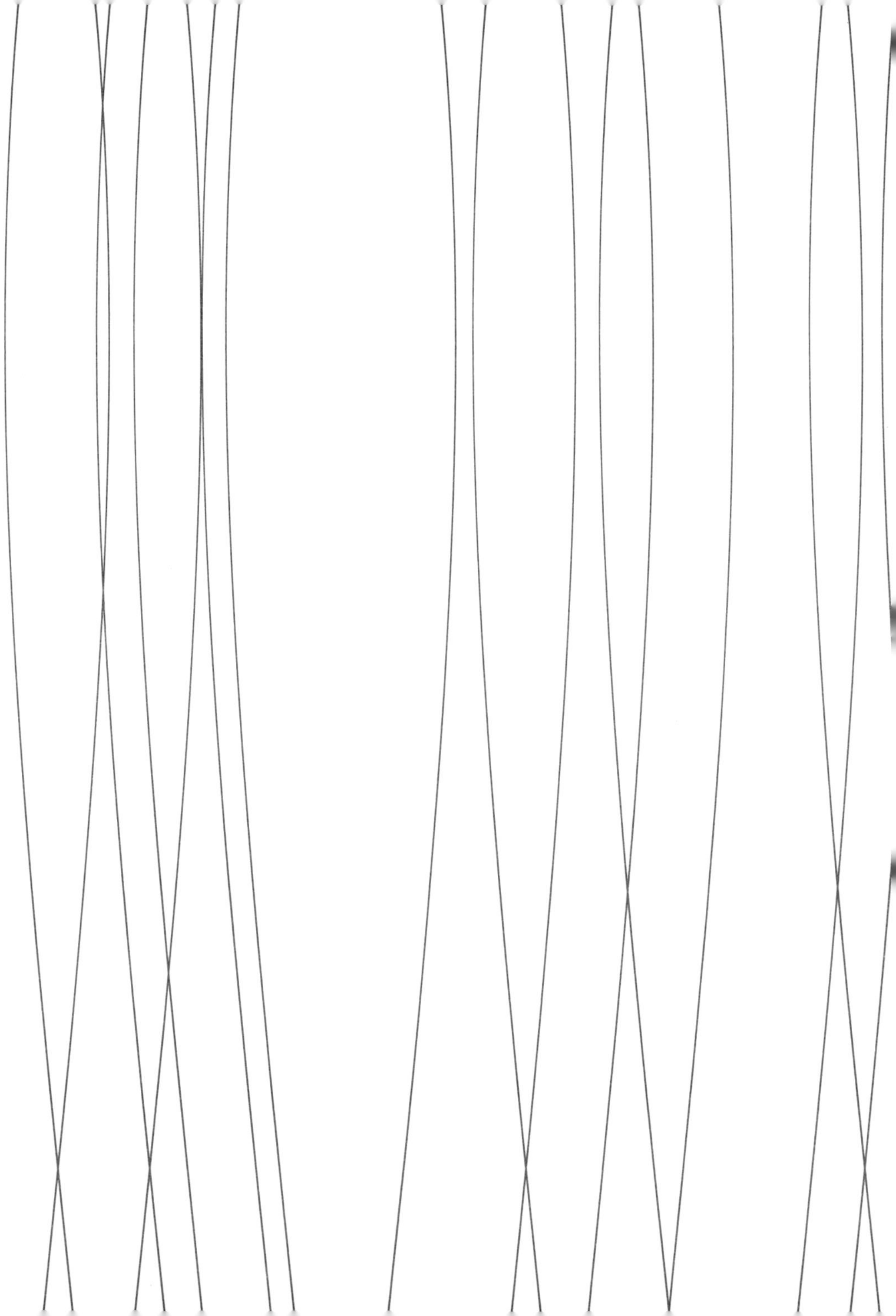

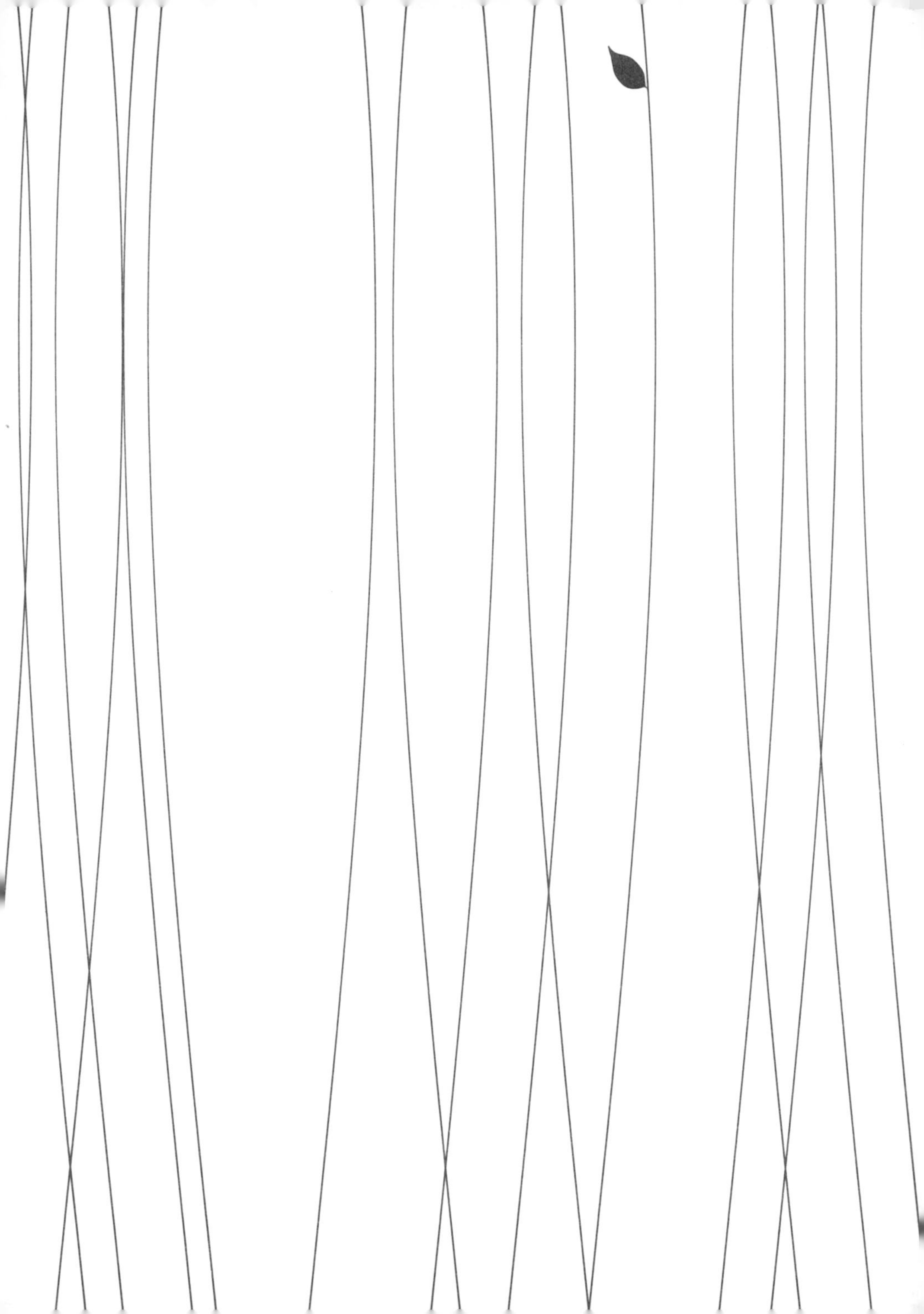